方英文

作者手稿

落红。

方英文 著

陕西师范大学出版总社

图书代号　WX15N1117

图书在版编目（CIP）数据

落红／方英文著.—西安：陕西师范大学出版总社有限公司，2015.12（2018.3重印）
　　ISBN 978-7-5613-7551-8

　　Ⅰ.①落… Ⅱ.①方… Ⅲ.①长篇小说—中国—当代 Ⅳ.①I247.5

中国版本图书馆CIP数据核字（2015）第258694号

luo　hong
落　红
方英文　著

选题策划 / 刘东风	
责任编辑 / 郭永新	
特邀编辑 / 巩亚男	
责任校对 / 彭　燕	
装帧设计 / 门乃婷工作室	
出版发行 / 陕西师范大学出版总社	
（西安市长安南路199号　邮编 710062）	
网　　址 / www.snupg.com	
印　　刷 / 中煤地西安地图制印有限公司	
开　　本 / 720mm×1020mm　1/16	
印　　张 / 16.75	
插　　页 / 2	
字　　数 / 220千	
版　　次 / 2015年12月第1版	
印　　次 / 2018年3月第4次印刷	
书　　号 / ISBN 978-7-5613-7551-8	
定　　价 / 35.00元	

读者购书、书店添货或发现印装质量问题，请与本公司营销部联系、调换。
电话：（029）85307864　85303629　传真：（029）85303879

01

距中午十二点还有十分钟，唐子羽就急乎乎地赶回家，目的是跟妻子爱情一回。唐子羽已经四十五岁了，房事基本上一周一回，而且全在晚上。可是为何今天要突然选在大白天爱情呢？因为他下午要和一个名叫梅雨妃的女人约会。下午约会可能爱情吗？当然也可能，也不可能，但有一点可以肯定，那就是他第一次见到梅雨妃时，就产生一个幻觉：下意识地将她赤条条搂进怀里了。这在唐子羽作为一个男人的历史上，是不曾有过的。他觉得这就是爱情，那种风打乱花的、缤纷摇曳的心情完全是那种初恋的感觉。确实，唐子羽没有领略过标准意义上的爱情。作为一个正常的男人，他只是经历过几次单恋或者说单相思。另外就是不时有些风骚娘们儿主动套他近乎，由于他对那些女人根本不往眼里放，因而那些娘们儿的殷勤献媚，其实质算是性骚扰而已。

大千世界，茫茫人海，芸芸众生，一个男人与一个女人能否互享身体之欢，并不取决于个人的主观努力或者说一厢情愿，而是所谓的缘分，更是一种宿命。宿命是没有办法的，但是可以人为努力，其意义不在于结果，而在于过程。努力了，即使没有达到目的，至少死的时候也就可以问心无愧地合上双眼了。

　　唐子羽在和梅雨妃约会之前，之所以要和妻子亲昵一回，是基于一个道德制约：妻子是陪伴自己一生的女人，将来自己火化了，骨灰盒还得由妻子捧来捧去。因此不能亏待了妻子，不能将公私颠倒；而梅雨妃，则是妻子之外的女人，是儿女私情，是纯粹浪漫的爱情。"恩爱"这两个字，恩与爱其实是两码事，是由两个女人来承担的，前者是妻子、后者是情人。但是中国人将恩与爱煮成一锅粥，认为就是指向一个男人的专职配偶。因此男人们在一块儿闲聊时，必定要涉及女人，这女人又必定不是自己的妻子。

　　唐子羽在和梅雨妃约会之前要跟妻子做爱更有一个生理原因。他已单方面将梅雨妃确定为自己的终身情人，既是情人，岂有不做爱之理！而与情人的第一次做爱是非常非常关键的，类似于二战时诺曼底登陆，具有全局成败系于一举的赌博性质，充满了奠基礼色彩。就是说，如果你想在你平庸的生命中有一个美好的情人，而你也很幸运地遇见了这么一个十分吻合你理想的美好的异性，同时对方也向你传送来各种你认为就是那个意思的信息，那你最好精心准备。和对方初次做爱就要一锤定音，使她死心塌地地成为你永恒的情人。再说得直白些：第一次做爱一定要让对方达到前所未有的高潮。高潮次数越多越好。高潮是女人的神祇。高潮类似于核爆炸，一切习俗规范、伦理道德都在高潮的爆炸中灰飞烟灭。要让心爱的女人达到高潮，除了将做爱时间延长，基本没有更好的办法。吃伟哥之类的春药？那是违背自然规律的。爱情是一门艺术，艺术又是拒斥一切所谓的科学技术的。为延长做爱时间而达到高潮之目的，有一个很土很笨的法子，那就是在和情人做爱之前，先和另一个人做一次爱。

　　唐子羽起初想去洗个桑拿，找个妓女放松一下。但他放弃了这个策划，原因是他已有两年未曾涉足娱乐业了。他嫌那号事太低劣，纯粹是动物发泄。加之妓女中很少有令人赏心悦目的角儿，文化素质太差，确实今不如昔。妓女们似乎经过了统一培训，见了面都是千篇一律地一把揪住你的裤裆。男人固然喜欢直截了当，但是太直截了当了又毫无韵味，就像读一篇文章，或观赏一个节目，看了开头就能猜出结尾，结尾果然跟你猜想的一模一样。如此拙劣的玩意儿没有超越你的智商预测，你就丝毫享受不到审美的乐趣，就等于你跟蠢货交往了一回。又仿佛听平庸的领导讲话，连半个新鲜的屁都放不出来，不但没有收益，反倒被剥削一回。所以两年前，每当跟妓女完事后，唐子羽都深感空虚与委屈，得到金钱酬谢的实在不应该是妓女而应该是他唐子羽啊。

亲爱的嘉贤，你帮帮我吧！唐子羽在回门洞上楼梯时，心里念叨着妻子的名字。我知道这样做太肮脏太无耻，但我没有办法啊，因为我是无耻的男人我控制不了我的身体啊！我下辈子愿意托生成女人，让你托生成男人，我给你当小妾，甚至给你当姘头！我实在没有勇气告诉你男人都是些什么货色，实话说吧：男人实实在在的没有一个是好东西！男人一辈子都贪婪地想着怎样搞到好女人，如果为了爱情而和某个女人上床这号事是可以被原谅的，那么他们还跟一些母狗般的女人胡来那就更令人心寒齿冷了……

唐子羽进了家门，从厨房里传来炒菜和抽油烟机的声音，以及香椿炒鸡蛋的香味。这种声音和气味令他满足且感动，因为这是妻子嘉贤亲手制造的声音和香气。他给政府干事，经常享受那种不掏一分钱的大酒大席。那些生猛海鲜、奇珍异味早已让他腻歪，以至于见了就恶心，以至于谁再邀请他吃喝他便认为谁是汉奸卖国贼。他就爱老婆做的饭菜。他称老婆是世界上最杰出的饲养员。妻子控制丈夫，有效的方法是紧紧抓住丈夫身上的一个器官——这个器官俗称肚子学名胃：精心地研究这个器官、琢磨这个器官、剖析这个器官，然后炮制一套荤的素的稠的稀的酸的辣的食物，通过食物们长期谄媚这个器官，这个器官就乖乖地成了俘虏，外面再好的食物也不大容易进入这个器官了。

唐子羽开门的声音很轻，妻子并未听见。他贼一样溜进厨房，见妻子嘉贤身着肉色短袄短裙，便伸过双手，从嘉贤腋下探将进去，一下子反扣住她的胸脯，说：

"让我摸摸三万元！"

为何叫三万元？有天下班，嘉贤很兴奋地回来，一边自摸着奶子，一边看着穿衣镜里的自个儿，看上去自言自语，实际上是给仰在床上挖耳朵的唐子羽说话，说她今天在一个杂志上看到，有个丈夫花了三万元为妻子做隆胸手术，隆出一对丰硕饱满的大奶子。"我虽然比你挣钱少，可我给你节省了三万元啊！"嘉贤是个并无多少幽默感的女人，可是这句话却把唐子羽逗乐了。"你怎么能把功劳全归到自个儿名下呢？你也不回想一下，当年咱俩认识，你哪有奶子？充其量只长了一对青葡萄而已！结婚十六年来，还不是多亏我天天晚上拿手揉摸，如此认真地培养了十六年，才有了今天这道'亮丽的风景'！""啊呸！真恶心，啥都是'亮丽的风景'！"嘉贤嘴上虽然骂着，心里倒也十分受用。

可是眼下，嘉贤却不让唐子羽把玩她的"三万元"，因为她正在炮制红烧肉。唐子羽哪里操守得住，一手把玩着嘉贤的奶子，一手滑翔跌落，一下子跌落到嘉贤的裙里，撩拨得嘉贤扭过头来，迷迷糊糊地白了眼仁儿，嗔怪道："看你、看你，湿了……"当啷一声，撇了锅铲，反手勾住唐子羽的脖颈："你要强奸你就强奸吧。"唐子羽弯腰抱起嘉贤，抱进卧室，觉得自己老了，或者嘉贤变胖变大了，几步路便折腾得他有些气喘。他勉强挪到床边，扑通一声将嘉贤丢到床上，嘴对嘴地咬将起来。老夫老妻的，干这事仍然保持亲吻的习惯，难能可贵哩。绝大多数已婚男人都省略了吻，嫌吻是务虚是花架子，无甚意思。但是嘉贤很喜欢亲吻，她说这叫"培养感情"。根

\ 01 \

据唐子羽多年的房事经验，凡是不吻而直接上马的，总是不能让女人尽兴，女人会翻来覆去地睡不着觉，心里总堵着一个什么东西，上不能上下不能下，致使一连几天低迷烦躁，针尖大个事都能惹她发火，唠叨个没完没了，不是说孩子可憎就是数落丈夫不讲卫生臭鞋烂袜子胡塞乱扔。如果房事达到高潮，则是另一番景象：好几天都能保持红光满面情绪高涨，接人待物显得特别通情达理。而且出手大方，婆家的亲戚来了，她居然能克制住往日的厌烦，殷勤地招待人家。送别时，还要依照各位客人的身份与气质买些小礼品让他们带上。所以房事不仅仅是单纯的男女本能，更是家庭的头号政治。只要把政治工作抓好了，其他的工作就迎刃而解了，这叫作"纲举目张"。男人是个妻管严，家里经常出现河东狮吼，概因男人无能，不能让妻子充分领略性的温柔美妙，这样的男人当然自卑。他越是自卑，女人便越是觉得窝囊委屈，能不发脾气吼叫嘛！而房事前的亲吻，又如战争前的誓师动员大会，只有把战争的情绪调动起来，只有把士气鼓舞起来，如此这般不打无准备之仗，才能在上阵前就已经掌握了战争胜利的主动权。

可是唐子羽这回送给妻子嘉贤的吻有些偏长，因为他忘了吻的限度，原因是他的心里惦记着另外一个女人。"行了吧，下边都动弹哩！"直到嘉贤说了这句话，他才下了床，先拉严窗帘，让室内昏暗下来，这才蹬鞋褪裤子。唐子羽的思想极为放荡，具体操作上却颇为害羞，因为他觉得做爱时的动作表情太丑陋了，看上去实在尴尬。嘉贤在这一点上倒跟他相反，人前是清纯寡语，单个儿与丈夫在床上，却喜欢灯光明亮一览无余。

"咱住楼顶，你拉窗帘干啥？谁能看见！"

"要是飞机上的驾驶员看见，出了空难谁负责？你也算个党员干部，总得有点全局观念吧！"

"球！快来，少耍贫嘴！"

两人你上我下、我上你下地鼓捣着，忽而如相扑忽而如接生，忽而如游泳教练辅导游泳，总之岁月将婚姻磨出厚茧，不借助一些新式花样反复折腾，就难以抵达预期目的，正好比在陈旧霉潮的火柴盒上划火柴，不反复使劲划拉几次，那火柴就无法达到燃点……

　　嘉贤是很投入很沉湎的，因为她热爱唐子羽。唐子羽则比较冷静，觉得这不过是家庭娱乐而已，因此他那分散的注意力嗅见了从厨房里漂过来的肉糊味。他本要提醒，却见嘉贤正在"哎哟妈呀"地呻唤着，这时最好不要扫她的兴，等她将这一痛苦的甜蜜熬过去再说不迟。此时他微闭了眼睛，微微地看着嘉贤那日渐粗圆的腰。奇怪的是，那腰仿佛越来越远，也因此越来越细——怎么就变成了梅雨妃那瓶颈似的万般风情的细腰呢……于是唐子羽小腹一热，一粒又酸又麻又难受的感觉带着微疼爆裂开来，迅速扩遍全身……这种奇异的感觉仅仅只是一瞬间，便飞碟般消失得无影无踪了。他觉得他的灵魂已经干涸，再也不想见梅雨妃了，连世界上最美丽、最性感的女人都懒得去想了……活着真没意思！

02

唐子羽决定步行去宾馆，一来可以借此锻炼身体，反正到宾馆也不远；二来如果乘车提前赶到，必然要等待。约会前的等待是很烦人的。可是他刚走到巷口，就见城墙上空一大团黄烟滚滚压来，仿佛无声电影里的战争场面，又如聋子观看黄河壶口瀑布，虽不闻其声而心灵依然震撼起来。眨眼工夫，那团巨大的黄烟就奔到头顶，顷刻吞没了太阳，导致他身旁的一辆摩托车撞上前面的出租车屁股。出租车司机跳下来，"嘭"的一关车门，与摩托手吵骂起来。只是他俩谁也看不清对方的面孔，就两颗晃动的黑西瓜而已。远处有个孩子喊了声"妈！"接着是一个妇女的尖利的呼叫声……

这就是沙尘暴。沙尘暴在今春，已经是第三次袭击这个城市了。沙尘暴过后，遍地灰尘。灰尘，这无比强大的"自然兵团"，它如一个黄色的油漆匠，所过之处，无不披上一层衰败老化的裹尸布。沙尘暴撕碎了所有建筑物上的广告彩旗，抛飞了所有报童手上的报纸，于是漫天飞舞着五颜六色的破布烂纸，于是天空像现代派画家涂抹的一张肮脏的画，又像是高空中一架客机爆炸后散落的无数残片。当然眼下，沙尘暴还没有过去，一切都是唐子羽想象里的令人悲伤的景象。

他揉着眼睛，几乎是摸索着赶到宾馆。在走进宾馆的旋转玻璃门时，门迎小生向他鞠躬，同时奉上一个滑稽微笑。有什么可笑的？直到进了房间，一照镜子才明白：他的头发眉毛全没了，全跟他的皮肤变成一个颜色了，整个一个兵马俑了。他拧开水龙头，将头伸过去冲洗了半天，又拿干毛巾掸净身上的灰尘，梳了头，再将头发拨拉成一个乱中有序的自然状。甚至，他还拧开一个小白瓶儿，用指蛋儿剜了一疙瘩白糨糊之类的东西，朝脸上泥了一遍。

唐子羽将窗帘拉上，将床头灯开得不明不暗，恰好是他认为的那种很性感的亮度。然后掀开被子一角，缩进被窝，摆出午休的样子，枕边还放着一张打开的《人民日报》，以及两份标有"机密"二字的红头文件。就在这时，门铃响了。他有些激动，将嘴唇抿湿，拳了拳手指头，似在给自己打气壮胆，以便开门时就有气魄拥抱梅雨妃。

门开了，的确是梅雨妃。只见梅雨妃满身黄尘，像是老电影里某个刚偷过地雷的女特务。好在灰尘并没有掩没她那双聪慧明亮的眼睛——唐子羽刚张开双臂，梅雨妃立马摆手，说："儿子！"果然从她腿后闪出一个灰脑袋，一对黑眼珠贼亮贼亮的。"叫唐伯伯，"梅雨妃颇为得意地介绍道，"瞧我的儿子多漂亮！"要说这孩子难看，倒也未必，但说这孩子漂亮，那就谈不上了。天下哪个母亲不感觉自个儿孩子漂亮呢。这是人的自恋天性，通过夸奖自家孩子来拐弯抹角地赞美自己。唐子羽将这对母子做了一番比较，很遗憾地想着：真是个一流的车间加工出的三流产品。不过又有点幸灾乐祸：孩子的父亲大概是个很平庸的人。这又顺理成章地印证了一句老话：好花插到牛粪上，猪把白菜拱了。

还说什么呢？总得将这母子迎进房间吧。于是就迎了进来，请母与子到卫生间去，清洗打扫吧。清洗打扫后出来，唐子羽大为感慨：母子俩仿佛脱胎换骨了一般,像是刚凿出的玉人儿,又像是刚刚揩拭干净的青瓷儿,那么灵秀那么灼人眼目。尤其是梅雨妃,耳垂上吊溜着一滴晶莹的小水珠,如吊溜着一颗透明的钻石。

"小家伙,叫什么名字?"

"给伯伯说——"

"叫杨琴。"

"你是女孩?"

"男孩。"

"勤奋的勤。"

唐子羽笑了,嘴上说"这名字好啊",其实心里满是嘲讽:名字听上去很美,写出来一看,就土气了,分明成不了富贵之人。不过他又自责起来:人家无非是带上孩子来,你因捞不着什么便宜,就嫌这孩子长得丑,嫌这孩子名字不好听!他之所以这么想,是因为他弄不清梅雨妃为何要带上孩子来。这显然是一个预谋,是对我唐子羽的防范与玩弄,简直叫奇耻大辱!我唐子羽可从来不想当强奸犯,我热爱一个女人,必须是这个女人也热爱我,我想跟这个女人做爱,前提是这个女人也想跟我做爱,否则毫无意思,还不如闭门自慰。

不过事已至此,唐子羽也就克制了自己,冲一杯茶递到梅雨妃手里,又从裤兜摸出两小袋话梅,在杨勤的头上晃着:

"伯伯知道你妈今天要带个小警察来,特意给你买的。"

梅雨妃的眼睛眯过来一丝狡黠的笑,证明她已悟出唐子羽方才说的是谎话。对于他的生气,她业已心领神会。于是,她从儿子手中抢过一小袋话梅,说:

"乖儿子,你是吃妈妈的话梅呢。"

这句话立刻感动了唐子羽,因为他的这点小小的殷勤爱意,总算被梅雨妃看破并接受了。事实上,很显然,有一个五岁的孩子在场,今天将不会发生任何故事，所以唐子羽将今天下午的这段光阴，迅速来个明确定位：陪妇女儿童度过一个纯洁的下午。于是他站起身来，"刺啦"一声拉开窗帘，就像军事指挥家"刺啦"一声拉开作战地图，说：

"诸位，请瞧瞧，我们生活在怎样一个城市？废气弥漫、遍地黄尘！别小看了这些黄尘，它们被风长时间地搬运过来，我们迟早会被它们彻底埋葬……"

"唐局长，你给我们母子上课呀。"

"不，我要分散注意力。"

"我不懂。"梅雨妃又是甜美一笑，俏皮地抽抽嘴角。她的下巴圆润而精致，不失雍容之气，偶尔翘动嘴角，显得极其妩媚动人。

"杨勤他爸的银行突然被抢了，我只好带上孩子来，实在抱歉。"

梅雨妃说这话的时候，眼里流露出某种哀戚和内疚，唐子羽当下就心软了，就想她也是非常想见他的，带孩子是万不得已的，于是一下子觉得这个叫杨勤的小男孩，其实很招人喜欢哩。是啊，你觉得一个女人可爱，那么她拉的屎都是可爱的，何况她生养出来的鲜活白嫩的孩子！

五岁的杨勤正上幼儿园中班，他眉宇间尚显露着皮下的青筋，像是池塘边的软泥里埋伏的蚯蚓。要和一个孩子的母亲搞好关系，最简捷最有效的办法是与这个孩子搞好关系，并且要像是出自真心的样子，这会达到事半功倍的效果。讨好女人，不如讨好女人的孩子；巴结丈夫，不如巴结丈夫的老娘，这是生活中屡试不爽的谋略。

唐子羽问杨勤喜欢什么，喜欢唱歌吗？跳舞吗？孩子就唱歌就跳舞了，就表演小白兔大花猫了。没有大灰狼，也没有卡通片里由变形金刚组装的太空大战之类的内容。可见这杨勤，虽为男孩，却一身女孩气息。他表演的时候，唐子羽梅雨妃就只能围绕着孩子说话。这些话与爱情无关，与爱情相差十万八千里，但重要的是他和她在说话，借着说话的名分将那亲昵和爱慕的意思，通过特别的眼神传递给对方。在外人听来，这些话的内容简直比天气预报还要枯燥乏味，而当事人却陶醉不已。唐子羽坐在床上，梅雨妃坐在写字台后的转椅上，中间只隔了一个写字台的角儿。孩子忽而沙发上忽而床上地表演，两个大人犹如两个国家的元首同看一场戏。演员认真投入地表演，元首要适当地夸奖、表扬、鼓掌。其实元首们对于演出并不十分感兴趣，总是不经意间漏出一句话，这话听上去是那么无关紧要可有可无几近于废话，而事实上却暗示着强大的信息……

"杨勤生下来，只有五斤三两，像个大耗子。"

"生孩子真是惨烈，我老婆生孩子那一刻，我就想：以后无论发生什么情况，哪怕她偷人养汉，我都不跟她离婚，除非她提出来跟我离婚。"

"这些话你心里想想就是了，我不爱听。"

"其实这些话我从未说给老婆，我怕她听了得意忘形。我想世界上应该有一个人儿出现在我的生活中，好让我把什么话都说出来，这样就不会憋得慌。"

"我要拉屎——"

梅雨妃就把卫生间的门打开，唐子羽抢先进去，将丝绒坐垫放上马桶，不要冰了杨勤的屁股。又亲自抱了杨勤坐上去，这才走出来——毕竟不是亲生儿子，所以这儿子拉出的屎肯定很臭。而梅雨妃呢，则靠在卫生间的门口，看着儿子拉屎，不时地偏过脑袋与唐子羽说上一句半句话。她那个斜倚门框的姿态非常优雅，上身T恤衫，咖啡色底子，米黄色横纹，包藏的一对奶子那么圆熟，那么引人焦渴，仿佛雨后的土地被阳光蒸发出的团团热气。她的臀部异常肥美，胸与臀之间，斜拐一个S形，被一个细腰勾连起来，勾连得那么娇气，那么疼人，勾连出一丝懒散富贵，勾连出鱼动荷摇，勾连出电光灼灼……唐子羽已没有能力欣赏了，撑持不住了，只好忍痛割爱闭上眼睛。眼睛闭了，鼻子却闻到一股类似烤鹿肉的香味，耳朵又听见梅雨妃的小嘴巴絮叨个不停，无非是关于杨勤关于操厨关于一家三口逛商店之类的生活琐事,但唐子羽是一句也听不进去。他闭着眼睛,凭感觉走过去,走到梅雨妃的身旁,这才睁开眼睛,斜身探头看卫生间里的孩子拉屎,一只手就轻柔地半搂了一下梅雨妃的腰,又迅速撒手离开。梅雨妃没有一点儿反应。时令正值初夏,谁都穿得单薄,她怎么没有一点儿感觉呢!她没有感觉因而没有反应,很可能证明她绝对有感觉却不想将感觉反应出来。如果真是如此,那么她这样的表现,就等于告诉唐子羽:你可以摸我,我不在乎;你想搂我你就搂吧,我喜欢被人搂。根据这个判断,唐子羽的手再次搭上梅雨妃的腰,轻轻抚摸,然后下滑,下滑到犹如滑雪运动员最后冲刺的那个弧形弯道,猛地滑上去了——这柔细的腰往肥美的臀上过渡的那段弧线,是最为打动唐子羽的部位。于是他沉醉地说:

"这地方像是琴腰的曲线。"

梅雨妃一个娇羞回眸,高兴也不是,发火也不是,蠕动着嘴唇,正想着恰当的话儿时,杨勤拉毕屎了,撅着屁股蛋子跑出来,要母亲给他擦屎呢。

"小东西真倒胃口!"

唐子羽的手还在空中比画着梅雨妃腰上的弧线,比画完了自摸一把自个儿的"腰弧",说:"你的腰是皇宫美食,我的腰是民间粗粮。不信你摸摸我的腰。"梅雨妃给孩子擦净屁股,一甩头发仰起身来,说:"我才懒得摸呢。"

又恢复了原来的样子。杨勤突然要玩落地灯罩,唐子羽就小心翼翼地替他卸下灯罩,再按杨勤的要求,又小心翼翼地将那橘红色灯罩戴到杨勤头上。杨勤就满地乱跑,嘴里喊道:

"新娘子来啰,新娘子来啰!"

"想到总有那么一天,"梅雨妃微笑中带着感伤说,"我辛辛苦苦养育的这个小男人,娶个老婆,让那女人霸占了去,心里真不是滋味。"

"我理解,儿子是母亲永恒的情人嘛,是一种最持久最特殊的爱情。可是天下的这号事，结局都一样……瞧你，现在眼圈都红了，至于嘛。"

"新娘子来啰，新娘子来啰！"

"你儿子像个女孩，这样不好，得注意矫正。你怀他时，可能老想着是个女孩吧。"

"才不呢！我百分之百自信是个男孩。"

"自信是主观愿望，客观上怀了个女孩，而主观上硬要将这个女孩自信成男孩，于是就——"

"我听不懂。"梅雨妃的这句话，在他们的交往中是经常说的，算是她的口头禅。每次她说这句话时，事实上表明她已经非常懂了，于是用那种温情中带着些许揶揄意味的眼神望着唐子羽。

"我不当新娘了！我不当新娘了！"

杨勤嚷嚷着要卸掉灯罩，可是卸不掉又卸得太急，一个趔趄蹲到地毯上，几乎要哭了。唐子羽赶忙弯腰扶他站起来，动作充满了慈爱与耐心，生怕灯罩内的铁环剐伤了孩子的脸。灯罩终于卸下来，杨勤拍着小手：

"好亮呀！"

"你真是个小笨鸭！"

"你是个大笨妈！"杨勤说着，冷不防猴上梅雨妃怀里，双手搂住妈妈的脖颈，小鸡啄米似的在妈妈脸上亲个不休，同时把妈妈的头发揉搓得乱云飞渡了。梅雨妃这一副散乱的样子，好像是午夜间从睡梦里起来解手，迷迷糊糊的，平添了一种诱人风韵。

母子俩这样嬉闹的时候，唐子羽安详地欣赏着如此这般的天伦快乐图，不觉间眼前一团恍惚——这母子是从哪里来的？为什么要出现在我的生活中？为什么要让我如此牵肠挂肚？他又恍惚联想到自己的孩子，在孩子小小的时候，也是一个活玩具，也是如此这般地跟父母没大没小地瞎闹傻乐。所谓的亲情，不过是相互玩弄、互为宠物罢了。孩子的天性是有着逆反心理的，你越是强调不敢不能的事，他便越是来兴趣。

"可惜我的儿子嘴上都有绒毛了，不好玩了。他跟杨勤一般大时，也是这般淘气，特别喜欢在客人面前，猛地掀起他妈的衣服，摸他妈的奶子——"

话音刚落，杨勤果然冷不防地揭起梅雨妃的前襟，于是就像满月突然砸出云层，梅雨妃的胸上展露出一对钩针小白花罩着的大馒头。她穿的T恤衫原本宽松，就显得胸脯一般而平常，不曾想这么一露，就露出了巨大的实力。而梅雨妃早就拉下衣衫，又羞又恼，啪啪地扇着杨勤的屁股。杨勤就哭了。

"你看你，何必打孩子呢！"

"你这教唆犯——"

"好好，怪我不是。可我们早都为人父母了，啥没见过！"

"那也不能让你见。"

她整理着头发，又含笑补充道："你又不是我儿子。"

…………

梅雨妃走了，但是她和她儿子营造的气息迟迟未能散去，致使唐子羽根本不能进入工作状态。当初修建这座宾馆，占用了他们单位的一绺地皮，很窄的一绺。根据当时的合同，单位坚决不要钱，而是要了两间客房，以方便接待上下两级的来客。可是如今，上下级来的客人，都不愿意住在办事单位的眼皮底下，因为那样，他们夜间的自由娱乐很不方便。房子无客人住，局里就收回钥匙（水电费另算账），谁要加班加点办公，谁就来这里，图个清静。唐子羽是最末一位副局长，主要任务是应付各种开会，当然不是重要会议。他虽然不爱开会，但重要会议即便他想开也无人通知他开。每开一次会，他总要在脑海里"称一称"这个会。如果他认为会议重要，他便迅速汇报给一把手。一把手还

\ 02 \

把他当大秘书看,因为他能写一手好材料。所以局长还是很喜欢他的,一来他是一个称职的道具;再是他虽然爱胡说八道,却从未有过搬是弄非的前科——他在大的方面,是个口紧的人,有利于团结与稳定的人;三是无论在什么场合、什么情况下,他都毫不思考地、坚定不移地维护一把手的权威形象。人活着都不容易。当官的在风光之余,实有很多难言之隐,唐子羽想,我要尽我努力,让我周围的人,因我的存在而愉快。所以他才公开讲过一段话,这段话被同僚们概括为"做官秘诀":

"上边一再号召要团结在党中央周围,怎么个团结法?党中央在哪里?在北京,在中南海,咱们能随随便便进北京中南海找中央领导搞团结吗?显然没法操作。别说找中央领导搞团结,就是找市长搞团结,也困难得出奇。咱们是唯物主义者,唯物主义者讲究实事求是。通俗地讲,我们要说我们能够做到的话,不要说我们根本做不到的话。就说团结吧,我们只能紧密地团结在局长周围,通过团结局长而与党中央保持一致。为什么?我们团结在局长周围,局长团结在市长周围,市长团结在省长周围,省长团结在党中央周围……如此团结上去,全国就成了一个长治久安的整体。所以我的行为准则是,紧密团结在局长周围……"

"砰!"局长将保温杯往桌上一蹾,中止了唐子羽的胡言乱语。局长严厉批评唐子羽的糊涂思想,说唐子羽态度不端正,偷换概念,大玩文字游戏。局长铁青着脸,当众责令唐子羽写出深刻检查,当场闹得唐子羽下不来台,勾了首,恨不能勾进裤裆里,喝一泡自个儿的尿呛死算了。此后很长时间,局长见了他理也不理。

不理了拉倒,反正唐子羽毫无政治野心,只要不违法乱纪,不耽误本职工作,谁也不能把他怎样。可让他万万没想到的是,仅仅过去三个月,组织部来了一个红头文件,他唐子羽成了副局长!在宣布任命的会议上,局长说了他很多优点，夸奖他政治上成熟，特别强调他能知错就改——态度真挚、确乎发自内心深处。大家都明白，局长是指唐子羽做检查的事。而事实上，唐子羽压根儿一个字也没写！

这简直是捡来的一个副局长！有什么不好呢？至少给人发名片时体面，出差时可以坐飞机，回老家不用挤公共汽车，就是将来死了开追悼会，也能多骗几个花圈。那么这究竟是个什么局呢？坦率地说，实在没必要讲出来，总归是政府的一个部门。只是这个局，似乎可有可无。它看上去好像管了很多，其实什么也管不了。假如这个局在一次地震中坍塌了，永远陷进地裂缝里，那么我们的生活原来是个什么样子，现在仍然是个什么样子。可是这个局依旧顽强地存在着，至今尚看不出它会消失的征兆。它像是人身上的扁桃体和阑尾，基本上不起作用，要起也是起副作用，所以最好还是别逗惹它，免得它添烦加乱。它顽强存在着还有一个最根本的原因：中国人多，所以必须鼓捣出无数个机关单位，以便大家都能混口饭吃。

"权力是最有效的春药"。几乎是在认识梅雨妃的当天，唐子羽又听说了这么一句话。于是他回想起了：当有人介绍二位时，当这对男女握手时，当介绍人说"这是唐局长"时，梅雨妃的眼角忽然飘出一束激情和崇拜，虽然那激情与崇拜稍纵即逝了。很久以后唐子羽才弄明白，梅雨妃并不是对他的局长身份感动，而是被他那双大眼睛和性感的嘴唇挑动了。这多少有点一见钟情的味道。从那一天开始，唐子羽的生活中增添了一项极其隐秘的内容：对一个女人的深深思念。这个女人名叫梅雨妃。

梅雨妃走了，带着她的儿子走了。但是这对母子所散发的气息还在，就像夕阳晚照的河流上，一只帆船远去了，但那拖得老长老长的帆影还倒映在光已暗淡的水波上，令人黯然神伤，不忍久看。唐子羽咬着钢笔，胡乱地在纸上写着：

世上的儿子只有自家的好
所以你说你的儿子漂亮
我只能傻笑

儿子搂着你的脖颈
调笑着吸吮你的酒窝
我忍着甜蜜心似火燎

儿子缠绵你的乌发
揉搓青云惊飞群鸟
我心如乱麻金星直冒

那小手猛地探进你的前襟
居然玩弄你的好奶子
你脸色红烧就打他——

该打！该打!! 真的该打!!!
这讨厌的小男人
为什么不是我呢

03

男人有一些普遍的特征：懒惰、贪玩、好色、嗜权（支配他人欲）。还有一个特征不易被发现，就连男人自身也未必意识得到，那就是：需要被人崇拜，需要一个精神上的追随者或者行为上的奴仆，以满足男人骨子里的领袖欲。一个男人声称他有一个朋友，这朋友多半是他的崇拜者。或者相反，他崇拜另一个男人。总归一句话，男人要千方百计地寻找一个崇拜者，一旦找到，他便精心培育、百般呵护。当然，也可以将这理解为男人天生就有的同性恋倾向。

唐子羽就有这样一个朋友。这是他亲手培养起来的崇拜者。此人名叫朱大音，是一个来自外省的流浪艺术家。流浪艺术家的父亲是个民间雕塑匠，周围山上庙里那些稀奇古怪的神像，均出自他父亲之手。他母亲则是个乡间业余剧团的花旦演员，所有的泥腿子都喜爱她、梦想她。她是他们的大众情人。她协助他们度过了情窦初开的少年时代。可惜她过早地离开了人世。早逝的好处是，她的脸上永远没有皱纹、头上永远没有白发。她永远以年轻美貌储存在人们的记忆里。而他的祖父则是一个风水先生，凭着一本《易经》和一本《麻衣相法》吃香的喝辣的，并且经常摸到别人家媳妇的炕上，有时得手，有时也遭

\ 03 \

遇男主人的捶打，但总能越窗而逃。他祖父集一生之看庄基、选坟地的经验，说："窗子是留给野汉子的。""埋好一座坟，富贵三代人。"还有一句养生名言："吃饭要喝汤，睡觉要脱光。"至于孙子朱大音，将来能不能发达富贵，天晓得。但是，当这小子从城里提了几大包礼品回乡过年时，当人们看见他腰里别了个BP机时，乡民们羡慕万分，说："这小子发了，在百陵城混出名堂了！"

百陵是一座很老很老的城市，因周围埋葬着上百个王侯将相的坟墓而得名。朱大音在这个城市东游西荡了三年，仍有浮萍之感。直到某一天结识了唐子羽，他的流浪之心才得以安妥。现列一简表，将这"主仆"二人约略作以比照，以供诸君品鉴。

	唐子羽	朱大音
出 身	书香门第	民间艺人
年 龄	45岁	36岁
身 高	1.71米	1.69米
学 历	大学本科	专科自修
职 业	政府公务员	自由艺术家
月收入	1000元	100～10000元
人生观	不 明	享乐主义
爱情观	无爱情不上床	先上床再说

不难看出，在"硬件"上，唐子羽均高出朱大音一个台阶，完全符合二人建立一种"领袖与仆人"的关系。这是一种相互需要、相互抚慰。这种关系的重要性其实并不亚于爱情，甚至比爱情更要紧。一个男人终生爱一个女人的，

几乎没有；但一个男人终生爱另一个男人，却是普遍存在的。原因在于前者总要出现辉煌灿烂的高潮，有高潮便有低潮，便有退潮及至消失得了无踪影。而一个男人爱另一个男人，由于不可能出现非凡动人的高潮，因而像大河一样，一直平缓地流向远方。

　　唐子羽和朱大音的亲密关系，照例发轫于相互间的羡慕：唐子羽羡慕朱大音自由自在、自为帝王、自食其力的浪漫生活；朱大音羡慕唐子羽出有车马、睡有高楼、胡吃乱喝都能报销的社会地位。朱大音偶尔也生出一种干番大事业的念头，而他早就听过"不勾结官府成不了大事"这句话。官府是个什么样子？他不清楚。自认识唐子羽唐副局长后，唐子羽就成了他眼里的官府的化身。朱大音凭直感判断：唐子羽一定能给我带来飞黄腾达。

　　但是后来，这种急功近利的色彩日渐淡化了，以至于看不出丝毫目的了。从外观上看，唐子羽除了走路有点外八字，基本还算一个美男子。身材虽不高，但是匀称得体，谈吐风雅，能粗能细，与人相处每每让人有春风拂颊之感。又爱乱读杂书，世界上任何一个话题，一旦被他接到嘴上，他都能津津有味地续说两小时。当然他也尊重别人的观点，始终照顾别人说话，不搞一言堂，并且谁说话，他就将身子朝谁倾去，眼睛也静静地看着说话人的眼睛。他的大眼睛很和善，宽额散发出一种英俊的神采，很讨人喜欢。他的这般风度着实令朱大音倾倒，不由得感叹道："官府中居然有如此博学风趣的人物，太不可思议了！"其实，一个人看上去无所不知，正说明这个人什么都不懂，充其量是个平庸的天才。这种人的用途是：像个花瓶，起点装饰作用罢了；又像是繁华的酒宴上，那种雕刻精致的萝卜花而已。而朱大音在唐子羽眼里，也是万般可爱：生得圆头圆脑，白白净净的，一对黑油油的小眼睛，如两颗羊粪蛋儿镶嵌在一个大葫芦上。别看眼睛小，却极有眼色，第一次追随唐子羽上厕所，唐子羽嘴上正叼着半截报纸,站在小便池前两手别扭地拉裤链,依然继续斜了眼角读报。朱大音陪站在旁边不动作,唐就奇怪了,从牙缝挤出一句:"你尿你的呀!"朱答:"你是领导,你先掏出来尿嘛。"

  崇拜者的义务就是服从领袖,不断地给领袖送礼。不仅仅是送物质礼,重要的是送精神礼,要让领袖始终处在快乐与兴奋中。送精神礼可不是一味地阿谀奉承,那是低档次的礼,只有粗鄙的暴君才喜欢这种礼。假如一个人大庭广众之下赞美你是个卓越高尚的人,你受得了吗?你只能把这看成是对你的嘲讽挖苦,其中必定包藏了某种阴谋。朱大音对唐子羽的赞美效忠,往往是通过曲笔讽刺来完成的。唐子羽心里很受用,当然要不时地赏赐朱大音,带朱大音出席各种社交沙龙,介绍各界名流要人。常用的赏赐是:每当朱大音画了一幅画,或草书了一幅卷轴,唐子羽都要故作行家状,予以赏析夸奖,其中总要牵扯出一大堆古今中外的艺术大师作为参照,当然更忘不了"严厉地"指出这些作品中的"败笔"。

  有一回,朱大音新交了一个女朋友,激动得三更半夜打来电话汇报。唐子羽为了进一步满足朱大音的虚荣与快乐,就让朱大音带上女朋友来。来了一看,那女子倒也苗条清丽,该鼓的地方也不瘪,只是眼中缺少内涵,更缺一种一个美人必不可少的风情韵致。但纵然如此,唐子羽还是感叹道:

  "唉唉,红颜薄命啊,又一朵鲜花插到牛粪上了。"

  "好老哥哩,我深更半夜地跑来,就得了你这么句话!"

  那姑娘机械一笑,这个笑的意思不好辨析,好像是一条小毛虫掉进后颈窝逗出来的笑。大概她没有能力弄清唐子羽的话究竟是真的同情她呢,还是巧妙夸她"一朵鲜花",抑或是在玩幽默。

  过了不到一礼拜,朱大音又领来一个女人,又是在三更半夜跑来。这小子不知使用了什么手段,仿佛天生了某种勾引女人的才能。只是这次领来的女人，像一个走动的肉联厂，生得特别圆实，尤其是一对大奶子，好像两个肉坦克，坦克陷进了沼泽地里，轰隆隆扭缠着颤动着，却一时三刻拔不离沼泽地。这当然也算不得一个美女，但唐子羽毕竟心地善良，自然不忍嘲笑。一个有教养的男人，应该让所有与他相处的人感到愉快。而要让一个女人愉快，其实方法只有一个，那就是热情洋溢地赞美她，以及适度地向她调情。

"大音，你小子真有艳福！这位小姐很像杨玉环——爱吃荔枝吗？"

"呀，你怎么知道我爱吃荔枝？！"那女人双手抱胸，踮了踮脚尖，似乎要来一曲花腔女高音。

朱大音就有些不自在了，说："你老兄再这么下去。以后谁还敢把女朋友往你这儿带！"

"对不起，"唐子羽笑了笑，把一种失了礼的尴尬表情定格在脸上，"我这人他妈的就一个毛病，见了美人就忍不住想犯错误。"

"哟，你大局长都敢犯错误，我这小民女就更不怕犯错误了！"

朱大音心领神会，唐子羽通过对他女朋友调笑的手段，也算是间接地肯定了他朱大音的"幸福生活"。假如他朱大音带一个女友来，唐子羽对之毫无兴趣，朱大音心里又当怎样失落呢。

然而糟糕的是，游戏经常产生理解的误区。第二天，那"肉联厂"真的打来传呼，重提"犯错误"的话题。电话里说唐子羽这人风趣，跟他在一块儿挺有意思。唐子羽有点哭笑不得，便撒谎说最近几天确实没有时间，忙，忙着筹备"百陵市第七届经济贸易洽谈会"。"犯个小错误能耽误你多少时间！"唐子羽笑着说："非常感谢你的抬举，我一定抽个长点的时间。"后来又不断接到骚扰电话，因为她看上他啦！如果他也看上她，就不叫骚扰电话，而叫爱情电话。再说了，即便他也看上她，可她是朱大音的女人，是因为有了朱大音这个人才认识了这个胖女人，那他就要控制自己的情欲。朋友之伦理还是要坚守的，中华民族的传统美德还是要发扬的。

当那"肉联厂"又来传呼时，唐子羽真的生气了。他将朱大音唤来，严肃地批评他、教导他：

"你以为搞女人就是艺术家？我理解艺术家喜欢搞女人，搞女人我不反对，有条件的话我也喜欢搞女人。问题是，你总该有点选择吧！俗话说'宁咬鲜桃一口，不吃烂杏一筐'，你是不是要凑出一个大数目？你是不是狗吃牛粪——贪图体积大！我不怎么懂得艺术，但有个简单的判别方法，一个艺术家交往的女人是个什么档次，他的作品也自然是个什么档次。你这么种猪似的搞下去，能成一个大艺术家吗？再这么下去，我脸上很没光彩，因为你是我的朋友啊。"

"噢，"朱大音拍了拍鼓肚，"我可从来没想过成不成大艺术家，这是个宿命问题。既然是宿命，那就不要再考虑人为的努力了。我只是喜欢画画，喜欢写字。我的字画能有人购买，我能够以此生活在世界上，这就足够了。至于说到女人，你的观点更无道理了！你怎么知道我交往的女人没有档次？你跟她们睡过？难道我喜欢的女人非得要你也喜欢？你交往的女人都是人参，我交往的女人都是萝卜？我要告诉你一个简单的常识，人参是不能替代萝卜的！"

"竖子不可教也！"唐子羽拍了一下自个儿的脸颊，闭了眼睛，懒得说了。

"你口口声声说'宁咬鲜桃一口'，你咬过几个'鲜桃'？能不能拿一个'鲜桃'出来让兄弟我开开眼界？"朱大音一脸的敬仰，敬仰中又分明含着一丝嘲讽，同时那双熊掌似的肥手不住地搓着。

这里需要强调的是，身为唐子羽的仆人、追随者，事实上外人并不能清楚地看到这一点，这属于内在精神方面。这两个人一见面就斗嘴，极尽嘲笑挖苦之能事，尤其在双方的朋友聚会时。但是，在有陌生人出现的场合，朱大音自会理智地自降一格，连走路都是走在唐子羽侧后的位置，就像出席重大的场面，副首相永远走在首相的侧后一样。一逢这时，朱大音就显得语言笨了，举止呆了，乘车呀吃饭呀，他总是忘不了"局长您先请"。

可是这回，朱大音忘了"仆人"身份，硬是逼着唐子羽，要唐子羽现场托出他的"鲜桃"来。而且，朱大音那双小眼睛流出来的光，已分明下了结论——你唐子羽绝对拿不出"鲜桃"来炫耀！

"确实遗憾，"唐子羽轻声说，显然在竭力克制遭到蔑视所激起的愤怒，"我确实没有'鲜桃'，很可怜。"

见唐子羽如此悲观低落，朱大音又觉得自个儿未免太过分了，便不由得生出一丝怜悯来，"对不起，我开玩笑嘛，你还挺当真的。其实你这样的人，是政府官员，不在乎儿女私情，要追求大目标呢。"

停了一会儿，唐子羽依旧沉思无反应，朱大音只好继续说：

"可是你这官也白当了！如今的官，哪个腰后不偷着别几朵鲜花！否则谁还想当官呀！男人都想当皇帝，还不是冲着'后宫三千'去的。"

唐子羽还是木头似的面无表情，眼睛虽然看着朱大音，但眼神不知溜到何处去了。

"也许你属于吃昧心食的那类男人，说不定早就'温香在抱'了，只是不想说出来罢了。我就不明白，无人知晓、无人观赏的幸福，还算哪门子幸福！"

唐子羽终于有了一点脸色，很诚恳地说：

"我真的没有什么艳事。我是属于那种'只配跟老婆睡觉的男人'。当然也碰到过令人心旌摇动的女人，但我只是很轻微地、暗示性地表达一次我对她的爱慕。如果人家拒绝，那我就再也不会表示第二次了。我性格如此，没有办法。"

"傻瓜！"朱大音笑了，"就是天下第一美男向天下第一丑女求爱，也绝不会一次就能成功，绝不会你一说'我爱你'，她就立马脱裤子。再不入流的女人，都懂得端架子的艺术。"

"瞧我，比你大十岁，还是你的学生。"

"大九岁！'术业有专攻，闻道有先后'嘛。"

04

这是一个民谣盛行的时代。民谣就是大众诗歌，属于口头文学，夸张直白，但是一针见血。当然也脱不了粗俗浅薄的毛病。中国是诗之大国，最早的诗集叫《诗经》，传说是经过孔子编辑整理的，收录作品305篇，均为无名氏创作。那些作品或者说民谣，是周天子以及诸侯王们派专人"深入生活"，自民间采集的。他们就是"采诗官"。采回之后，经音乐家配乐整理，在宫廷里演出。宴饮娱乐的同时，"王者所以观风俗，知得失，自考正也"。用现在的话说，作为供统治者了解民情、治国安邦的参考。

到了二十世纪与二十一世纪新旧交替的时候，民谣又空前繁荣起来。一首好的民谣，如果它天才地概括了某个特定时代的民情、风俗、世相等，那么它就比波音飞机还快，迅速传播大江南北了。只是民谣并不被允许见诸媒体。互联网由于难以控制，因而是个例外。为什么害怕民谣？可能是阿Q好面子的虚弱心理：秃子当然不喜欢人家说他秃，以至于不能当他面说"亮""灯泡"之类的词语。

民谣多不胜数。这里引用一首与本小说有关的：

> 领导的老婆，
>
> 大款的钱，
>
> 和尚的鸡巴，
>
> 调研员。

这首民谣叫《四大闲》，说的是基本处于闲置状态的四种人或四种东西。前三种一看就明白，但是"调研员"呢？现在是都知道，可是若干年后，某个读者偶然翻开这本书，就未必懂了。

索性现在就略作诠释。

调研员是一种官，一种似官非官的官。中国是一个官本位社会，人生最好的事是做官，最荣耀的事是做大官。由于所有人都梦想做官，而事实上又不可能。怎么办？人们终于想出办法：增设调研员制度。举个例子。某个部门，要提拔一个副官职，一考察，发现有两个人合格，但是只能提拔一个。另一个怎么办？弄不好就不稳定，就会出乱子。于是就让这个人当"调研员"，虽然不是正儿八经的官，但是假如正儿八经的官被调走了、被查办了或者出车祸了，他便可以顺理成章地补上去，无须组织部再来考察。一旦当上"调研员"，虽无实权，但在工资、待遇、药费、住房以及追悼会的规格上，均享受同等级别的好处。到底算哪个级别？这要看在什么级别的部门。在处级，就是处级调研员或副处级调研员，简称"正处调""副处调"。同理，在司局级（厅级）叫巡视员或副巡视员，省部级叫视察员或副视察员。上行下效，后来科级也参照这个游戏，叫协理员或副协理员。

地域辽阔，机构庞杂，所以官场文化便成了学问里的学问。仅一个调研员制度，单是那名称就搞得局外人糊涂，比如顾问、咨询员、专委（专职委员）什么的。他们费尽心思搞到这类头衔，却无实权、唯有闲暇，就自编段子自我调侃：狗毯猫屎研究员，吱哩哇啦咨询员，喝茶等饭巡视员，点炮挑刺参事员……名称上看不出级别，但是为了确保住房、用车、医疗、追悼会时享受相应待遇，不至于混乱得无法操作，所以在任命发文时，后面必带括号予以注明。这个很要紧，谓之"尻子后带环"。没有"带环"，说明是彻底的虚名。

当上调研员也有另外的情况，比如在单位干了件很光彩的事，便奖他一个调研员。然而多数情况是，平庸地混了几十年，混到快要退休了还是个革命群众，那就要安慰之、照顾之、怜悯之，给他一个调研员吧。

现在要说的调研员名叫——干脆叫他王调研吧。王调研是百陵市政府办公厅机关事务管理二处的调研员，副处级。他今年五十一岁，已当了三年调研员。三年来，其主要工作是管理家属院的水电收费及环境卫生，大量时间则是用来看报纸喝茶水。报纸看完了，就在报纸上练习毛笔字。每次开练，总是先写"大力发展事业"这六个字。他老有一个幻想：没准哪天官运撞大了，势必到处题字。所以要提前操练、进入状态，免得届时丢丑。先把"大力发展事业"这六个常用字练好，到时再搭配几个新字就能应付场面了。比如到了公交系统，就题个"大力发展公共交通事业"；到了幼儿园，就题"大力发展幼儿教育事业"；到了高新技术开发区，就题"大力发展高新技术事业"；到了殡仪馆，就题"大力发展殡葬火化事业"……王调研这一手，是学习市上的历任领导的，因为他们到哪儿都要"大力发展……事业"一回。只是他们的字，实在不能让王调研恭维。

王调研每每写出得意的字，便用唾沫粘到文件柜上，自赏自展几天。展览的时间有长有短。有时刚贴上去，正好来个有眼色的人问话办事，就要夸奖他的书法，索取他的墨宝。有时呢，挂了十天半月，来来往往的人中，却没有一个识货的主儿。他就再等，直等到有人索走他的作品。干任何事都不能心急，要能忍耐呢。所以他用唾沫粘到文件柜上展览的书法作品，最终全被人索走了。拿他作品的人，多半是求他办事的人。这些人要走字，满脸的如获至宝，总要回报王调研，或现场掏出身上的好烟留下，或事后扛两刀宣纸来。但他并不吸烟，字换的好烟仍放在办公桌上。好久没人要字了，忽然来一个要字的，他心里那个感激啊，就又把桌上的那盒好烟搭配给索字人。不论哪种情况，书法要离开书法作者，作者总有些不舍，总是怀着一种女儿出嫁远方、可能再也见不上面的哀愁，拿出傻瓜照相机，拍照存档以资纪念。也许以后出版书法作品集，有照片就方便多了。

　　可是索要王调研书法作品的人，王调研随后去他们办公室或家里，却从未见到他们把作品悬挂出来，心里自然羞恼。唐子羽是个特例。唐子羽特别理解人生最苦的是寂寞与不被赏识，所以他用一幅秦砖拓片（价值不菲）作交换，请王调研写了四个字：神游汉唐。唐子羽将这四个字裱好，挂在自己的办公室。挂林散之启功的字，一是弄不来真品，二是即便弄来了挂出去，人家林散之启功也不领情，人家会以为你挂他们的字只是为了你自己受用与炫耀。所以不如挂身边朋友的字。对此，王调研差点流出眼泪，说：

　　"唐老弟，若世上的人都跟你一样，天下就美好了！"

　　"过奖了，实因你这四个字气势大，又不失娟秀的缘故。拿相机没有？我拿走的那天，记得你没拍照呢。"

　　"拍照是故意让外行看的，在你面前不好意思啊。"

　　嘴上这么说，还是从裤兜掏出相机，将"神游汉唐"四字摄入镜头。

　　"我原来是想做个摄影家的，你看现在……唉！"

　　王调研早先确实喜好摄影，为此没少跟老婆摩擦绊磕，因为摄影是很费钱的爱好。偶尔在报刊上登个作品，换来的稿费还不够买个胶卷。可是他又纳闷了，看看其他的摄影家吧，个个留着导演胡子，穿着满身带口袋的衣服，胸前吊一嘟噜王八蛋似的照相机，吃东喝西，人五人六，不知摸着了什么路子。后来留心他们的言谈，才明白那条路子不过是通向钱的大门口、权的房檐下，于是才有了无限的风光。摄影家的镜头，恰恰就是为了抓住人世的风光。而人世的风光，又向来被钱与权占了去。只要你经常给钱人与权人拍照，同时不要忘了给他们亲友拍照，就算你摸着了风光的窍门。钱人和权人，一般说来内心紧张、面容卑琐，但是偶尔也闪现出人性的灵光，这时你就要眼尖手快，拍出他们的英俊瞬间、伟大姿势、动人风采，然后冲洗放大。太小不行，太大也不行。要不大不小，就像追悼会上用的那种大小（你放心，他们绝不会朝那事上联想），用檀木镜框装好，趁着风高夜黑之际送到他们府上。他们一看如此标准伟大的照片，便有一种帝王登基般的喜悦，酬谢你的好处也就源源不断地来了，至少你的各种发票就有地方报销了。

市府里的现任秘书长老吴，正是通过给历任领导拍"追悼会照"而一步一个台阶升上去的。如今成了实权人物，便把那些发家器材分送给小兄弟，因为自有后来者给他拍照了。最初同样是爱好业余摄影，数年过去，老吴摄得灿烂人生，老王摄成一团漆黑。真像是人家卖面适逢灾年，他去卖面到处都蹲着卖石灰的摊点。这也怪不得别人，只怨他自己没有悟出门道，只是机械地追求所谓"摄影艺术的和谐美、韵味美"。一见领导跟女人，尤其是跟美女接近，比如领导下地与摘棉花的妇女交谈，领导视察兵营与女兵共吃大灶，领导在节日的晚会结束后上台与女演员热烈握手……诸如此类，我们的王调研就抓拍下来，也是装了镜框送到领导家里，弄得领导哭笑不得，领导夫人则踢凳子甩茶杯。特别是有一次，前任市长与一个外国教育代表团的女团长跳舞，也许因了葡萄酒的煽动，跳着跳着，那女团长忽来兴致，响亮地亲了一口市长的脸蛋——这自然逃不过王调研的镜头。结果市长给逗恼了，在大会上公开批评道：

"我们有的同志不务正业，专拍领导与女同志交往的照片，男同志为什么不拍？太庸俗了！是想掌握什么见不得人的把柄吗？！"

话引得大家的目光聚焦王调研身上，弄得王调研只恨地上没有裂缝一口吞了他。过了几天，他被调离首脑机关。他一时心灰意冷，这才觉得权力是个电网，稍不留神即遭电击。不如练书法。可是书法再好，出自无权之手，也是分文不值。但不练书法，又何以消磨乏味光阴！

市上的领导，自然也逃不脱铁打的衙门流水的官这一游戏规则，几年就要换一茬。每逢新领导上任，全城的多数商用牌匾就要拆换，因为商人们要巴结新的领导，寻求新的庇护。商人们封一个厚厚的红包，所谓"润格费"，托门子找路子呈到领导桌上，求领导题匾赐字。按说在任的领导也能明察秋毫，一旦自个儿离任，自己题写的牌匾将被铲除，不如当初不写也罢，但关键在于他们拒绝不了"润格费"：这又不犯法，我字好你看上我字，所以你拿钱来换我字，周瑜黄盖搞交易，天经地义没啥说。

王调研原来很忙，因为他那时不是调研员，是干事，是跑腿的老奴才。自当调研员后，当下清闲了，跟和尚的鸡巴一样了。首先是没有谁再好意思指派他打开水、扫走廊、发报纸、分茶叶了，因为他是领导了。但他又不必像有实职的领导那样无休止地开会、签字、接待、陪宴、谈话、出差，因为他的职务是虚职。所以他有充足的时间练书法。

但王调研毕竟还有点实权，就是管理着一个"步园"。步园二字是于右任的墨迹。此园地处老城墙内东南角，最初是某朝一个封疆大吏买来的，然后送给他的外室居住。到了明末清初，适逢战乱，此处先后数次用作几个军阀的兵营。新政府坐天下后,先是用于机关办公,后来改做家属院,由市委市府的人混住着。又过若干年,政府在南郊新选一块地,新辟一片住宅区,这个步园随之冷清下来,但富贵神秘之气依然残存。何况其间住户,有不少或现在是或曾经是权倾一时的要员。这其中就有傅市长。

傅市长再有一年就退到二线了。以目下的政治格局看,退下后只能当政协主席,无非厮混于一帮"鸡鸣狗盗之徒"。何以这么讲?在傅市长眼里的所谓政协委员,全是些教书的、唱戏的、修脚的、耍猴的、割痔疮不敷药的、拿拖把写书法的、用耳朵吹唢呐的,以及心底不踏实的暴发户、意欲图谋政界的各色野心家……诸如此类,整个一个胡萝卜敲钟——不是个正经锤子。所以傅市长蔑称他们为鸡鸣狗盗之徒。

本来,南郊新区给了傅市长一套大房子,但他坚持不搬,坚持仍住步园。他住的那幢房子,一座小楼,是五十年代苏俄建筑,窗高墙厚冬暖夏凉,只是外观上显得陈旧,无一丝新气色:青砖墙壁给漏水浸濡成一道道黑影绿斑,房檐上也生出许多蓬草。但傅市长舍不得这个地方,舍不得这幢紧贴大地的小楼。他已在此住了十三年。刚搬进来时,他是交通局长,与另一个当着计生委主任的人合住,两家门一东一西。后来他荣升市委副书记,待遇自然相应提高。那计生委主任倒也有眼色,主动迁到别处,这就将一个完整的小楼留给新首长一家独住了。现在要退了,一动不如一静,何必搬挪劳神呢。再说退后,与新贵们住一块儿,冷落人挤到热闹处,实为自找没趣。

王调研管理着步园,市长大人就住在步园。按说市长早就认识王调研,王调研也有无数机会攀上市长。但事实上恰恰不是这么简单,老天似乎有意不给安排机缘。王调研去了,市长不在;市长在时,王调研偏偏没去。苦命的王调研一点儿也没从市长那儿蹭到好处,倒是他管的一个很不起眼的兵,从市长那儿为兵的亲戚办了许多你无法想象的大好事。

还得从王调研说起。自从掌控步园，王调研也开始搞任人唯亲了。起因是他有一次回家过春节，病在床上的老父亲板着脸，训斥他道："儿呀你真是个没出息的东西！你让我在村上好没脸面！咱这方圆好几十里，就你一人在最大的地方混世事，可你给家乡人办过针尖大的事吗？你看人家来福，外头当个水泥厂的小科长，就给咱们修座桥；贵仁在山西挖煤，带了五个小伙子出去干，腊月时一人哄个媳妇回来；有财在乡上当副书记，给村里拉电，都没掏一分钱；就连赵家的黑牛，在县文化馆当伙夫，也给村里拉了半拖拉机书回来……你呢？你就没一点脑子朝这上面想想？！"

老父亲的话深深刺激了王调研。他固然是村子里闯出来的最体面的人，可村里人哪里晓得，他王调研在百陵城不过是万千众生之一，不过是一粒看不见摸不着的微尘。谁不热爱家乡？谁不想给父老乡亲办事？可那得要钱要权啊！现在，终于熬出来了，终于有权了，有了掌管步园的权。

王调研上任第一件事，便是对步园的勤杂人员进行摸底。这一摸底，他高兴坏了。在整个步园里，除了小诊所的那个中年妇女和一个门卫是国家正式职工外，其余的清洁工、水暖工、修理工、花工，看车棚的、开小卖店的、修摩托的、理头发的，等等，均是临时工。所谓临时工，就是那类让你干你就干，不让你干你就滚蛋的工。

王调研把这些人召集起来，开了一个见面会。一共二十多人，先点名。每点一个，王调研便和这个被点的人目光对视、颔首微笑。然后他开始讲话。他首先代表市委市府对大家多年来在步园所付出的辛勤劳动表示衷心感谢，说没有大家的忘我劳动，市委市府的工作就不能正常顺利进行，市委市府的工作不顺利，全市人民的改革开放经济建设就无法顺利进行。毛泽东同志早就指出，革命只有分工不同，没有高低贵贱之分。所以大家的工作，跟市长的工作是一样的重要，一样的不可缺少。但是目前财政紧张、支出太大，所以要剪裁人员、压缩开支。"就连副市长都要减两个，这是机构改革的大趋势，所以我请大家也要有个思想准备……"

接下来照着名单再念一遍，然后走进小诊所，借用那个中年妇女的注射室，一个一个地传呼临时工。问话的主要内容是：你是哪儿人，是谁介绍你来的。这般询问是相当重要的，因为凡能进入步园混饭的，不可能没有一点儿来头。就是说，所有的人都有某种关系。不把这些搞清楚，就可能捅娄子惹祸。比如，你分明看见一只苍蝇，在你没有摸清底细前，是不能拍打这只苍蝇的，因为这只苍蝇如果落在老虎尾巴上呢，你拍苍蝇，你命将危矣。

果然，经过询问，每一个临时工都有一个后台。但这不要紧，世界是变化的，后台也自然会变化。何况人情啊关系网啊，即便再错综复杂，改革的事业终归要往下搞、历史的车轮终归要往前奔驰。两岸猿猴再哭再喊，轻舟终归要飞越万重山。王调研根据与各人的谈话记录，下来后，一一打电话给后台，或一一登后台之门核对。最后他惊奇地发现，多数的"后台"是凭空杜撰的，与其所称后台八竿子打不着。另一部分临时工，确实有后台，但却是后台托转的后台，那最初的后台，要么退了，要么死了，要么免了——其中一个蹲班房了，那个临时工还不知道，还依旧端出来当后台哩。当然也有调走的后台、升迁的后台，那也无关紧要。这一帮人，都是改革的对象，即使他们的后台升到中央，人家官做大了，才不会为一个小小临时工给百陵市打电话呢——除非他不要清名，不想把官再做大。

如此权衡加梳理，王调研快刀斩乱麻，以机关事务管理处的名义发了一个文件，说为了减员节支，故将步园的勤杂人员削去三分之二。削减之后，当即给老父亲写了封信，汇报情况，讲明用人标准，请老父亲从本地本村挑选人员。王调研特别强调：不要一哄而来，最好一月来一个临时工，集中扑来太扎眼，弄不好让公安抓走，以为是农民起义呢。

一年多后父亲来封长信，对儿子大加褒扬，说老子在村里可风光了，村里把阴山上最好的墓穴留给老子了，三间庄基地也免费批准了，到商店买东西卫生院看病还可以赊账。王调研是个孝子，孝子以老子之高兴为高兴，不由感叹这看上去是个虚职的调研员，居然也能派上用场！一激动，挥毫泼墨，写一条幅曰：

大力发展步园事业

王调研为家乡人办了这个实事，使一帮青年农民走进步园当上了勤杂工。于是产生马太效应，几乎每一个勤杂工都直接或间接地为他的亲友带来了好处。其中最杰出的那个勤杂工，名叫何喜功。

何喜功既不是王调研的亲戚，也不是王调研同村的人，而是王调研他父亲年轻时的一个相好的女人生的儿子。那地方距王调研家乡好几百里路远。那地方再朝南翻一个小小的山，就到另一个省了。何喜功是个乡间草医，因把一个孕妇治成了哑巴，吓得不敢在当地待，就跑到王调研父亲的家里来躲躲风。恰巧此时，王调研的父亲正在村里得意扬扬地替儿子"招工"，又恰巧步园差个花匠，而身为草医的何喜功，自然对花花草草的知道些名堂。王调研的父亲见何喜功而思旧，回想起自己少年时代的那段恋情，那开启男女间神秘门扉的一束霞光，辉映到一个夕阳西下的老人的脸上，真是浮想联翩唏嘘不已，于是给儿子王调研写了一封信，让把何喜功带进百陵城。找到王调研的第二天，何喜功就在步园里上班了。

何喜功虽是个混吃混喝的乡间庸医，但毕竟是个医生，是医生就对人有独到的观察与揣摩。总之,何喜功是那种有眼色的人,是个"灵人"。他进城后,首先感觉城里人的日子实在是好得不得了。城里的官们,过的更是天上神仙的日子,连垃圾桶里都是大鸡大鱼;新崭崭的毛料衣服,说丢弃就丢弃。也只有个别心软的领导家属,才把那些东西积攒起来等个机会捐给灾区。如此比较,在乡下混吃一碗荷包蛋,骗一吊腊肉,他真是可怜得不值一提。最后何喜功得出一个结论:天下就农民过的不是人的日子,跟牲口没什么两样。

何喜功的任务是经管步园里所有的花草树木,无非是修剪、浇水、撒药、栽植、施肥。另外,有一个花棚,四周是铁丝网,里面摆放着几百只花盆。当然有一个门,钥匙在何喜功手里。

在王调研家乡人眼里,何喜功成了异乡人,算是一个"独货"。但他能治病。在步园,勤杂工都是异乡人。这些异乡人换了地方,便有些水土不服,隔三岔五地闹肚子、失眠、皮肤发痒,药费又贵,还没拿到钱填肚子,哪顾得上买药呢!于是何喜功就派上了用场。好在步园里有的是杂花闲草,胡乱揪几片叶子,就能摆治小病。世上的事物都是相生相克的,所有的动物所有的植物所有的矿物,总之所有的东西,单个看来,皆是一味药。不同的排列组合,就是一个个不同的"方子"。每一种方子,都分别是某一种病的克星。因此从理论上说,没有哪一种病是不能治好的。比如癌,绝对存在一个杀死它的"方子",只是这"方子"还没有排列组合出来罢了。纵然如此,病可以治,"命"是不能医治的。死亡就是一种命,华佗扁鹊也不能治。为什么有的人活了很高的寿数,一点病没有也照样死了呢?这叫无疾而终,如此的好命让人人羡慕:一生不知病是什么滋味。

有天晚上,大概是周末,勤杂工们照例窝在大宿舍里,盘腿坐在大通铺上,分了几摊子玩扑克,赌小钱。何喜功不会玩,有些自觉无趣,便反背两手,像老干部似的,到院里转悠起来。这天晚上,头上有轮月亮,白白晃晃的。这是他在城里第一次看见月亮,过去老以为城里没月亮呢。月光下的步园,影影绰绰,使得硬的东西变软了,软的东西变绵了,绵的东西变虚了。那松树、柳树,那水池,水池中的假山,那碎石子铺成的甬路,以及排列在甬路两边的黛色的四季青,一律显得既清晰又朦胧,同时发散出一种香气。这气味很不同于刚泼过大粪的麦田。忽然,他看见一个人也背着双手,慢慢踱着步子,一直踱到花棚跟前,站住不动了。那人的双手从背后脱开,又交叉着抱在胸前,专注地看着花棚里面。可能是为了看个清楚吧,那人中间还弯腰了两次……

那里面有什么好看的?何喜功正在纳闷,同时猛地看清了,那人是——傅市长!那可是步园里,整个百陵市的皇帝哩。

第二天早起,何喜功又想到昨夜的情景,便好奇地走到市长昨夜的位置,也是双手抱胸,也是弯腰两次。哦,何喜功明白了,傅市长月夜观赏郁金香哩!花棚里的郁金香,一共有八盆,红与黄、黑与白各两盆。何喜功各挑了一盆,送到市长小楼的门口。门口的两边,各摆放着一张石桌,石桌周遭分别围着四个石凳。他将红与黄放一桌,黑与白放一桌。在过去,这些花都是要送给一家一户的,当然,要严格按照级别享受鲜花。花不鲜艳了,就搬回花棚,兑换新鲜的花。总之要保证领导的家门四季鲜花。王调研曾宣布要改革,要将花圃推向市场,实行自负盈亏,但眼下尚未行动。

何喜功给市长送花的时间,选在早上十点半。因为是周日,市长一家要睡个懒觉。早饭毕了,正在漱口、剔牙的当口,见人送花而来,又值阳光铺地、风清气爽之际,市长家里当然就高兴得不得了。市长亲自走下台阶迎接,那么平易和蔼,比乡长好多了,一点儿架子没有。市长太太也笑着招呼,要送花人进屋喝茶抽烟。但是何喜功可胆怯了,根本没有想到大人物是如此平凡,这种平凡让他由惊喜到恐惧,终于结结巴巴地说了几遍"你忙、你忙",就后退着逃之夭夭了。

当何喜功再一次送花的时候,好运气来了,他碰见市长夫人正冲几个客人大发脾气。听了之后才弄清,是夫人娘家的远房亲戚,又来找夫人办事要钱呢。亲戚们的打扮举止,比何喜功好不了多少,甚或不如何喜功。市长家也有这号亲戚?何喜功差点惊呆了,原以为市长是那种天上人呢,没想到也是凡间胚子。既是凡间胚子,那就不要太敬畏了。一旦把市长家里当作普通的人家里看待,便立即看出市长夫人有病!有什么病?"拉不下(屎)"病。何喜功不知道,这种病有个学名,叫作便秘。

何喜功夜里胡溜达时,采了几样花草树木的叶子,丢进嘴里嚼烂,唾到纸上,将纸放置于房里的窗台,让每天清早卯时的阳光晒那么半个时辰。晒三次,然后揉成粉面。考虑到市长夫人是金贵之人,难免娇气,何喜功就给药里掺了点味精和胡椒粉。一切准备就绪,他逮住一个很自然的场合,恭敬地呈给市长太太,说:

"我在老家能看点小病,我看阿姨气色不大好,好像是阴塞固结、阳气不运导致的,心情可能很堵闷吧,老想冲人发火咧。可你们是大领导,比不得我们这些百姓可以随便使性子。所以,我给您制了点草药,您不妨试试——"

夫人的眼神矜持中含着居高临下的同情,一只手安详地叩击着沙发的扶手。那手背,在每个指关节处,都有一个小窝儿,像粉白的酵面团上,用筷子头轻轻摁出来的小窝儿,看得何喜功心里没有了一点儿自信。要知道,这可不是给队长娘子看病!

然而这只华贵的手,还是伸了过来,颇有礼貌地接过药包。

"——阿姨每天早中晚,三次,温开水冲服了就行。不要过多吃饭,每顿一条黄瓜,一个西红柿就行了。"

夫人笑了笑,表明她的信任度在增加。

"这城里有的是大医院，有的是好医生。可是一人一种病，看谁碰着谁呢。碰巧了，病就好了。"

夫人本来不想吃的，可是一打开纸包，一股特别的气味逗起了她的某种兴趣。她想起小小的时候，每到端午节，外婆迈着一双小小的脚，格格宁宁地给她送来小小的香包。于是，她将何喜功送来的药，就按何说的那样，开始服用了。妙得很，第三天早上，夫人刚睁眼就觉得下体涌动，连忙跋了棉拖鞋，一路细碎步子跑进卫生间，在马桶上咕咚咚出泄一摊。这是她四十岁后最多的一次出泄，仿佛腹腔内新开了一条高速公路，唰唰唰的，所有的车辆奔驰而过。这样一种酣畅淋漓实在美妙得没有合适的语言来形容。所谓的神通气顺，以此激发出来的，那种类似精神文明的感觉，就是这么一种情景。

市长夫人难掩喜悦之情，真没想到一个貌相平庸、神情卑琐的乡巴佬，还有这么一手！她随手抽出一条中华烟，亲自登门面谢何喜功，说：

"你以后有什么事要帮忙，只管来找我！"

何喜功不抽烟，就把烟拆开，一个勤杂工撒一盒，自个儿留一盒，以作纪念。可是几天后，他从商店里问得这烟一条要值三四百元，真是心疼，可惜得要命。幸好留了一盒，一直留到腊月回家过年，三十年夜打开，一抽，霉啦。

其实何喜功给市长夫人看病，而且居然看好了，原理很简单。何喜功以自个儿的优势，尤其是对于城乡生活的比较，得出一个结论：世上只有两种人，穷人和富人。穷人多在乡下，富人多在城里。这两种人实际上都是病人——穷人需滋补、富人需要排泄。如果拉平均，世上的病人将大大减少。可是病人少了，医生又靠什么吃饭？看来问题还比较复杂。

市长夫人要何喜功有事了就去找她，他也确实有事。但他并没有急着去找，那样会显得他太急功近利了。一直过了两个礼拜，他才去市长家，无意间想起什么似的，说是有件很小的事，请市长给何喜功所在县的县长写个条子。原来，何喜功的小妹夫是个民办教师，这次考试转正，只差半分，可能录取不上了——其实，考试成绩还没出来。

市长听罢，说："基层情况我未必了解，不便插手。"何喜功一想完了，求人真不容易。谁知市长紧接着说："当然，也可以写个条子的，试试吧。"就提笔写了，使用的语气是询问式的商量式的。市长在条子里特别强调一句，"在不违反政策及相关规定的前提下"。如此一来，无论发生什么情况，都牵连不到市长。

何喜功藏好条子，千恩万谢退出来。他搭上长途汽车，回老家了。县长见到条子，简直喜出望外！你想想，大市长下面是小市长，小市长下面才是县长。大市长一般是不跃过小市长给县长写条子的，因为这样有违"组织程序"。可是一旦违了"程序"，那就预示着某种皇恩浩荡了。县长很清楚，傅市长就要退下来，退之前，肯定要研究一次人事变动。那么要退的人点名提拔一个半个人，谁又忍心驳他面子呢。

这么一想，县长立刻唤来教育局长。一查，考试分数刚出来，幸好还没有公布，因为那个民办教师差了不是半分，而是整整三十分！这都次要，关键是教育局接到好多告状信，说那个民办教师超生俩孩子。只这一点，是万万不能给他转正的。"政策是死的，执行政策的人是活的嘛，"县长对教育局长说，"这人必须转正！"教育局长就找到那人，让那人到县医院补开两个证明，日子相应提前，证明前两个孩子都有先天性疾病。下来，要到计生委补办第三个孩子的准生证。费了些周折，人家不给办，教育局长出面也不行。最后还是县长亲自打去电话，才给办妥。

何喜功的小妹夫如愿转正为公办教师。事情办成后，何喜功尚未感谢县长，倒是县长先行一步，进城来向傅市长"汇报工作"了。实际上是汇报"落实条子"的过程,又顺便给市长送些地方特产,无非是小吃呀,怪石头呀根雕呀之类的雅玩。县长又顺便给何喜功捎来一箱挂面,反复表扬何喜功这种"身在大城市,不忘穷家乡"的优良品德。县长给自己办了事,又反倒送东西来,何喜功真如走在梦中,那是至死也不明白的。其实,县长才是更大的受益者。自跟大市长挂上关系后,县长就不断动脑子强化这一关系。终于到后来,官运大好,超越那种半级、半级晋升的常规,一大步上了一个整级……这是题外话,姑且打住。

还得继续说何喜功。他通过市长的一个条子结识了县长,通过县长为乡亲邻里办了不少好事实事,包括把他家的自留山扩大了一倍,十公里的一段乡级公路也由自家人承包了去,修复观云寺,宗教局与民委拨了三万元……这一切,王调研及其父亲居然一点儿不知道,何喜功也居然不曾给他们透露半分。

何喜功在步园,一下子成了名人。因了市长太太的长舌传播,许多人都来找他看病,气得小诊所的那个中年妇女每与他相向走过时,都要"哑"他一声。他是乡下人,无根无基,只好装作没听见。市长太太又亲自出面,专门给何喜功找了一间房独住。那是一排平房,库存的全是旧家什、旧电器,三挪两腾,就腾出一间房子。但是何喜功只住了一夜,就仍搬回勤杂工们合住的大通铺了,原因是他一人独住觉得害怕,脱离大伙儿总觉得要出什么事。就像电视里常说的,他何喜功虽不是"人民的公仆",但也应该要求自己不要"脱离群众",不要搞特殊化,免得扎眼惹是非。而且恰在这时,他偶然碰见一个"乡党",就让那个"乡党"住进步园了。

其实这人说是乡党可以,说不是乡党也可以。原因是这人与何喜功的老家,只隔一道小山梁,口音、风俗均差不离儿,应该说是乡党。但这人又是外省人,两个省的人怎能说是乡党?某一年,何喜功翻过小山梁,出省去行医,被野狗咬伤了腿，在那家吃住了三天，心里就存了一些感念，没想到如今却碰到那家的儿子。

——那天无事，他步行闲逛，浪荡到百陵市东郊的秋水观。那里有很多游客，不少是外国人，大部分是日本人。道观门口，无非是些摆小摊卖古玩字画的。在一棵梧桐树下，他看见一个胖男子盘坐地上，面前摆了两幅字在卖。他觉得这男子面熟，上前细一打量，就认出了，正是有恩于他的那家主人的儿子——朱大音！

原来朱大音在百陵城里流浪了好几年，靠在各旅游景点卖字画糊口。长时间没个住处，连他自个儿都想不起究竟搬了几回"家"，直到不久前，又到南郊租了一家农户二楼上的一小间房子。何喜功跟着去看了，房间确实小，一张似乎只有裁缝铺才有的床大的桌案差不多占满空间。大案上铺着大毡，毡上花花点点，到处堆着笔墨纸砚。更让何喜功惊叹的是：小房间里的四墙，图书如砖头似的一直砌上天花板！何喜功从没见过这么多这么厚这么大的书。他一向特别敬重书，能有这么多书的人，一定不是等闲之辈，一定要成人精的。

"你晚上睡哪呢？"

"这不——"朱大音掀起垂落地板的毡布。何喜功弯腰一瞧，哦，画案底下铺着床。

走的时候，何喜功才留心这个郊农家的院子：天井很小，像个监狱。所住的房客尽是小商贩、打工仔、小报记者，当然也有妓女和吸毒者。一个有那么多书的人，怎么能住这种地方呢？太不成体统了。于是何喜功断然决定，请朱大音搬进步园，搬进市长太太给他弄的房间。有那么多书的人，才最有资格住进步园。

不久，老家传来消息，何喜功治哑了的那个孕妇，顺利生下孩子，说话的功能恢复正常了。何喜功窃想，看来风声已经平稳过去，他也该回老家了。他给家乡办了那么大那么多的好事，家乡人应该敲锣打鼓欢迎他才是。孤单单待在城里，老婆闲着，自个儿憋着，真叫闲了牛来荒了地。他也实在因为憋不住嫖过一回娼，只是太费钱，老婆知道了不定怎么心疼呢。还是回吧。

何喜功在回家的长途汽车上，一路反思，总结了两条人生经验：一、大人物办事放个屁，老百姓办事挣破头；二、嫖娼不合算，老婆最省钱。

05

　　何喜功一走，朱大音就觉得不对劲，因为先是勤杂工们轮番来参观他，觉得世上居然有这号怪人，不干正经事，整天写写画画的，能当饭吃吗！市长夫人也来了，也先是疑惑，继之有点不高兴，原因是她发现，这胖子的手背上，也是一字儿排列着五个小窝儿——你是何方人氏？你凭什么也有小窝儿！这都怪何喜功走的时候，没有将这个事、这个人向市长夫人交代，她自然要这样了。她一个电话打到王调研那儿，要王调研来这里弄清楚究竟怎么回事。从电话里的语气判断，她有点不耐烦，想撵走朱大音。

　　王调研立马赶到步园。原以为出了什么大事，结果一看，是新来个陌生人。问了来由，见此人知书达理，舞文弄墨的，心里就有了几分欢喜与同情。可是如何回禀市长太太呢？

　　正在这当口，"领袖人物"唐子羽出现了。唐子羽手捂嘴巴，原地转了几圈，说："只要跟市长拉扯上，就可在此长住下去。"问题是如何拉扯上市长？办法有两个。一是给市长夫人挑明朱大音跟何喜功的关系，不妨编排细节予以佐证，说是特殊关系，双方有特殊交往；二是给市长写幅字，裱好送去，因为市长也爱书法。市长确有乾隆遗风：每到一地，视察演讲罢了，常自谦腹中"胡诌了一首歪诗"。大家就一起引颈鼓腮，做出鼓掌的预备。市长被簇拥进了大会议室，里面的大毡案上，早就铺好了宣纸。"歪诗"每一句完整地落笔纸上，掌声随即如骤雨打芭蕉。市长走后，当地便刻石成碑，以垂永世。不久前，有精灵之士，出自抢救保护文化之热心，斥资若干万元，将市长的诗搜集成册，隆重出版，曰《步园青月》。如此盛事，百陵市的各报刊电台电视台，均在黄金版面（时间）刊（播）发了消息，并且配套了评论家、大学教授的赏析推介文章，他们众口一词地认为，傅市长可以和历史上的王安石苏东坡比肩……

根据这一背景，唐子羽拟了一联：

闲步赏青心无事，卧园听月气有神。

唐子羽是动了一番脑子的，因为市长将退了。官员要退，退后要消度寂寞的光阴。由寂寞到热闹易，由热闹返回寂寞难。那就要趁早迅速地，由儒家的积极入世转到道家的清静无为上面。只有如此，才不至于今日退休、明日苍老、后天就躺进医院打点滴。

就这么着，朱大音选了上好的湖州宣纸，一连写了十几张，最终选了一幅。落款时，又向唐子羽讨教："要不要标明此联是你制作的？要不要题上'傅市长雅正'？""都不要！"唐子羽以不容置疑的语气说道，"我就不用说了，算是帮你个小忙，版权就归你了。更不要题赠××，人家是高官，你配吗！"

可是，朱大音精心装裱后，又犹豫着该不该送了。自己又不是王羲之颜真卿，这字是分文不值的，送给爱书法的市长，不等于是给高僧送《心经》吗！还是另选礼品吧。

唐子羽笑了，耐心教导他说：

"这你就不懂了。中国为什么称礼仪之邦？就因为中国人自古以来热衷送礼并善于送礼。送礼可是门大学问。在中国，凡成大事者，无不是送礼专家。送礼就是送高兴，自然要看受礼者是个什么人了。给太监送春药，给和尚送火腿，犹如割了鸡巴敬神，自个儿受疼不说了，还要惹神发怒！所以古人说'宝剑赠英雄，鲜花送美人'，正是因人而异的意思。人生在世，无非名利二字。具体到市长，一个要退的市长，一个喜好风雅的市长，他会对什么高兴呢？送钱，你有吗？即便你有，人家缺吗，要吗？人家的儿子是××集团的董事长，女儿在美国韩国台湾地区香港地区之间跑软件生意，哪还缺钱！何况他本人很厌烦物欲——那他图什么呢？只剩图名声了。观其言行，他心里恐怕早就自恋为一个'清正文雅'的儒官了。否则，他怎么那么看重他的诗集《步园青月》？所以我制联的时候，有意将'步园''青月'嵌了进去……你送字的时候，再提前买十几本《步园青月》带上，胡乱地捏一些人名字，求市长签名留念，你看会是个什么样子！"

朱大音将信将疑地送字到市长家。市长的屁股小挪了一下，算是欢迎。朱大音将一包书放在茶几上，很小心地打开，恳请市长签名。朱大音说这些书都是朋友们相托的。一见全是《步园青月》，市长的脸上顿时活泛起来，立刻从几上的铁盒里抽出一支烟递给朱大音，另一只手往空中拂了拂，说："见笑，见笑！"摸出笔边签名边唤保姆上茶。市长随口问朱大音叫什么名字，干什么工作，哪儿人，住何处，朱大音一一回答了。但市长只是边签名摁印章边嗯嗯着，根本就没听见朱大音回答些什么。

签完名后，朱大音胆怯地说：

"傅市长，我还想求您幅字——"

"哎呀，我那算什么字呀。"

05

"市长您太谦虚了，您题的'秋水观'匾额，若不署名，还以为是康有为的墨迹呢。"

市长若有所思地皱了皱眉，亲自剥个橘子，与朱大音一人一半。

"傅市长，我求您字不是要开店铺蒙人赚钱，而是我自己收藏……我要斗胆说一句，您的字不是如今市面上流行的所谓书法家的字，那些字是为字而字，一看就有匠气和狭气。您的字就不一样了，某些地方看上去不合'规矩'，但是整体上却有独到的正气和骨气。其实历史上的书法家，没一个是专业的，全部业余，而且都是官员出身。这书法，说到底是文化与见识的流露。可是如今有的官，也爱到处题字，尤其到风景名胜处题字。字好倒也罢了，关键是字不好，实际上是破坏风景名胜，我看是犯罪呢。"

"我也注意到了这一点，"市长双手搂住肚子，朝沙发仰了仰，"咱们搞现代化，不分良莠地把西方的垃圾弄回来，还以为是'科学艺术''与世界接轨'，反倒把自个儿的优良传统丢弃了。"

朱大音不想学术讨论下去，于是话锋一转，从茶几下拿出自带的书轴，说：

"傅市长，我献了一幅丑，请您指教。"

展开一看，市长眼睛就亮了，因为眼前的字确乎有点神韵。但是一读内容，又说："思想上有点消极呀。"可是紧接着，脸上便笑意盈盈了。朱大音判断，市长肯定看出了镶嵌其间的"步园青月"四个字。但是对于这个，市长并未主动点破，而是继续装糊涂。朱大音自然也不好说出来，一点破难免有拍马之嫌，让对方看穿了也就难堪。

不难想象，事情办得很顺利。市长自然赐给朱大音一幅墨宝：艺无止境。朱大音感恩不已地卷好带走。出门后却想，这字，这"艺无止境"的意思，实在太俗，还不如"大力发展"，或者"再上新台阶"有味道呢。

自此，朱大音就在步园安营扎寨了。想到一个自乡下来的流浪艺术家，能够住进如此尊贵的院子——尽管只是一间小平房——实在不简单。这事当然与王调研的关照斡旋有关，所以朱大音就把心爱的端砚送给王调研。王调研这个人并不贪，给人办了事，只要人记住就行了，感谢不感谢的实在无所谓，所以他说："你太认真了，人家家业大得很，你住一间小小的破房子又算得了什么呢。"

朱大音的书法由于挂上了市长家的客厅，从某种程度上讲，他也就开始蹭到上流社会的鞋帮子了。一时间，隔三岔五地就有人来求字、求匾。朱大音不但安居了下来，温饱问题也随之得以解决。及至后来，虽然没有娶妻成家，但是凭了改革开放的好环境，性生活也过得滋滋润润的。回想这些，他大为感慨，除了自身的才华，还在于碰见了贵人，而唐子羽就是他朱大音最大的贵人。他和唐子羽经常回味当初是如何给市长送礼的，每当此时，唐子羽就说："这实际上是靠了你个人的才华。我让你送字给市长，你倒先向市长求字，太绝妙了！"

"这还不是你的思想。"

"也不能这么讲。关键是你能根据具体的环境与具体的情况，以及你个人的客观条件，创造性地运用我的思想。"

"等我某日发迹了有钱了，我要聘请一大堆专家学者，搞一个'唐子羽思想研讨会'。"

"这你又不懂了。你知道上任市长是如何被免的吗？他发表了几篇关于经济改革的文章，有个企业家想套近乎，就出资三十万，在北京钓鱼台国宾馆，搞了一个'×××思想研讨会'，结果遭到通报批评，官也被撤了。"

"学术活动嘛，又没犯法啊。"

"不是所有的学术都能活动的，因为并不是所有的人都能有思想的。中国这么多人,过去只有两个人有思想,一个是毛泽东,一个是鲁迅。你听说过第三个人有思想吗?所谓思想,是指有一套完整的、系统的想法,所以中国只能有一个思想。十几亿人口,别说人人有思想,就是一百个人有思想,那岂不也乱了套、四分五裂了吗?你就是当了大官,当了省长部长,也不应该有思想,你最多只能有点'想法''计划''建议',等等。至于咱们这些草芥一样的芸芸众生,只配有一点点'不成熟的''不明真相的''非常片面、非常糊涂的念头'而已。记住了,在中国,所有的语言都有级别的。当官的也未必够人,只是个'领导同志'。只有到非常显赫的位置,才算'人',才被称作'领导人'。"

"我服你了唐局长!就凭你这一席话,我迟早要搞个'唐子羽研究会'!"

这两个蠢货互相吹捧着,言辞滔滔泥沙俱下,满脸挂着"为人类而忧虑"的神情。唐子羽自以为比朱大音的智商高,所以每与朱大音聊天,他都不太专心,而是边聊边捎带着其他的小动作。他觉得与朱大音在一块儿,他唐子羽只需动用智慧的一小部分就行了。就像现在,他一边口若悬河,一边翻览着朱大音的书架,颇有点类似蹲马桶读禁书——一举两得。实际情况是,唐子羽聊着翻览着,就翻开一本西洋人体画册,就不想讨论政治了,脑神经一下子跳到女人与性上了。这也符合男人闲聊时的常态:无论话题多么辽阔驳杂,但是最主要的兴奋点仍在政治和女人上。

朱大音扬言要搞个"唐子羽研究会",如此热烈极致的马屁,居然没有拍动唐子羽,唐子羽居然如此境界高远超凡脱俗!朱大音内心更为敬慕了。然而,及至近前一看,却忍不住笑了:

"哟,你也想女人了?"

"屁话,我又不是太监,为什么不想女人呢!"

"走,我请你去个地方,新来了几个俄罗斯小姐,啧啧!其中一个,那气质,就像《月夜》中斜倚木椅上的那个姑娘。《月夜》你知道吗?"

"不可能你知道的我不知道!那是巡回画派克拉姆斯柯依的代表作,古典的。古典的特征是忧郁,忧郁的原因是性压抑……唉,谁想到,那么伟大的民族,居然到中国来卖淫!"

"那有什么呢,你不是常说地球是个村子嘛。有些演员,早就出国卖淫了。反正做皮肉生意,都得背井离乡。这叫你赚我的钱,我赚你的钱,为全球经济一体化做出了突出贡献。"

"哟嗬,你现在也成大政治家了!"

"你没看看我整天都跟谁交往嘛——桑拿你倒是去还是不去?"

"不去,太脏。"

"你以为小姐脏?你这是瞧不起劳动人民!人家很懂得防范,还担心你给人家染上病呢,人家要靠那东西搞物质文明呢。"

"你要能把你这种大胆思路用到艺术上,不成名才怪哩。"

"你结婚近二十年来,只跟老婆一人睡,又不改善生活,又不搞情人,看上去很高尚,其实是'二十年目睹之怪现状'。从这一点说,你是一个没有成就的男人。改革开放在你身上没有一点点反应,作为一个领导干部,你不感到脸红吗?日子过得如此单调乏味,你还能撑住往下活,兄弟我佩服!"

"你有嫖娼的自由,我有不嫖娼的自由。我不反对你嫖娼就够宽松了,你反倒鼓动我去嫖娼,真是岂有此理!"

"我不是鼓动你,我是帮助你,因为你是官。既然当官,就要有跟其他官一样的素质。眼下下至推销员上至董事长,没嫖过娼的恐怕不多吧,你就一个人坚持纯洁?如此不合时宜,长此下去,你还能当成官吗?"

"越来越胡说八道了!你熟识几个当官的?都像你说的那样,共产党早就垮台了！"

"我不和你争了，吃谁的饭替谁说话，我理解我理解。其实我并不反对官们嫖娼，反倒支持呢。官们都有钱，钱在兜里，不嫖娼钱能出来吗？货币能流通吗？货币不流通经济怎么大发展？再就业如何解决？一个性劳动者，可能要养活一家人呢，她不展开肉体去满足性消费者的欲望，性消费者会发扬风格把钱无偿地捐给她吗？所以嫖娼运动是一项行之有效的社会财富再分配运动。富人通过卑劣的手段从穷人身上榨取财富，穷人再无耻地从富人身上吸回财富……卑劣对无耻，这就是眼下的社会！"

"哟哟，"唐子羽第一次觉得主人说不过仆人了，但他并不善罢甘休，"你说的话似乎不无道理，但总体上看是偏激的，违反人性的，因而也是不道德的。作为社会中的人，你应该这样看——"

看什么呢？腰间的传呼机响了，掏出来一看，上面显示这样的字：梅雨妃小姐说她乘2018次航班。唐子羽心里一喜，这分明是要他去机场迎接她，但她又并不说明入港时间。这是女人常玩的小把戏，犹如请你吃糖，但是糖在铁盒里装着，你想吃，你就得费点劲儿打开铁盒。奇怪的是，梅雨妃早已为人妻、为人母了，可那声音依然幼稚清纯，所以传呼台总是把她当作小姐。唐子羽方才浏览人体画册的时候，脑瓜里就闪了一下梅雨妃。果然是心灵感应，这不，仅仅过了几分钟，她就来了信息。

唐子羽克制着兴奋，尽量以平淡庸常的语气问朱大音：

"你现在没事吧？"

"没事。咋啦？"

"我要去机场接个熟人，你没事跟我一块儿去。"

"男的？女的？"

见唐子羽晃着传呼机，朱大音就接过去一看：

"呀,这么惹人的名字!原来你一直保密着,你常教导我要'宁吃鲜桃一口',这肯定是你的'鲜桃'了。"

"你看你,简直是个色情狂!"唐子羽似乎生气了,"给你说,她是我大学同学的老婆。我同学在北京工作,前天来电话,说他老婆要来百陵出差,请我帮帮忙。"

"看来你得'三陪'了。"

"十陪都可以,就是不能'一陪(睡)',这是起码的道德。"

"假如人家非得要你一陪呢?你总得学个雷锋吧。你要是不方便学,我就代你学——谁要我是你的奴才!"

见朱大音摩拳擦掌,仿佛要帮人打狼似的,唐子羽就得意地笑了。他之所以要现场编谎,目的在于他要给朱大音一个惊喜——你看看我唐子羽的情人吧!当然也有另一个原因:梅雨妃在他唐子羽眼里是个绝佳美人,可是朱大音认为她美吗?如果朱大音觉得不美,他唐子羽这个"领袖"还有什么威信可言!所以最好不要提前吹牛,要留有余地,免得牛逼吹炸了下不来台。

唐子羽掏出手机,打到机场,问清了2018次航班的入港时间。还有点时间,就喝了一会儿茶。这时老婆来了传呼,回,还是不回?不回准要挨骂,回呢,假如有急事不能去机场怎么办?听天由命吧,反正老婆是根据地,万万不能丢掉。一回过去,话筒里惊叫:"不得了!不得了!"唐子羽就蔫了,去不成机场倒也罢了,还不知家里出了什么大事呢。"你快回来,粘鼠板粘了只小老鼠!"唐子羽一下子放松了,笑道:"你个大活人,还怕只小老鼠!""你呀你听,拖着粘鼠板,叽叽溜溜地满屋子乱跑!""赶快打呀!""我不敢打!""那好,你先拿脸盆扣住,再找块砖压紧,等我回来收拾!"挂了电话,心想:嘉贤如此胆小,如此依赖丈夫,他唐子羽就深感责任重大,纵然在外面花一回，也不宜把花盆搬到家里。

朱大音随着唐子羽，跨进黑色伏尔加。

唐子羽今年有两件好事，一是结识了梅雨妃，一是开上了伏尔加。公车私用，跟自家的驴子无甚两样。唐子羽非常喜欢伏尔加，伏尔加使他联想到伏尔加河，联想到他这个年龄的人在少儿时代所看过的苏联的书、所唱过的苏联歌曲。伏尔加宽敞稳重，从屁股后猛一看，似乎是奔驰。缺点是耗油量大，速度提不起来。车当然是单位的，按说早该淘汰了，不淘汰就腾不出指标购买新车。结果放在车库里半年，还是没有搞到新车指标。即使搞到了钱也未必能要来。这一切，都因为唐子羽这个局实在是太无关紧要了。幸好他有一帮鸡鸣狗盗之徒的朋友，三鼓捣两摆治的，将车重整组合，喷上漆，就牛逼哄哄地上了路，他于是俨然也是个"汽车一族"了。

经过半小时塞车、挤车、堵车、瞅空子超车，伏尔加终于出了城，奔上了去机场的高速路。此段路程四十公里，中途却设了三个收费处。收费员是时下中国收入最高的职业之一，基本由权官们的不爱学习考不上大学的公子小姐们承包了。所以对于这些人，还是不与其发生摩擦为好，不是熟人，你最好乖乖地交钱通过，不要惹麻烦。私家车不能报销，也想出一个法子，远远地看见收费处只有一个人当班，本来要交十块钱，司机提前只准备五块钱。到了跟前，摇下玻璃，说："不要票！"把钱递上去，一踩油门，溜之大吉。若那当班的是个漂亮妞，在她伸手接钱的时候，司机趁势摸一把她的手，双方都得了实惠。所谓隐形收入，就是诸如此类的收入。唐子羽是不屑于这种勾当的，该交就交，一路畅通。钱是潇洒之母，尽管他没有什么钱。

天气也相当不错。如此澄明光洁的天气只有在人的青春年少时才会有。瓦蓝瓦蓝的天，像个巨大的玻璃缸，缸里灌满了蓝色的海水。那些悬浮在眼上方的云朵，则像是玻璃缸里的几只绵羊——如果绵羊会游泳的话。初夏的郊外有一种宁静的热烈，麦田在黄与不黄之间，绿树掩映着村庄，清爽的流风源源不断地涌进车窗，它抚摸着你的脸颊，渗进你的鼻孔，钻入你的袖口，再分散到你的胸前背后，顽皮地骚扰捣乱，令人多么愉快！这样的愉快，只有在二十三年前的那个秋天，唐子羽乘着一辆邮政车，离开家乡上大学时才有过那么一次。

已经看见漂亮的候机大楼了。飞机在不断地升降起落，轰鸣着人间的悲欢离合。朱大音一拍大腿："咱活得真是猪狗不如，三十六年了呀，还没坐过飞机！""没坐过想坐，"唐子羽尽量以不是炫耀的口吻说，"其实坐了也就那么回事。去年我到澳大利亚去，又飞到俄罗斯，坐得俩睾丸黏成了一个。""你们这些人呐，有点文化就发酸，明明是蛋，偏要取个学名睾丸，又把洋芋叫土豆，何必呢！"

两人打着趣，就到了机场。转了好几圈，才找到一个阴凉车位停住，否则太阳一晒，一会儿坐进车里没准会烙成了"铁板人肉"呢。刚出车门就劈面见一老头，伸过手来要五块钱。朱大音眼尖，早已掏出两块钱递过去，说："不用撕票！"一看机场大楼的电子钟，还有半小时，两人就晃进候机室，找个僻静处，坐下来喝咖啡，同时方便地观赏玻璃窗外的停机坪。

"人真是太精能了，这么大个铁疙瘩，怎么就能飞上天去呢？"朱大音赞叹得满脸的愚昧无知。目送着一架波音747蹿上天，又说："我二舅骗人哩。"这句话把唐子羽搞糊涂了。朱大音看出这一点，就讲了这话的来由。原来几十年前，朱大音二舅摸了一把军人未婚妻的屁股，偏巧等于摸了母老虎的屁股——那时的军妻及军人未婚妻，被统称为"军火库"，是万万碰不得的。虽然那个军人在部队是个养猪的，可那军人未婚妻的堂哥却是大队支书，也是一个党员干部。双方一串通，说他二舅"多次"要"强奸"军人未婚妻，他二舅就给公安局抓走了。后来被判了四年徒刑，发配到新疆修建一个飞机场。他二舅刑满回来，居然白白胖胖的，提了两大包东西。一包是糖果点心，一包是各种衣服。面对着山沟沟里依旧贫穷寒碜的老家，他二舅大有衣锦还乡之得意，惹得其他的男人直后悔当初怎么就没想到摸一把"军火库"的屁股呢。一到下地劳动，他二舅就夸耀自己在外面见过的大世面。他二舅声称飞机上也能拉屎撒尿，"屎尿都飘到咱们头上了！飞机刚过时，咱不要端着碗吃饭，不然就吃着了国家干部的屎尿，因为坐飞机的都是国家干部。"他二舅还说飞机头圆溜溜的，"谁骗你们谁是王八！我用手摸过的，跟和尚头一模一样！"

"兴许我二舅压根儿就没见过飞机，"朱大音张大嘴巴，看着一架飞机降落，看着人们依次从舷梯上下来，咽下一口唾沫。"真是说鬼话，人站在地上，咋能够着摸飞机头呢！"他又接着讲述他二舅的故事，让唐子羽听完。他二舅劳改了四年，好像上了四年大学，于是他二舅将刷牙、冲凉水澡以及改石片儿擦屁股为树叶儿擦屁股等等的文明风尚带回了家乡。没过半年，他二舅又黑又瘦了，一逢飞机飞过上空，他二舅便双手抱头，躺倒在地上，痴迷地望着飞机，一直目送着飞机消失在远山的背后。"没有飞机的日子，还叫日子吗？"他二舅经常重复这句话，就又想返回新疆了。梦里全是新疆的大白馍，新疆的牛羊肉抓饭。可是路太远，盘缠从何而来？"看来路费还得靠公家解决。"于是他二舅又想照老法子来，可是村子里如今没有了军人未婚妻，也没有现役军人。挑来挑去，只有派出所的一个合同制警察是本村人。警察就警察吧，反正有枪，跟军人一样。于是就摸警察老婆的屁股。第一次摸，那女人说："不要脸！"第二次摸，女人说："不要！"第三次摸，女人说："不……"第四次摸，女人说："今晚我不闩门。"这女人生了两个孩子，可是腰肢仍然细，奶子也不吊，颤颤的。腿也不短，走路的步子大而慢，给人以什么事都看得开的样子。她苦于嫁了个背枪的丈夫，想调剂一下生活，却没有男人敢响应。这不恰好，他二舅来了。他二舅本意是要制造个去新疆的条件，没想到不好制造，权当捉鱼不成，顺便洗个澡也不错。当然就得了手。谁料想那女人瘾很大，反倒把他二舅玩弄成了一只轻飘飘的风筝，天快亮时才放他飘出来。以后又交手了两次，再以后，他不敢去了，也没有能耐去了，只等着那女人告诉她丈夫，她丈夫来收拾他，扭送他去新疆。但是这个好事迟迟没有发生，也许时代进步了，军妻——何况是警妻——不大金贵了。他实在憋不住了，就跑去亲自告诉警察。警察当即关了门，悄悄地对他说："你不要声张！只要你每星期去我家一次，我每月给你三十块钱补贴。"原来，警察是个阳痿。

这时广播响了。广播说2018次航班就要正点入港，请接机的朋友做好准备。唐子羽马上弹起身子，朱大音却不知在哪儿接，所以始终跟着唐子羽的屁股，像总统的贴身保镖跟着总统。两人一先一后地走进候机室，来到另一个大门口恭迎。门口早站了许多人，有手持鲜花的，有举着牌子，牌子上写着洋文的。人们的面部表情各不相同，有企盼的，有微笑的，有例行公事的。从门口朝里望，里面又有一个偏门，偏门里的传送带正传送着飞机上下来的行李包。

唐子羽站在人堆的外围，双手抱肩。倒是皇帝不急太监急，只见朱大音使劲地往里挤，却被唐子羽拽将出来，要他不要挤不要急，不要在公众场合显得没见过世面。旅客终于出现了。唐子羽天性有些害羞，见人先见脚，先把心理稳住。这是某种自恋的毛病，这种人老以为全世界的人都喜爱他，弄得他很不好意思。现在，他就这么着瞅着出来的旅客的腿和脚。旅客们三三两两地提包拎包推包地走出来。国人多半裤缝笔直，洋人多半休闲装，裤子大而宽松。又出来几个人后，忽然闪出一双女人的修长的腿。唐子羽觉得这腿有点儿眼熟，有一种重游某个风景区的感觉，目光就忍不住开始了沿腿上移。上移到该出现裙子的地方那裙子还没有出现，目光就不敢上移了，生怕目光碰了雷区。

又想，总不至于是个裸体吧！目光再上移二寸，到底看见了裙子，而且是黑裙子。再上，上到酥胸粉颈，就判断出这女人是谁了——目光上移到那女人脸上，果然是梅雨妃！她脸上正有一个微笑，那微笑并不怎么异常激动，那微笑与唐子羽想象中的微笑有些距离，好像他唐子羽瞒着老婆来接她这个名叫梅雨妃的女人，在她梅雨妃看来是理所应当的。如果真是这样，他唐子羽就有些感动了——毕竟，她觉得我是她老朋友啦。

梅雨妃斜挎一个小坤包，另一只手还拽着一个大提包的带子，大提包又放在推车上，推车由一个洋人推着，两人微笑着对话着。唐子羽心里就有些泛醋。如果说梅雨妃有什么缺点的话，这缺点正是梅雨妃会讲洋话而唐子羽一点儿不会。讲洋话又如何？她没有出过国，就如同再漂亮的尼姑却没有过性生活一样，而不会洋文的唐子羽却到过好几个国家。不会洋文又如何？大人物多半不会洋文，还不是满世界地飞跑，就像在自家的后花园里飞跑一样，自有会洋文的跟着服侍，就像狗撵着随时要拉屎的人一样……

好在眼下，那个替梅雨妃推行李的老外，五十来岁了，脸跟猴屁股似的，全是黑与红交叉的斑块，而且没有腰，裤带勉强系在大腿根上，像捆扎着一个奇大无比的麻袋。那麻袋肚子里，至少窝藏着五头肥猪和三枚鱼雷，于是那肚子随时都可能爆炸垮塌下来，那可要震塌候机楼呢。

梅雨妃一边用眼神给唐子羽打招呼，一边用洋文跟老外道别。老外张开双臂，要跟梅雨妃拥别——该死的洋猪！幸好梅雨妃含蓄一笑，温雅地趔开身子，只递过一只手。老外只好握了握手，耸耸肩自个儿给自个儿台阶下。唐子羽心里很满意，觉得梅雨妃维护了中国人的尊严。

另一个男人朱大音，他早被梅雨妃的色相风度惊呆了：老天，多美啊！所以，当唐子羽告诉他这就是梅雨妃，并说了两遍他要去迎接梅雨妃刚卸下的大提包时，他朱大音还在鼓着牛蛙嘴惊叹不休。就这么一个空子，两个出租车司机上前抢夺那个大提包，都说："我先抓的包！"朱大音这才清醒过来，就挤上前去，将手中的矿泉水瓶子倒过来，浇到那个壮实的、正弯腰夺包的司机头上，说："抢生意也不长个眼色，这么漂亮的女士能没人接吗！"两个司机同时抬起脑袋，见悬在他们上方的是一张布满横肉的脸，立刻泄了气松了手，嘴里叽咕着谁也听不清的反动话，溜走了。朱大音这一招是遗传来的：碰到危急时刻，他便一揉腮帮子，脸上马上鼓出两坨横肉，马上由善面转换成恶相——此时连梅雨妃都吓坏了，心想：唐子羽怎么结交了黑道人物！

三人走向伏尔加。朱大音仍想坐前边，唐子羽说："后边去！"朱说："咆，你不是说这是警卫的位子么！""那要看什么情况，"唐笑道，"今天我要异性警卫。"梅说："瞧你日子滋润的。"唐说："还不是托了改革开放的福。"

伏尔加出了机场。为了品咂这一美好，唐子羽只开到五十码，并且希望发生堵车。可这是半封闭式路，又平又宽，堵不了车的。朱大音坐在后排，故意殷勤地说："嫂子是第几次来百陵？"梅雨妃就奇怪了，她就生活在百陵啊，何以问第几次来百陵呢？但她问出口的第一句话却是："你叫我嫂子？你还没有我年龄大？""哪里哪里，你意会错了，"朱大音反倒像个大首长似的靠稳身子，轻轻地拍着大腿，"凡是跟我唐老兄交往的女士，我都叫嫂子。""是吗？那你有几个嫂子？"梅雨妃立刻警觉起来。"你要我说真话还是说假话？"唐子羽猛一刹车，嘴里说今天忘了检查刹车，可别失灵了。朱大音立刻明白了，这是警告朱不要玩过分了。

"你的同学比你大还是比你小？"朱问唐。

"差不多吧。"唐答。

"老牛吃嫩草，缺德！"

\ 05 \

梅雨妃又奇怪了,她起先觉得"嫩草"似乎指自己,可是这又跟唐子羽的同学有何关系?及至唐子羽解释了他们出发前,他编了个谎话哄朱大音,梅雨妃这才明白是怎么回事。她说:

"背地里编排别人寻开心,也缺德。"

这话并没有引起两个男人的反应,她也就不再说什么,只把脑后的蝴蝶形发卡去掉,于是噗啦一声,一头浓浓的黑发滚落下来,耷拉到靠背后面,像是泼了一宣纸的浓墨。朱大音忍耐不住,悄悄地伸过手,捏住一绺头发梢在指间把玩着,只觉得柔韧无比、光滑异常,且有一丝异香飘散出来。又猛觉得这样不好,这样不道德,因为这毕竟是"嫂子",毕竟是"领袖的情人",心里就有点犯上作乱的自责。转而又一想:没什么,她又不是唐子羽的老婆,既然不是"大房",那就没有什么政治地位,我朱大音沾点余香又有何妨!只要这梅雨妃没有跟唐子羽婚配,那么梅雨妃就是大家的。爱情没有早晚,革命不分先后嘛。这么一想,他将丢离手的头发梢又悄悄地捏回指间。

汽车小小地颠了一下,朱大音立刻放了头发。为了不使前面的两人误会,他索性将屁股挪到座位中间,双手各搭一个靠背,前倾了身子,将他的圆脑袋插入前两颗后脑勺的中间。

"哎,嫂子,夏天你怎么穿黑衣裳啊?"

"你瞧我肥的,穿白的就更膨胀了。"

"我早说了你一点儿也不胖,"唐子羽有一种自己的话不被别人重视的委屈感,"我见了瘦啦吧唧的人心里就紧张。"

"嫂子又不是你一个人的,嫂子是所有人的,是广大人民群众的。嫂子关心的是全社会的文明。"

梅雨妃就笑了,觉得此人真会说话,纵然是假话,但听起来顺耳。第一眼见到朱大音,她心里并无多少好感。又见他脸部能演横肉,心里就有些怕。再又一声接一声地叫她嫂子，她真的莫名其妙了，就如同旅行在山沟里，根本弄不清前头还有什么风景。这人不像有的男人，三句话就能断定是个什么货色。于是她从手袋里掏出一个烟斗，斜过脸来晃在朱大音的眉前，说：

"送你个小礼物，在北京地铁里买的。"

"我不会吸烟，"但朱大音还是接了过来，"你是给我唐哥买的吧，我怎么能夺人所爱呢！"

梅雨妃心里说，这家伙真聪明！他猜得千真万确，梅雨妃怎么会给他朱大音礼物呢，预先根本不知道会遇见这么个陌生货嘛！她在北京就想买个什么东西送给唐子羽，可终究没有碰到合适的。直到昨天乘地铁，忽然瞧见小卖部的玻璃窗内摆放着两个烟斗，就毫不迟疑地买了一个。在和唐子羽交往的过程中，她并未发现他抽烟，但他讲过他曾经是个烟民，还说过一个轶事。说他有一次烟瘾犯了身边没有烟，连个烟蒂也没有。他便捏了一撮茶叶卷了喇叭抽，凉凉地吸了几口，才熬到天亮。

所以，当朱大音再将烟斗转递到唐子羽的耳旁时，唐子羽就不说什么地接了过去，并且当下噙进嘴里，似乎是与梅雨妃接吻。接吻其实是文明的做爱，做爱则是深层次的接吻。他眼下有点后悔，如果不是为了在朱大音面前炫耀，朱大音就不会同车来机场，那么他现在就会停下车，与梅雨妃好生地吻个十分钟。但是朱大音偏偏来了，又会说话，虽然不能通过接吻推进双边关系，但朱大音敲的一些边鼓话，又把二人的心灵煽得火苗迎风了。

"车到底老了。"唐子羽要延长归途的时间，就换挡拉慢速度。趁换挡的机会，手背很亲昵地蹭了一下梅雨妃裸露的大腿。梅雨妃侧脸一笑，说："什么时候教我开车？""什么时候都行。"唐子羽再次"换挡"，手背再次贴了贴梅雨妃的大腿，那腿就顺势往过一倒，一挤，于是肌肤的贴面就由麻雀蛋大变成鸡蛋大了，似一只毛茸茸的小鸡扭捏着要脱壳而出。"真好！"唐子羽忍不住喊了一声，而梅雨妃却没有听见，没有一点儿反应。倒是后排的朱大音似乎看见了这二位的什么小动作，就故意问道："局长大人，什么'真好'啊？"唐说："亏你还是个艺术家，你看看外面的天气——"

好者，女子也。天气果然像女子一样可人。朱大音与梅雨妃一块儿看窗外的天气时，唐子羽却没有这样。他一边细心驾车，一边看车内玻璃上的近似菱形的反光镜。反光镜告诉他，太阳在车屁股后开始西落，还有一只乌亮的黑眼睛，装饰着一帘绯红的云彩，情调十分凄美哀艳。可惜公路是个大弧形，反光镜里的图案迅速消失了，只剩一些朝后溃逃的绿树。所有的景物都被掀翻，仿佛龙卷风掀翻了地皮。一丝孤独恐怖的感觉突然涌上唐子羽的心头，他觉得美呀，爱情啊，绿树流云啊，都在飞速溃逃，飞速奔驰，你毫无办法！你伸出双手拼命一抓，攥紧，再缩回手掌展开，发觉两手依然空空……

06

在回家的路上唐子羽的心境一直颓丧低潮，原因是他忽然想到一个问题：我已四十五岁了，为什么还如此无耻地渴望爱情？我的妻子温柔漂亮，她心疼我体贴我，像饲养员一样饲养我；她包揽了我的饮食起居，还给我生个儿子，一个小帅哥。我怎能背叛她呢！这一切又都怪梅雨妃，她不仅让我常常自责，还让我常常想一个问题，一个如今物质的社会里几乎没有人再去想的问题，就是——人从哪里来？又到哪里去？在起点与终点之间的有限的路程上，人应该怎样度过？为了实现共产主义理想吗？太不着边际了。

但是，当他进了家门，心情突然恢复庸常了。家庭是一个钝器，家庭通过日常琐事，能将一个有棱有角的诗人打磨成一个三脚踹不出个响屁的肉蛋；能将战士揉搓成懦夫；能将天才捣损成痴呆儿。他进了家门心里就不再烦了。不是他觉得家庭很幸福，而是他觉得在家庭里不要有其他非分之想。想也白想。

儿子和妻子，为了庆贺打死一只耗子的辉煌胜利，正在唱卡拉OK，唱的是《夫妻双双把家还》。儿子十五岁了，嗓门变粗，嗡嗡嗡中偶尔闪出一些雄性的胸腔共鸣。儿子大了。老子记得,在营养不良的年代,老子十一岁时心里就有了秘密情人。到了十五岁,就和一个长他两岁的高年级女生约会。如今的社会,营养过剩,你知道儿子有没有风流韵事?可是这号事,老子是不好打问的,父子间更不便"学术交流",一切只能尽在不言中。等到某一天发生了某种极端事件,老子才好出面,帮助儿子,正人君子般收拾残局。老子是儿子的消防队员,随时准备出车消防。

见老子进门,儿子唐植扮个鬼脸,将麦克风递给老子,又转脸对他母亲嘉贤说:

"好啦,正宗郎君回来啦!"

唐子羽接过话筒,勉强陪老婆唱完,就不想唱了。可是老婆的音乐细胞还在蹦跶,又换张光碟,是《青藏高原》。唐子羽也喜欢这首苍凉脱俗的、似乎是描绘人神之恋的歌儿。可他并不希望谁都来唱它,除非原唱者李娜。报上说,李娜出家了,还登出一张光头照片。李娜也怪,既然看破红尘要当尼姑,何必越洋过海地去美国当尼姑呢?可见虚名之心还未除尽。就好比某个花花男人,在国内嫖娼恰好碰上"扫黄打非",被逮着了又是罚款又是曝光,可谓脸面丢尽。但若是到外国嫖娼,比如巴黎,那么别人不说,他自个儿都要四处显摆,还必定要说他这是"扬中国人志气""为国争光"哩。

唐子羽陪老婆唱了三句,就说唱不上去,放了话筒,让老婆独自上青藏高原去吧。嘉贤嗓子好,因为她在单位里的工会混饭,经常组织歌咏比赛。她唱完了,唐家父子就给了一阵噼里啪啦的掌声,演唱者连连鞠躬,说了好几声"谢谢、谢谢"。然后关掉机子,问唐子羽晚饭想吃什么。唐说:"结婚快二十年了,你一直伺候我,我记不清自己什么时候还做过饭。但我也有某些优点,一是偶尔洗回碗,二是从不挑食。你做出来的一切,我都爱吃。""把那半只鸡热了,其余随便。"儿子说,"我妈只爱你一个人,你若不回家吃饭,她就随便弄些汤汤水水地对付我。""你真没良心,"嘉贤笑道,"自从生了你,我把一切都给了你。不然的话,我也当局长了,没准比你爸还当得早。你爸才是个副的,还是个尾巴局长。我的同学,当局长的都有五个了!上礼拜同学聚会,我称病没去,还不是嫌脸上无光。"

唐子羽的脸当下就吊了。他最不喜欢的就是当官说官,女人说官他尤为不舒服,感觉像是同性恋。嘉贤早已觉出今天不该又说这些话,就打个岔,进厨房系上围裙。她已三十八岁,当年跟唐子羽恋爱时,她才二十二岁,觉得这个比自己大七岁的男人,简直像个叔叔!她父亲一个同事,也比她大七岁,她很早就叫那人叔叔的。所以结婚后,她自恃年幼无知,把使性子当成家常便饭。大凡女人身上有的蛮不讲理的天性,她都在三十五岁前释放得完全彻底了。在多数情况下,唐子羽皆以"大人不计小人过"的风度忍耐之,最常用的战术是嬉笑着一声不吭,脑子里却想着别的事,比如想他年轻时所遇到的一个美女,猜测那美女如今在哪儿,过着什么样的光景。嘉贤发泄一通,也自然平静下来,轮胎跑慢气就是类似情形。三十五岁后,她忽然发觉世界变了,居然有六七十岁的老男人包养十七八岁的花姑娘。再看自家的丈夫,一点儿也显不出大自己七岁,镜子里的自己呢,姿色发灰了,脂肪与皱纹开始茂盛生长,无异于拉响了某种警报。女人在年轻的时候,靠姿色吸引男人。姿色减弱并最终消失,如果还一任性子不改革,如果还不及时替补上优秀的内在美,那么男人将随时出逃。此时的女人,只有一个任务:兢兢业业地整顿丈夫,牢牢抓住这生命与爱情的孤岛。

嘉贤操厨的时候,客厅里的唐氏父子开始对话了。无非是老一套,父问子近来的学习情况。子的学习情况父并不知晓,也基本不问,只是偶尔例行公事地问问。儿子为什么叫唐植?因为儿子出生时,老子在产院里看护产妇,随身带了一本书，书中有曹植的《洛神赋》。儿子出生后，就随口取其名为"植"。后来觉得名字并不十分好。曹植固然为古今罕见的才子，但是命薄，又是个情种，据说因与乃父乃兄争夺一个姓甄的女人未遂，而早夭。一直说把儿子的名字改了，却也一直是说说而已。

"你明年就要中考，"唐子羽先跷起腿，这是训话前的一个基本姿态，"中考不亚于高考。中考好了，上大学的可能性就大为增加。可你现在，在班上排名三十以后，我实在挺担心的。"

"我上学期排名四十七，这学期超了十七名呢。"

"但愿你能保持这个速度。中考前还有两学期，努力的话，到时你就名列前茅了。"

"有信心。"唐植这小子，考试再糟，你再怎么批评他，他依旧自负，发起誓来像共产党，干活却跟国民党一样。这不，他干脆利落地表完态，马上打开笔记本电脑，玩游戏了。

"先把电脑关了。"老子说。

"还有什么话吗？"儿子问。

"关于上大学的问题。"

"亲爱的爸爸，咱俩打个赌，你现在要给我说的话，如果我能背出来，你就教我学开车。"

唐植从钢琴的拐角拉出小凳子，让老子坐了，又让老子双手搭膝，规规矩矩地坐好，俨然听课的样子。将老子的姿势导演好，儿子再坐到沙发上，也跷起二郎腿，模仿老子的腔调说：

"关于上大学的问题，告诉你，儿子，你无论如何要考上大学！我和你妈都上了大学，你要是不上大学，太说不过去了，太丢人了！你最起码要上个大学，否则，到哪儿找工作呢？你瞧现在，连研究生都在四处找工作。上不了大学，你就只能去蹬三轮，或者当个搬砖头的小工。不是咱瞧不起蹬三轮、搬砖头，而是干这些活总是没有大学生受人尊重，也给社会贡献不大。还有……我和你妈老了，自有退休金，用不着你来养活，你比农村出来的大学生有福多啦！要你上大学是要你自主，我们又不问你要钱，但你总不能一直问我们要钱吧！你不问我们要钱，就是帮了我们最大的忙，也算你尽了最大的孝。当然，我们也就你一个儿子，我们过日子也都节约，如果我们有多余的钱，肯定还都是你的。就算我们再有钱，说实话，对你的人生帮助也不大。林则徐说，儿子有用，要钱有何用？儿子没用，要钱有何用？意思是儿子有用了，儿子必定有钱，哪看得上用老子的钱！儿子没用了，老子再有钱，儿子无能也终有用完钱的时候。当然，人并不是仅仅冲着钱而活的，要你上大学，无非是要你在青少年时代奋斗一个好的开端，多学些知识，成为一个对家庭、对社会有些用处的人，受人敬重也讨人喜欢的人……老爸，你想说的话是不是这些？"

唐子羽吃惊得眼瞪鸡蛋大，半天不知说甚好。儿子背诵的，全部是他今天要说的话，问题是儿子何以猜得这么神？难道真是知父莫如子！可见自己不知多少次给儿子讲过这些话了。这至少可以说明两个问题：一是自己老了，爱重复啰唆了；二是老子在教育上智商欠佳，翻来覆去老一套，怎么就教不出个新意呢。

"唐植，"老子要反击，老子要维护老子的权威和虚荣，"你刚说的没错，正是我今天要讲的话。听上去你口齿流利，文通字顺，可我就不明白，你的作文为何不好？为什么连七十分都没上过？"

"老师没出过《爸爸如何教育我》的呀。再说我可不想当作家。上星期我们到中城广场学雷锋，看见几个作家挤在一张破桌上签名售书，那种寒酸冷清的样子，还不如瞎子摆个铁盒儿跪着讨钱呢。"

"你少为自个儿的作文不好遮丑！你将来当不当作家是你自己的事，但我告诉你,无论你将来干什么职业,写好文章都大大的有用。能把文章写好,证明你精通语言,因为人是靠语言思维的——"

"唐植,你爸说得对,"不知何时,嘉贤也来插话了,"我小时候多可怜,你现在一年的开销,比我整个青少年的花费都多!"

"那只怪你的父母无能,给我说这干吗?"

嘉贤一下子噎住了。虽然教育儿子主要靠她,但她的话比唐子羽还啰唆,因此儿子更不当回事。眼看母子战争又将开始,唐子羽急忙出来打圆场:

"儿啊,你一定要上大学,不然怎么对得起你妈!她除了上班,心思全操在你身上。"

"你们以后再说上大学的话,我就跳楼!"

这句话效果非凡。两口子都不吭声了。

"如果我上不了大学,我就不回来了。你们尽管放心,我宁愿当乞丐,也不要你们一分钱!"

"啊呀呀,"唐子羽赶忙笑了,"无论你上不上大学,你都永远是我们的儿子,你永远是我们的唯一所爱。"

"咱都甭操闲心了,"嘉贤手搭丈夫的肩膀,慈爱地说,"我唐植将来不是北大就是清华。"

"清华北大算狗屁!我要上国外的大学!"

"那好啊,到时你给咱领个洋媳妇回来。"

"瞧你爸急的,还不是盼着洋媳妇一进门就拥抱他,叫他'爸~爸~'!"

"看你俩,说着说着,说流氓话了!"

气氛终于缓和下来。比较而言,唐子羽觉得自个儿比嘉贤更懂得教育孩子呢。他是个既民主又宿命的人，他觉得既然成为父子，就说明这两个男人前世有缘，老子不必张狂，儿子不必自卑，说不定上辈子还是两兄弟哩。所以他总梦想着和儿子建立一种平等的哥们儿朋友的关系。他回想起儿子小时候有多可爱，刚满月就那么灵敏。父亲第一次打着花伞抱他到室外，他的小手指刚被太阳晃了一下，就马上缩回去，小嘴巴还要娇气地"咕叽"一声。十个月时，就出落成一个小小的美男子，那白生生的胳膊腿儿，颤悠悠粉嘟嘟的，一节儿一节儿的活像是清水漂白的莲藕。躺在小推车里，推着他逛街，总是引得一帮人追随，围观。上公交车，所有的人都让座，都不住地赞叹赏爱，而他自己全然不领大家的情，不分场合地打嗝放屁拉稀屎。

儿子打乱了父母的生活，在父母的蜜月结束不久即进入父母的生活，既给父母带来劳累，又馈赠父母以荣耀与实惠。五岁时分床，他那种可爱又可笑的痛苦样子，令人至今难忘。但床是终究要分的，只是最初的每个晚上，儿子总要赖到父母床上磨叽半天，要摸他妈的奶子。对此，他妈非常烦躁，他父亲却大惑不解："摸一下有啥了不起！我是没有，有的话我就剜一个下来，给儿子搂着睡觉。"儿子也起哄："就是嘛，有啥了不起，不就是两个大蒸馍，摁了两颗巧克力豆儿么！"父与子都嘲讽、轻蔑嘉贤的奶子，嘉贤就更不要儿子摸了，母子间撕缠得更厉害了，逼得儿子只有搞统战工作——冷不防扑上去，抱住他妈的奶子大喊："爸，你赶快来呀，我给你留了一个奶！"唐子羽一下子心软了，哄劝唐植说："儿子呀，你老这样子怎么长得大呀。你要老是这么不愿分床，也行，将来娶个媳妇，咱就将两张大床并一块儿。"唐植想了想，说道："那要在床中间放一把双刃刀。"嘉贤也笑了，说道："碰上你唐家父子，算我倒霉。"

这一切仿佛发生在刚才，眨眼工夫已成历史。作为父母的一个活玩具，唐植已不再那么有趣了。他当然还得依赖父母，这完全是因为他没有经济自立能力，不然他早就远走高飞了。就因为这一点，他得克制自己、伪装自己，每天都要耐着性子听父母的教诲甚至训斥，实际上在他心底不知骂了多少遍爹娘。父爱呀母爱呀，也其实相当自私，把儿子当成了股票，希望将来能大捞一把。你要考不上大学，他们就瞧你不起，因为你是个下等人，你不能给父母脸上增光添彩，你不能让父母在他们的同龄人中吹牛夸耀……这一切都是唐子·羽猜测出来的，他自信他的猜测就是唐植的心中所想，正如唐植能猜出唐子·羽想说的话一样。父与子是一对敌人，都在想方设法派遣间谍刺探情报。而眼下，唐植的势力随其年龄的增长而增强，唐子·羽则因年龄老化而势力减弱，故而越来越有些不清楚儿子了，心中就本能地有些失落。他变成了一个末代君主，眼睁睁看着他统治的一个个诸侯王揭竿而起自搞一套……

好在儿子永远是儿子！儿子将长大，将恋爱，将结婚生子，将高举唐氏家族的火炬一路凯歌向前进。一家三口共进晚餐时，不知怎么话题又扯到"洋媳妇"上，两口子就开始比较哪个国家的女子适宜做儿媳。嘉贤说日本女子好，温柔规矩又听话。唐子·羽则倾向于俄罗斯女子，只是俄国女子一过三十岁，就成了粗壮的大嫂。争论比较到最后，终于确定了儿媳妇应该是一个来自北欧的女子。北欧，北极光，森林，湖泊，木屋，狗拉雪橇滑翔在耀眼的雪原上……别看那地方偏北偏冷，但是却有一股来自墨西哥湾的暖流的温润抚摸，所以那里生长的女人特别美丽，她们的身上天然地具有一种高贵，一种神的光彩。在炎热的地带，不可能出产此等佳人。因为人也是一种植物，只是会走动罢了。南方气温高，整个一个高压锅，植物生长快，但是无内涵、少营养，是膨化食品。南方的大米为什么没有北方的大米好吃？就因为南方的水稻一年三季，而北方的水稻一年一季，慢慢生长，心平气和地吸足了天地之精华。

"就这么定了，娶个北欧媳妇。"唐子·羽俨然将军拍板作战方案似的。

"我没大的意见，但还是细心点好，因为婆媳关系历来复杂。"嘉贤发话了。"我看瑞典姑娘不错,去年在黄山时,我的脚崴了,一个瑞典姑娘一直把我扶下山。是个大学生。"

"你比我想得还美!要知道,瑞典可是出产好莱坞明星的地方。"

夫妻俩畅想儿媳妇的时候,唐植理也不理,只顾埋头啃鸡腿。末了一抹油嘴,对娘老说:"你俩是世界上最无聊的人!我找什么老婆与你们何干?真是皇上不急太监急!"

两口子讨个没趣,就转换一个话题。嘉贤说她从什么地方看了个智力测验,说是有只公鸡,公鸡是动物里最心疼妻子的,是动物里的模范丈夫。可是有一天,公鸡却狠命地啄母鸡,撵着母鸡满院里跑,啄得母鸡掉了一地毛,满头都是血迹。主人也撵着劝架,但是怎么也劝不开,就想这是为什么呢。走到鸡窝前一看,这才明白。"你们知道为什么吗?"唐家父子说了很多答案,都不对。猜不出来,也就不猜了。还是嘉贤说出答案:

"主人走到鸡窝前一看,原来窝里有颗鸭蛋。"

唐子羽笑得一口啤酒喷到饭桌上,唐植却没有笑,因为他可能没有听懂。可是过了一会儿,唐植帮他妈收拾碗筷时,忽然哈哈大笑起来,笑得筷子掉到地板上发出清脆的响声。笑毕了说:

"妈,咱家里可不敢发现鸭蛋!"

嘉贤气得一脚踹到儿子屁股蛋上。唐子羽又笑了:"你看你生的什么儿子!"嘉贤说:"怪我?我看是种子问题。"

儿子开始做作业,老婆收拾厨房,只有懒汉坐在沙发上,脱了袜子,边玩脚丫子,边翻看报纸,无意间碰了一下口袋,其中有个硬物,掏出来一看,是烟斗。唐子羽原来是吸烟的,五年前戒了,因为一个医生给他展示过一个烟鬼的内脏拍片,可怕极了,恶心极了,像一嘟噜撒了煤灰的猪下水。梅雨妃这次自北京回来，送他一个烟斗，当然不是要他恢复吸烟，而是向他表明：她心里有他。他从茶几下摸出中华烟，抽出一支折下小半截，然后摁进烟斗里，点燃一吸，呛得咳咳两声，才觉得烟丝发散出一股霉味。烟是待客的，放久了。烟是每次吃公宴结束，顺手拿回的一盒半盒。虽然是侵占的公物，但自己又不抽，还不是取之于民用之于民嘛，心里自然没有愧疚。

唐子羽磕出烟丝，捏了一撮茶叶摁入烟斗，燃着一吸，凉爽得透骨入髓，就想起他第二次见到梅雨妃时的那个情景，这可能与当时天正下着小雨有关。他和她进了博物馆参观，大厅里没有一个人，只有窗外的琉璃瓦檐，滴答着沁人心脾的雨滴声。出来后，他上厕所，梅雨妃问他带手纸了没，他说没带。她就从手袋里掏出一小包餐巾纸，抽出一半给他。他本来并不要大便，但是为了不辜负一个女人的雅意，他硬是在茅坑里蹲了七八分钟，并展开那带着荷香味的、压膜着梅花图案的餐巾纸。他将餐巾纸放到鼻子底下，左右锯动，痴迷地嗅闻着。他那鼻子的抽动，活像是饿狗在地上寻找骨头。他身上本来有纸，却谎说没有，无非是想通过卫生纸与梅雨妃加强联络，多享受一点从她身上飘散出来的美妙的气息。何况她给的是餐巾纸，虽然也可以揩屁股，但是决不能揩屁股。

这件小事一想起来，唐子羽就温馨而动情。可是妻子给自己做了十六年饭、洗了十六年衣，怎么就没有如此感动过呢？唐子羽确实没有如此感动过，但却经常内疚。他不干也不会干家务。当嘉贤包揽了一切时，他不止一次说要请个保姆。他是这样想的：如果我像猪一样躺在沙发上看电视，嘉贤毫无怨言地给我沏茶，给我端饭，我当然是享受。可是每享受一次，我的心灵就不安宁一次，因为我成了一个寄生虫，一个无耻的剥削者。假如这一切，是由我掏钱雇来的保姆来完成的，那就让我心安理得，绝不会产生丝毫的负疚感。可是，嘉贤决不同意请保姆，又毫无商量地将他先后请来的两个保姆轰走。"我不知道有什么必要请保姆，"嘉贤由奇怪，最后到气恼了，"你是嫌我伺候得不好，还是想纳妾？"他只好苦口婆心地解释半天。

"你这是心疼我，情我领了。"嘉贤正儿八经地说，"但你是我一个人的，我受不了别的女人来伺候你。"

"真是个贱命女人！"这句话唐子羽没有说出口。嘉贤的这些话，并没有激起他的感动，反倒让他有些委屈。姑且把这看成一种爱情吧。十六年如一日地爱一个人，跟十六年如一日顿顿吃红烧肉有什么区别？如果这也算爱情，那么这爱情也未免太荒诞了！可是男人却受不了，受不了这丧失自由、连发火的条件都没有的温柔的囚禁。的确如此，在年轻的时候，她经常使性子，经常胡搅蛮缠，他就想：什么时候她变成一个贤妻良母，那该是怎样幸福的日子！现在，当她真的变成一个贤妻良母，他又觉得满不是那么回事。还不如不变。

唐子羽开始怀疑自己是不是有病了。你凭什么对嘉贤挑剔？你以为你是谁？你是大人物？你是名满天下的艺术家？其实你什么都不是。你命中注定了是千千万万个平庸男人中的一个。平庸的你凭什么要渴望不平庸的生活！

还是要认命，只能顺其自然，那便是顺其自然地活着。活着，这就是一切。别人怎么活，咱也怎么活。人民就是这么活着的。企图过一种与人民不同的、非凡的生活，太可笑了，也太没有道理了。

饮食男女，人民生活也。嘉贤从卫生间出来，唐子羽就把她的屁股捏了一把。嘉贤马上明白，这是丈夫传递过来的，今夜要做爱的申请信号。她当即用一个微笑予以批准，同时说："我去洗一下。"反身进了卫生间。出来后又对唐子羽说："你也去洗一下。"男女间有无爱情，抑或这爱情浓烈不浓烈，都与这个"洗"字关系极大。在感人至深的爱情小说、爱情电影里，从来不出现这个腻歪的"洗"字，哪怕其中的男女主人公是从沼泽地里刚刚爬出来的；而在呆板程式化的夫妻之爱中，却是"洗"字当头，一如社交宴会上，无论你食客饿与不饿，都得先等一个要人致几句祝酒词大家才能开吃一样。

可是两人躺到床上，却没有出现那种必不可少的"淫乱"氛围。"你先讲个故事。"嘉贤的一只胳膊横到丈夫的脖子上，说。唐子羽在单位和朋友圈里，以善讲性爱小故事（俗称"段子"）而著称。可是近来，他不大讲了，一是没有深入生活，素材枯竭；再是听得的一些"段子"均属末流作品；三是他不想重复老段子。在这上面，唐子羽还算一个追求创新的人，不像画家，因画了一只耗子成名，就一辈子专画耗子，别人称他"耗子王"，他不以为耻反以为荣。

"那就凑合着讲一个吧，反正很一般。是副对联。我们单位的一个副处长结婚，都四十二岁了。女方三十九岁，也是初婚。于是有人给拟了一联：一杆枪两颗蛋，四十二年没参战；一间房两扇门，三十九年没住人。横批：今日好日。"

唐子羽等着笑声，但是没有，嘉贤反倒将胳膊从他的脖颈上抽走，又一拍脑门，忽然想起什么大事似的下了床。只见她打开衣柜，取出所有的上衣摊到床上，一件一件地往胸口比试着。

"你这是干吗？"

"我忘了告诉你，"嘉贤的脸上带着歉意，"我们工会主席的同学在电视台，主席推荐我去做嘉宾，栏目主持人也来看了，非要我去。"

"电视台真多，都邀请到你头上了！"

"你什么意思？我不配上电视？"

"看你躁的！是我的私心作怪么，你这么美的人儿上了电视，肯定招来许多男人骚情，我不放心啊！"

"你少讽刺我……"嘉贤用她那只穿着三角裤的丰臀碰了碰丈夫的大腿，

一副受宠后的幸福的羞恼样子。女人就是这样，她们天生地喜欢赞美，喜欢你随时表达出她在你心中的重要位置。你如果无钱送她们首饰，也没有兴趣陪她们逛商店，那你最好时不时地、色迷迷地歌颂她们。这样做不但节约了钱财，还博得了她们为你效劳的耿耿忠心。

　　做爱的节目就如此这般莫名其妙地被取消了，因为上电视的虚荣比做爱的实惠更有魅力。这也是唐子羽求之不得的，心里顿生一种"又逃一劫"的幸运。结婚十六年，做爱的次数过了千，可是能想起的有几次呢？既然想不起来，又为何乐此不疲地重复劳动就像教授一生都在重复教同一门课程呢？这真是个科研问题，虽然这个课题很无聊。而另一个课题却有意思：与有的女人做一次爱，甚至只拉一次手、亲一次嘴，甚至连手指头也没碰过，又为什么能够记忆到死呢？

　　"你看这肚子，都有褶褶了，能上电视吗？"嘉贤还没挑出合适的衣裳，又发觉形体不好了，"都是给你生唐植生出的难看！"

　　"你不是说是个谈话节目吗，坐着谈，观众又看不见肚子。再说了，我见你们这等同龄女人，还就你没肚子。"

　　这话并不算拍马，因为嘉贤确实丰满，但腰尚在，并没有发福到浑圆直桶的地步。

　　嘉贤最后选中一件荷色低领衫，绲边袖口，那胸部的仰月形，是一个薄纱细网状，隐约显出里边的鱼肚白肌肤，似乎是莲池里的鱼儿戏水仰泳。这衫子，是唐子羽从澳洲返回途经香港时买的，嘉贤一直放着，穿不出去。为了发展和支持电视事业，这回才拿出来一展风采。其实，这衫子耷拉下来，遮了三角裤，就感觉里面是光的，一下子逗得唐子羽有了想法，就赶忙找出一条黑色休闲裤给她穿上，美感就立刻压倒了性感。

　　"天呐！"唐子羽指着嘉贤的胸，惊叫一声。

嘉贤对着镜子一看，低开领露出一寸高的乳渠。

"你们男人是不是特别爱看这个？"

"是的，比露出两个奶头更有味道。许多男人都栽进了这条小渠里。"

"就这么上电视？"

唐子羽没有马上表态。他心里并不在乎这个。太不在乎了，嘉贤会觉得她对他无关紧要；太在乎了，她也生气，因为她的表情已经表明她决定就这样上电视了。

"明天让咱们儿子来决定吧。"

07

  大约十年前,沙尘暴就开始袭击百陵城了。初开始还不能叫沙尘暴,只是所谓的黄沙:天地一团黄,看什么都是一团虚黄的不真实,仰看太阳,眼睛并无刺疼感。降黄沙的数量一年比一年增多,浓度也相应增加,终于由黄沙变成沙尘暴了。可是今年有些异常,沙尘暴自春天开始光临,第三次是在春末夏初,非常厉害。将这三次沙尘暴搬运来的尘埃聚集起来,可以堆一冢帝王陵墓。但是物极必反,忽然就没有沙尘暴了,代之而来的是多雨。

  百陵是北方最缺水的城市之一,忽然水多了,就有些招架不住,就像穷人突然有了很多钱,神经难免不出现异常。眼下是三天一小雨,五天一中雨,十天一大雨。气象专家说,现在的月降雨量是过去年降雨量的两倍。每值下雨,但见天地合欢,万物微醺,擎伞出门,如踏水乡泽国,概因本城的排水设施非常保守。城建当局立马推荐用一种"筛子地砖"铺路——雨水可以通过砖上的小渠孔渗入地下,可以大面积导流。

  嘉贤是非常讨厌下雨的。如果是晚上下雨,她则更加烦躁,翻来覆去无法入睡。就咒骂天,咒骂窗外的雨打树叶声,说那声音跟"苍蝇开大会"似的难听。又说这样没完没了地下雨,非要下出地震不可。别说,下雨有时候就是地震的先兆。现在,人类的智慧还没有达到可以准确预测地震的境界。在这上面人类还不如耗子、蛇、屎壳郎,因为彼类生灵在地震前均有反应。女人虽然逻辑思维不足,却有一种无法解释的"直感",比如直感地震。地震局副局长曾亲口告诉唐子羽:为了多角度地预报地震,局里决定所有员工都要密切观察各自家属的"表现"。结果如何不得而知,但却种瓜得豆,几对闹离婚的、眼看家庭要破裂的夫妻言归于好了。这应归功于丈夫们的敬业精神,由于敬业而变得宽宏大量:他不再把老婆看成老婆了,而看成一个动辄发脾气撒泼的"地震检测仪"。可是就算检测出了何时何地要地震,那也不能发布消息。"中国地震并不单是一种自然灾害,更要考虑的是一种政治导向,"地震局副局长说,"如果你说要地震,岂不影响安定团结,导致社会动荡!你预报了地震,结果没有地震呢?政府的脸面往哪放!反正中国人多的是,不会因为地震死完的。"听了这话,唐子羽笑了:"那我给你们地震局下个定义,地震局是这么一个机构,如果今天发生了地震,那么它明天告诉你——这次地震发生在北纬某某度、东经某某度,是几点几级。"

唐子羽一点儿都不怕地震。地震来了无非一死,而且不分男女、党派、级别、职称、种族、贫富。可见地震是一种很民主很平等的灾难。再说人生最大的事莫过于生与死,这两件大事都不是自己能决定的,不如索性交给上天安排,省心啊。许多人经常喊叫要抓大事,抓来抓去,照例抓一把鸡毛蒜皮,真叫滑稽。女人就未必能看透这一点,比如嘉贤。她由下雨引起心烦,心烦便想到下雨跟地震有关,地震又等同于死亡。女人是最怕死的动物,纵然毫无信仰,女人也要稀里糊涂但却又热热闹闹地活着。就是她心爱的丈夫死了,她还要顽强拼搏地活许多年。男人可不这样,男人非得弄清楚有某种"意思"才能往下活。而下雨天,又是宁静思考"意思"的最佳氛围。如果下雨在晚上,那就有点"良宵"的韵味了。

可是这样的良宵并不能清静享受,因为妻子烦,丈夫得想办法安抚她。安抚的手段是性爱。但是性爱并非包打一生的良药妙方,况且身体也吃不消。随着年龄的增长,夫妻更需要通过语言来沟通灵魂,没有沟通就只好同床异梦了。好容易哄睡了嘉贤,唐子羽却万般委屈睡不着,就悄悄地穿裤子起床。刚套上裤子,就觉得大腿一阵麻颤。他明白,这是裤兜里的传呼机在振动。每次回家之前,他首先要做的是将传呼机调到振动上。他害怕嘉贤检视他的传呼——尽管嘉贤从来没有检视过。

"你要在外面跟哪个女人好上了,我没法管。只是请你多费点心,把战场打扫干净,再洗个澡,别让我感觉到就是!"

"你这话最让我伤心!我是那种人吗?"

"你也许……不是那种人……可你总归是男人,没有猫儿不吃腥的……再说如今,有的女人特别不要脸!"

"你也是女人,怎么能这样骂你的同类呢?就我所知,把一个女人哄上床,其难度并不亚于打通一条穿山隧道。"

"你跟哪个女人打过隧道?"

"胡说了不是!你回想一下,咱俩的恋爱经过。第一次见面,我就有一股要亲吻你的冲动,可是不行呀,你毫无配合的意思呀。我用了两个月时间,给你送了许多小礼物,你才让我拉了拉你的一根指头。又过去三个月,才拥抱了你,脸蛋跟脸蛋蹭了一下,时间短得可以忽略不计,似乎是儿童拿小镜子反射了阳光在脸上晃了那么一下。又过去一个月,才亲了嘴。又过去五个月,直到领了结婚证,在婚礼举行的前三天,才跟你偷着在你姨妈的厢房上了床。你算算看,这前前后后加起来,一共耗费了十一个月是不!你说说看,我要在外面搞女人,有这么多时间、这么大耐心吗?"

\ 07 \

这一番声情并茂的话,居然打动了嘉贤。平常,她喜欢唠叨他们的恋爱经过,唐子羽总是洗耳恭听。也许他根本没有听,而是心猿意马地想其他的趣事,因为他始终一声不吭。她没想到,丈夫的心里也记忆着那些早已远去的美好往事,而且许多细节是她不曾记忆的。于是,嘉贤,这个三十八岁的,正处于多疑年龄的女人,对自己的丈夫彻底放心了。

女人一受感动,本来就缺少的逻辑判断能力立刻更加减弱,那种神奇的"直感"能力也随之消失殆尽。所以训练女间谍的机关,最关键的一道考核是——能不能让风流美貌的男人打动她。嘉贤也不想想,丈夫为何要在结婚十六年后首次翻阅他们的爱情档案?这事实上再明显不过了,他唐子羽启动了"红杏出墙"工程。出墙的时候,他有一种胆怯,有一种负疚。他要通过对妻子的爱情回眸,来劝阻自己不要出轨。

可是,这种自我劝阻的力量太微弱了!

唐子羽下床后没有趿拖鞋,他怕弄出响声扰了嘉贤的睡梦。他赤脚猫步,摸索到客厅,又摸索着坐到沙发上,拧开落地灯。他用了几秒钟时间,飞快地猜想了是谁来的传呼。他取出传呼一看,果然是梅雨妃的:"梅小姐祝你雨夜好梦。"在这样一个夜晚,他接到一个美妙的女人的祝福。祝福的内容无关紧要,关键是在一个如此"巫山云雨"的深夜,有一个女人因想到我而不能入眠。而且尤其重要的是——

她跟我一样,也喜爱雨!

唐子羽摸出烟斗,捏了一撮巴山翠眉茶,当作烟丝抽将起来。现在要不要给梅雨妃回话?或是传呼留言?算了,夜深了,没准她是背着丈夫躲在卫生间里给我打的传呼呢。他关掉台灯,在黑暗中吸着茶烟斗,看着那一点火红随着吸与不吸而明暗交替。吸完了,他站起来,轻轻拉开阳台门,站立阳台听雨赏雨。阳台外面，是一排梧桐树，它们在黑暗的雨帘中，宁静地发出沙沙窣窣的声响，均匀有律，温柔地抚摸着他的心灵——可是嘉贤却说这是"苍蝇开大会"！她不是一个笨人，可是为什么不懂得欣赏大自然呢？难道女人只喜欢逛商店购物？送目远望，两幢大楼之间比较开阔，开阔地铺成一条目光大道，于是发现雨中的所有建筑一概虚幻起来，只有少数的窗户还有灯火。灭灯的人家都在做爱吧，他假想着。不做爱又能干什么呢。那就心如死灰地睡觉，睡不着了就想一个配偶之外的异性。这没有办法，因为雨夜是非常性感的，不想性和爱，难道想海峡两岸局势、想国际核裁军谈判！

　　唐子羽这一刻就非凡地想梅雨妃，想得心窝里仿佛一个蚂蚁窝被开水烫了似的乱糟糟闹嗡嗡。这种带痛味的想，很像是难耐的奇痒，但你又不知道是何处痒，因而你无法伸手去挠。人活着更是这样，分明应该弄清为什么活着，可始终弄不清这个为什么。随它去吧，反正我现在就想梅雨妃，梅雨妃就是我现在的信仰、美、人生价值、光荣与梦想……他想着想着，居然把自己想得激动起来，居然觉得他不是在"红杏出墙"，而是在努力做一件关乎人类崇高利益的伟大事业！

　　我要跟梅雨妃通话，这是道德的、自由的，是上天赋予一颗火热生命的权利。于是唐子羽也躲进卫生间，掏出手机给梅雨妃打。至于打通后说什么，他连想都没想。重要的是与她说话！可是，他一拨过去，却听见电脑小姐的声音："用户正在通话，请稍后再拨。"一连数次，还是这句该死的重复。奇怪呀，夜已如此深沉，她跟谁通话呢？跟她丈夫？两口子有什么话要说这么长时间？会不会与其他男人通话？既然雨夜是性感的时辰，那就自然而然地要想到情人……天呐，她有情人！她的情人不是我！她为什么不能有情人呢？她的情人为什么非得是我呢！

　　唐子羽一下子沮丧万分了。他提起裤子从卫生间出来，呆呆地仰卧在沙发上。他觉得他完蛋了,他生命中最有价值的东西忽而出现又忽而消失了。他不知道梅雨妃的那个"情人"是谁,但他无比憎恨那个"情人",正是那个"情人"导致他眼下的如此难受。这种难受通常被人民群众或喜剧演员称作"吃醋",是一种比不知何处奇痒还难受的感觉。非常可笑,如果他唐子羽目睹梅雨妃赤条条地与她丈夫做爱,他决不会"吃醋",他认为那种勾当跟农民耕地一样根本不值得羡慕与吃醋。但是,如果她跟丈夫之外的某个男人如此这般,那他肯定当即被醋水呛死!

不行,她没有情人!如果有,也只能是我。如果不是我,说明她一时水性杨花犯了错误,我有义务耐心地把她引到正确的道路上,并且原谅她。要允许一个同志犯错误,只要改了,仍然是个好同志。

这么一想,唐子羽竟觉得自己确实应该治病救人,便重新器宇轩昂地给梅雨妃拨手机。依然拨了几次,传来的声音却是:"您呼叫的用户已关机,请待会儿再拨。"他本已心平气和,此时又怒发冲冠了,心里由不得臭骂一句:狗娘养的!

然而起因并非如此,唐子羽可谓白白地为梅雨妃心潮跌宕了一个夜晚。原来,那个雨夜祝福是朱大音冒名打来的。朱大音有个早上死睡不起、晚上惯例吃夜市的毛病。在夜市上,他想到梅雨妃和唐子羽,心中无限感慨这是多么和谐的一对儿!就掏出手机,要替这二人加加温。他请了在夜市上卖唱的一个歌女,冒充梅雨妃给唐子羽打去一个留言。朱大音的那部手机,也算是唐子羽给弄的。唐的一个朋友在电信局管基建装修,那朋友请唐给他介绍一些书画家,要将电信营业大厅美化一下。唐就让朱大音提供了一幅字一幅画。朱大音很义气地不要报酬,说:"唐局长的朋友就是我的朋友,要润笔不是见外了嘛。"其实心里想:电信局的营业厅人头攒动,出出进进的人们排着队交话费啊办卡啊,四面墙壁明亮华丽,墙壁上悬挂自己的作品,无疑是黄金段位之绝佳广告。自己不掏钱也罢，何以反倒要人家钱呢。这么一个姿态，电信局的朋友过意不去，就送给朱大音一部手机，且免去一年座机费。

更让唐子羽吃惊的是，他给梅雨妃打手机一直占线，通话的人不是别人，而是该死的朱大音！

"你瞎掺和什么？难道我交的朋友都是畜生！"

朱大音从来没见过唐子羽如此丧失风度，立马解释道：

"好我哥哩，我好赖算两条腿走路的动物吧！事情就这么奇怪，我让卖唱的小姐冒她的名给你打留言，本意是逗趣，讨你个欢心，没想到溜尻子溜到痔疮上啦！可是就那么邪乎，刚打过留言，手机响了，满以为是你的，你大概要向我倾诉幸福。可是一接，却是梅嫂子的声音！天地良心，我发誓，如果是我主动打给她的，就让我得疝气！"

真是肮脏的艺术家，一会儿痔疮一会儿疝气，就不能说个文明病！帕金森综合征，西伯利亚流感什么的，听上去也雅致呗。

"行了，别赌咒发誓了。如果我不相信朋友，那不等于我不相信我自己吗！"

"其实你并不十分了解我，兄弟我也有一副侠骨柔肠哩，对别人的好事一向看成是自己的好事哩，总想着能不能帮上什么忙哩。别说人，就是动物之间的好事，我都尽力支持呢。小时候的有一次，我外婆来了。外婆很爱吃麻花，我父亲就让我到镇上去买几根麻花回来。我去买了四根麻花，一手捏了两根往回走。路上，看见收过庄稼的地畔里，一对牛在交配。那场面怕人得很！公牛咋也上不了母牛背，好容易搭上去稳住了，我连忙跟着鼓劲助阵，大喊'好！好！'——结果，手里的麻花捏碎了，回到家里才发现，手心只剩了两撮碎末，挨了我父亲一顿饱打……"

"臭嘴！"唐子羽哭笑不得，怎么能把我和梅雨妃的关系比成公牛母牛交配呢!"你不要胡扯低俗了,我只问你,她跟你在电话里说了些什么?"

"一听是她的声音我就明白,她绝对是冲着你来的,这叫爱屋及乌。她不可能对我有兴趣——"

"——你最好也别对她有兴趣。"

"——难道我就不怕你骗了我?!——我马上明白她为何要在深夜里打电话给我,因为她怕给你打电话骚扰了你的家庭,但她确实在雨夜里想你,那就与你的朋友通话吧!反正我是单身汉,我是她倾诉与询问的最佳人选。这些倾诉与询问又能迅速反馈到你的耳朵。总之,我把我所知道的一切都汇报给了她——"

"——说了我不少坏话吧?"

"坏话?要想说你的坏话只能虚构!这并不是我拍你马屁,因为跟你在一起的确有春风入怀之感。你言行中偶尔露出一种相当妩媚的韵味,但却是很男人的妩媚。也许我的见识太少,也许你并不是个优秀男人,只是因了如今的男人太拙劣,你才显得优秀。"

如此拿不出丝毫实证的肉麻吹捧,唐子羽居然面无愧色地受用了,其脸厚程度真可以和政治家媲美。当然眼下,他最关心的仍是梅雨妃究竟说了什么。

"可能是出自礼貌的原因,她首先询问我的身世、经历和现在的生存状况。然而,我只讲了几句,她就打断了,开始讲她的身世经历。这说明她对我的情况没有兴趣,她急于要发表她自己的自传。"

"你快讲!"

"难道她没有告诉过你吗?"

"她多次要讲,都被我阻止了。"

"这又是为什么呢?"

"我不想知道得太多。我喜欢神秘和朦胧。假如一个人的经历是一列火车,而且是一列停放在两个隧道洞口之间的火车,车头与车尾还藏在两座山洞之间,我就欣赏这展露在外面的一节或几节车厢吧,这样更能激起人的想象力。你要晓得,我并不喜欢'全裸'。"

"那你现在又为什么要了解整体'列车'呢?"

"通过你的口来转述,会是一种新的风格。"

……梅雨妃是江汉籍贯,当然是因了她的生身父亲是江汉人的缘故。她的外祖父是个闯了关东的东北人,她的外祖母则是俄国人。因此她的身上有四分之一俄罗斯血统。她出生的时候,自然随父姓杨。她是1973年出生的,那年她父亲已经四十五岁了。她的老家附近,有一座"二妃庙",传说是娥皇女英这两个舜妃,南下寻夫时,曾在此投宿过,因此后人建庙祭祀。当然,庙是早被革命毁灭了,但"二妃庙"这三个字依然不朽在当地人的口语中。她出生时正值微雨天气,故名"雨妃"。

她是她父母所生的第五个孩子。在那个极端贫困的年代,父母要把她养大成人实在困难,就想把她送养出去。送给谁?就想起一个远在哈尔滨的老战友,此人姓梅,是一家军工厂的工程师,人到中年仍无子女。雨妃的父亲曾在哈尔滨当过六年兵,收获有两个,一是恋爱了一个有二分之一"苏联"血统的女子,二是结交了一个最好的朋友——梅工程师。雨妃的父亲给梅工程师发去一封信,细说了自己的意思。梅工程师很快发来一封电报,高兴地表示同意。不久,梅工程师与他妻子一块儿来到江汉,留下三百块钱,抱走了小小的雨妃。那时,她大约刚刚满两个月。

于是她由杨姓改为梅姓,名字则不变。其实,她在哈尔滨生活不足一年时间,便随父母支援大西北,来到百陵市。因此在她的脑海里,关于江汉呀,关于哈尔滨呀,是没有丝毫感性记忆的。她的记忆之树,悬挂的全是百陵之果。

在她很小的时候，养父母曾多次给她的生身父母去信，希望两家多来往、常走动，以便孩子知道自个儿究竟是怎么回事。但是一共只收到一封回信："永远不要告诉孩子！为了孩子，我们也永远不要联系。"

梅雨妃在幸福的家庭里备受宠爱，美好地一天天长大。养母在去世前，终于忍不住告诉了梅雨妃有关她的身世："妃，不把这些说给你，就是骗你，我到阴间都不安的。选个时间，去看看你的生身父母吧！"这对梅雨妃是个突如其来的心灵震撼，她一阵晕眩，觉得自己是一朵浮云，不知往何方飘荡。

大学毕业时，她刚二十岁，才华出众风姿绰约，可谓色与情俱佳。这样的女子并不多见，因为上帝是个伟大的平均主义者，上帝总是将美色与才华分别赐给不同的女人，以便她们都能生存下去。然而梅雨妃是个例外。那只能这样解释：上帝在造她时丢了个盹儿，或者多喝了两杯。美貌而不失才华，这当然是好事，但却让她的父母提心吊胆。他们觉得她像是一件被一根细线拴吊在空中的名贵瓷器，很小的风都可能吹断这根线、摔碎这个瓷器。在她十五岁的时候，在她刚刚露出风韵的腰肢和膨起的胸脯时，父母就开始发愁她的婚事。"最保险的法子是嫁人！只有嫁人了咱才放心，也对得起老杨两口子。"

——所以她大学毕业的半年后，就由她父亲做主，将她嫁给一个年长她十岁的银行职员。此人是一个农村出身的大学生，家境贫寒得在他的村子里属于前几名。"农村出来的人老实，靠得住，"父亲说，"这样的出身往往是很有作为的。"果然，此人步步晋升，终于当上一家专业银行的行长。梅雨妃第一次见到这个男子，既没有产生什么好感，也没有产生什么坏感，只是觉得有点土气。她同意了这门婚事，因为婚事是大事，大事是由天命决定的。就像她的生命，她的血统，她出生在怎样的人家，又在怎样的人家长大，以及顺理成章地嫁给谁，这一切都神秘地串在一条隐形的链条上，是既定的也自然是无法改变的。她能决定的是一些小事，诸如一日三餐吃什么饭，用什么护肤霜，出门乘什么车，选什么牌子的卫生巾。至于大事，随命吧。

还有，她决定嫁给这个男子的另一个重要原因是——这个男子姓杨，因为她本来就姓杨，她有一种"如归"的感觉。这样的怪异想法，只有她一个人知道。而那姓杨的男子，也根本想象不到他的姓氏给他带来了如此的艳福。

朱大音转述的梅雨妃的"自传"，其中有多大的真实性，唐子羽无法判断，但肯定有水分。这就像传话，甲传给乙，乙传给丙，丙传给丁，无论传得怎样细致认真，传得一点儿不走样才叫怪事。在过去的约会中，唐子羽是从不主动询问梅雨妃的"自传"的。他只凭感觉走。他的嗅觉不止一次告诉他：这是一个他从未见识过的女人，在气质上既贞节又不失风情的女人。这是他理想的女性。至于她究竟有怎样"乱七八糟"的过去，他压根儿不想知道。一般说来，美女的历史多半都是"乱七八糟"的。如果你觉得肥肠好吃，那你就只管吃肥肠好了，最好别去参观肥肠最初清洗的过程。基于这个认识，他也从不将他的"自传"说给她听。但是有一次，他还是忍不住问了她这么一句话："你觉得我这人怎么样？"她没有正面回答，而是说了一句让他很诧异的话："我出生的时候，我的生身父母就是你现在这个年龄。"后来他越想越悲哀。这话有好几层意思：你唐子羽老了，你只能让我联想到我的父母；我与你的关系只能定位在某种规范的台面上。这太伤一个男人的心了。

"结交这样的女人真好啊，"朱大音拍着自个儿的肥腿，好像梅雨妃是他的什么人，"比当总统都美。"

"是这种感觉。你瞧最近，北京的事我连问都不问。联合国那边，也交给那个黑鬼[①]瞎折腾去。"

[①] 此指科菲·安南，时为联合国第七任秘书长。

"你对人类的命运太不负责任了。"

"没法子,我其实是个利己主义者。"

刚说完这句,传呼响了。调出一看,是这样的字:"嘉贤女士说您要是方便的话,请立即看市台三套节目。"他明白了,嘉贤做的节目要播出了。这节目七天前就已录好,但却迟迟不播,急得嘉贤似乎是第二胎要临盆似的,炒菜缺油少盐,洗衣服黑白一块儿搅,弄得白衬衫成了水墨画儿。打电话询问电视台,人家说并不是所有录好的节目都能播出,因为领导还要审查。可是昨天来了喜讯,节目已审查通过。嘉贤激动了,翻开电话簿,将节目的播出时间通知她所有的亲友,其中包括她上幼儿园时的老师、三年前在火车上认识的一个女军官,以及巷口卖凉皮的那个老头。对此,唐子羽真想嘲讽几句,可是想了想还是忍住了。一个女人,一个把青春和操劳全部贡献给丈夫和儿子的家庭主妇,实在不容易,偶尔上回电视,为什么不能将风光通报给朋友亲戚们呢!

"你真正的嫂子上了电视,咱们得捧捧场。"

可是朱大音的房里,那电视黑白不说,还是十二英寸的,还是他从步园的垃圾堆里拽出来的。黑白就黑白,大小无所谓,反正能收到市台的三套节目,只是雪花麻点偏多而已。

电视里说节目开始,画面却是广告,鼓吹一种可使女人奶子迅速膨大的魔术般的文胸;接着是某种男用保健品,声称用了此品,"太太再也不发脾气了"。这两条广告大有味道,它表明我们的女人生活在一个"丰乳年代",男人则在"壮阳岁月"里低吟徘徊。

"我差点忘了,"朱大音说,"梅二嫂子认真地问我大嫂子的情况,现在何不也通知她看电视,多么直观,也算我交了差。"

对此,唐子羽不置可否。朱大音最会察言观色,于是就给梅雨妃的传呼打去留言。毕了说道：

"我看梅二嫂子对你有终极目的。"

"何以见得？"

刚要回答，电视节目开始了。主持人说，今天请了两位嘉宾，一位是妇联的，一位来自工会，话题是"如何对待丈夫的外遇"。

"哟嗬，咱嫂子比主持人还抢镜哩！"

"不管节目如何，你都给她打个电话，吹捧吹捧，以后你去我家，更能放开肚皮吃便宜饭了。"

电视里的嘉贤，端庄自信，一点儿也不拘谨，简直是个奇迹，看上去并没怎么化妆，却分明年轻了五岁，连唐子羽都不敢相信这女人是自己的老婆。她没有穿那件低开领的衫子，因为儿子不让穿。儿子说："这地方属于我和我爸，不能让别人看。"嘉贤也只好为了家庭利益，穿了件绛红色的圆领衫，心里到底有点遗憾。

节目俗称"脱口秀"，主持人不愧是主持人，机敏流利，总能不失时机地插话、纠偏，从而保证谈话按着既定的思路和规定的时间进行。主持人基本没有干扰嘉贤说话，倒是几次三番地打断"妇联"的话语。那妇联是个中年人，头发稀疏又不梳整齐，鼻翼与脸肉之间夹了一颗黑痣，仿佛二次大战时残留的一粒子弹。她是个典型的女权主义者，对男人和男权社会极尽攻讦讨伐，言辞激烈，近于骂娘，所以连那同为女性的主持人也不得不常常打断她的话。说到男人外遇，她更是义愤填膺："对于这样的男人，刑法中应该有相应的条款予以严惩！"

"要我跟这样的女人谈恋爱，我宁愿选择坐牢。"朱大音说。

"你看咱嫂子讲的，多中听！"见唐子羽不吱声，朱大音又说。

嘉贤始终微笑着，带着几分羞怯，话也讲得很母性：

"……一般人都有一个错觉，以为男人的外遇肯定比女人的外遇多，其实这没有道理呀，男人跟谁外遇呢？还不是跟女人……这号事情，多半都是男人主动，（是否暗示有不少男人向她献殷勤？）但是这样的男人未必就是品质恶劣的男人，这很可能是男人的某种天性。《红楼梦》里的贾母有句名言，'哪有猫儿不吃腥呢？'……碰到丈夫有外遇了怎么办？最好是不要碰到，更不要跟踪抓把柄，三个人当面公开了，脸上都挂不住，不离婚怎么办？别人耻笑怎么办？所以丈夫的行动越诡秘，便证明他越是怕你发现，也同样证明他很看重你，很看重家庭，他是不会轻易抛弃这个家庭的。因此，当你无意间发现丈夫有外遇，最好装作没看见，实在装不过去，则要温柔地警告他，再小小地流些眼泪效果更佳……男人无论多大年龄，身上总有某种孩子气脱不掉。如果你爱他，就要像爱你儿子那样，哪有儿子一犯错误母亲就打死儿子的道理！再说了，你也可以这样想，男人能有外遇，这男人的身上肯定有某种闪光之处，否则，你当初怎么偏偏选中了他？既然你都爱他，从人性的角度看，别的女人又为什么不可以爱他呢？如果你精心挑选的丈夫一辈子连半回外遇都没有，对你来说并非什么光彩的事……"

"如果嫂子去竞选总统，"朱大音笑道，"百分之八十的男人都会投她的票。"

"是吗？其实那……"其实那些话是唐子羽教的，但他话到嘴边又锁住了。如果别人觉得你娶了个很旷达很聪慧的老婆，不也是很骄傲的事么！

"大姐呀，"主持人突然笑着问道，"你的话确实有一些道理，但是，假如您的先生有了外遇，您也能如此对待吗？"

"他敢！"嘉贤没容思考就蹦出这两个字，但又马上感觉说坏了，几乎在说出口的同时，抬手捂捂嘴巴，笑着说："我想我会宽容的……再说了，我先生也不是那号人。"

"看来，你跟梅二嫂子的事一定要保密好呀，要让大嫂子发现了，那可要石破天惊啊！"

"什么'大嫂子''二嫂子'，好像我有两个老婆似的。"

"给兄弟我说个实话，你跟梅二嫂子睡过几次？"

"真粗俗！我看你不要再琢磨山水了，改画春宫最好。"

"两码事么。你还玩的是纯情少年！"

也别说，梅雨妃唤起唐子羽的，还真是某种纯情少年的感觉。和她在一起，他能克制某种爆发与冲动，他不认为这是自己老化了，而是他觉得美比性更占上风。于是，他很怜悯地对朱大音说：

"我估计你，从来没有领略过纯粹的爱情。"

"若是光阴倒流一百年，你这种不睡觉的爱情或许感人，而现在，只能跟马戏小丑一样可笑。"

唐子羽觉得跟朱大音讨论爱情，就像跟呆子讨论治国安邦一样，确实可笑。他掏出烟斗，开始抽茶烟，吐出一圈圈烟雾，隔在两张无法沟通的男人脸之间。

"追一个女人而追不到床上，就说这是爱情，倒也体面。"

"咱俩换个话题吧。你'大嫂子'——她也这么说了——有个同学在文联当秘书长，听说要组织一些书画家和作家，沿丝绸之路考察，写生。一家大企业赞助的，媒体也参与。你不妨求求你'大嫂子'，把你也加上，一路上白吃白喝，也顺便进入艺术圈子。"

朱大音感动地看了一眼唐子羽，就给嘉贤打电话了：

"嫂子，你好伟大呀，我从电视里看见你的风采了！我觉得你应该改行，到中央台播新闻最好，国色天香啊！真没看出……你太谦虚，不，你讲得非常得体……你要多上电视，现在的电视太没文化了……这不是你个人的事，要帮

07

助电视事业……"

但他始终不提去丝绸之路写生的事。唐子羽纳闷了。朱大音说:"还是请老哥,回家给嫂子讲好些。我在电话里讲,太那个了。"

果然,唐子羽回家一讲,嘉贤当即爽快答应下来。其实嘉贤原本对朱大音没有好印象,觉得此人华而不实游手好闲,对人生和社会没一点实用。不大懂得艺术的人,可能对世上所有的艺术家都是这般看法。但是这回,她又为何如此乐意呢?道理再简单不过了:朱大音赞美了她在电视上的表现,这种赞美让她十分舒心,比挠痒痒挖耳孔还受用,一时间就以为自己成了大明星,朱大音成了追星族。明星关爱追星族是理所应当的事。这叫礼尚往来。不付出就想得到好处,是从来没有的事。

朱大音背了画夹,怀揣避孕套,混入文联组织的采风团,往大西北去了。走的时候,将房门钥匙交给唐子羽,暧昧地说:"留给你也许有点用场。"有什么用场呢?唐子羽一时想象不出。天气亦不大正常,先是不断地下雨,后来又多半是将雨未雨的样子,总让人心里悬个什么,犹如组织部考察你,一副要提拔你的架势,但最终能不能加官进爵,又是谁都说不准了。许多人经此折腾,不是头发白了,就是诱发出严重疾病,脆弱的竟然一命呜呼。所以有人建议将组织部改名为"调戏官员部"。

对于来自组织部的任何一点风声,王调研似乎都知道。此君除了爱书法,其次就是爱传播组织人事上的变动,所以大家背地里都叫他"业余组织部长"。从王调研的言谈语气上看,仿佛组织部里上至部长下至司机收发员,都是他王调研一手安排的,就像步园里的那些勤杂人员皆是他亲自安排的一样。他常说某某局长是他疏通关系才上去的,某某受贿纪检部门要查处是他一个电话捂住的，某某单位经费紧张是他帮忙从财政上要来多少多少万的……但他自己并不热衷做官，他认为"啥也干不了的人才去做官"，所以他至今还是个副处级调研员。他就是爱吹个牛，其实是个非常热心的人。只要是熟人朋友，只要你夸他的字求他的字，那么你请他办任何事，无论这事有多么难，他都乐意效劳。至于能否办成则另当别论。总之他不会让你扫兴，他永远都让你心情愉快充满希望。即使你求他帮你买个原子弹，他也会一拍腔子，说："没问题，我让人给你挑个光的！"

自从唐子羽的办公室挂了王调研的"神游汉唐"四个字后，王调研便将他所知道的一切情报都无偿地给了唐子羽。其实，无论这情报有多少真实性有多少水分，唐子羽都不感兴趣，但他还是装作很感兴趣的样子。人不能只凭兴趣而活，只顾自己的兴趣而不顾别人的兴趣，那是自私自利的兴趣。每一个人都是演员，所以每一个人都渴望掌声。看着别人津津有味地表演，你怎忍心不拍两巴掌呢！

"唐老弟，"王调研脑门发亮地说，"出大事了，牛书记住院了！"

"年龄大了，住院很正常，算什么大事呢。"

"你想想看，百陵市的一号人物住院了，还不够大事！"

"我说老兄，咱都不是小孩了，咱经见过的大人物也不少了吧。别说他住院，他就是死了，咱还是照样地吃喝拉撒。我给你说，世上根本就没有那种他一离开天就塌了的人物。"

"天当然塌不了，但你生活在百陵，百陵的一号人物住院了，你脚下的土地就要抖动。"

"那就让它抖动吧。"

唐子羽压根儿不在乎。牛书记住院了，在他看来，还不如宇宙间的某颗小星星要撞击地球危险，因为说不准这颗小星星就要从百陵的天顶上砸下

\ 07 \

来。牛书记住院了,会来一个马书记;马书记住院了,会来一个熊书记……总之一个书记住院了,会有无数个书记朝夕梦想着预备着替补上来,他们热烈要求承继前贤且个个都是顶呱呱……这又不是在空中坐飞机,飞行员突然脑溢血了……当然,百陵市的首席公民住院了,怎么也该表示点同情,如此漠不关心毕竟缺乏人道精神。只是唐子羽跟牛书记没有任何私交,否则他会买束鲜花前往医院的。

唐子羽真是个呆子。他太轻视这件事了,因为很快,他便切身感受到这件事是如何深刻影响了他的命运。

牛书记一住院,也就是说,百陵市的二号人物,身为第一副书记的傅市长便站到前台,成为一名舵手,不管是暂时的舵手还是长期的舵手。而且牛书记刚一住院,省委的田书记就给傅市长打来电话:"老傅啊,看来你一时还是退不了二线,帮帮忙,百陵的工作就拜托你了!"这是他参加工作、步入官场以来,最让他激动感怀的一句话。他虽然当过具体部门的一把手,但是由于性格,以及其他种种原因,他似乎从来没有独断决策拍板过一件事。事实上他一直是官场上的B角,无论官做多大,总有一个"主子"如影随形地看不见摸不着地捆绑着他。就是说,他一直是个不断更迭的"主子"的第一干事、首席侍从、贴身幕僚。临到当了市长,心想会好一点儿,谁料这个从沿海调来与他搭班子的牛书记,比历任"主子"都铁腕。他跟牛书记在一块儿,坐沙发时都是不由自主地坐半拉屁股。两人同时出席某一个会议,如果秘书事先没有给他准备讲稿,而安排他临时讲话,他的舌头就一下子成了"惰性元素",把一句话组织顺畅要费很大的劲——好容易发言结束了,内衣也汗湿透了。事后他反思,他之所以如此懦弱,可能因为他就是这个命,只能为将不能当帅。也许都怪姓了这个该死的"傅"字!

既然是命,他就认了,也懒得动脑子了。一切事情,一切需要他决断的文件报告，他都签个"呈牛书记定夺"。牛书记的工作量就翻了几番，时间一久，便消化不了，就坦诚地批评他："一切都让党委决定，还要政府干吗？"嘴上是批评，心理却拉近了。该党委决定的大事，牛书记也都要与他通个气，善意征求他的意见。他当然心领神会，牛书记是提醒他：会议上你得支持我哦。

于是班子很团结了，省委多次表扬了。研究任免干部时，傅市长分得五分之一的决定权。当然在公开会议上，一半的干部任免名单，都是由傅市长的嘴提出来的——自然是遵照牛书记的"通气"行事。事情就是这么怪，当你面对现实不再去想争权夺利时，权利反倒来了，尽管只是可怜的五分之一。

如何稳定社会、主持好全局工作？傅市长思考了一个通宵，列出几条：

一、治好牛书记的病是头等大事，拟邀请全国的相关的医疗专家，会诊；

二、每周三早上去医院探望牛书记、每周日晚上去医院向牛书记请示汇报一周工作；

三、无论牛书记病况之轻重，凡副市长以上级别阅读的文件报告，均应全部送往医院病房；

四、如无特殊情况，决不研究人事；

五、主持工作期间不再写诗、不再给任何单位或个人题匾写字；

六、先召开一次媒体、公安联席会议，文武一起抓；

七、香港回归三周年在即，有文章可做；

…………

\ 07 \

天快亮时,傅市长又深刻地自我批评一通。他近来有些虚无出世的消极思想,只想做个"维持会的副会长",平平安安退到二线拉倒,于是就练什么书法,诌什么歪诗,纯粹不把自个儿当人看!其实,古老而美丽的百陵城是多么需要自己呀!百陵的市民是多么可爱呀!西部大开发的机遇是多么千载难逢呀!要想尽一切办法把海内外的资金引进来,要千方百计地厚着脸皮向中央财政讨钱要钱啊。这没有什么丢人的,这一切都是为了百陵的万民幸福……

时令进入盛夏,唐子羽所在的这个闲散的局也热闹起来,每天上午集体学习。学什么呢?学市委市政府的文件,学经过牛书记批示了的傅市长在各种场合的讲话、谈话。从这些讲话文件里,大家切身地感受到,牛书记虽然在医院里,虽然躺在病床上,却仍在为市民把心往碎里操;傅市长整日奔波在工作、生产第一线,在郊县的小学危房里召集企业家座谈,在半年没发一分钱工资的工厂里痛斥败家子厂长,在高速公路的车祸现场指挥救人……

这些问题重要不重要?当然重要,但是否都要将它们以文件的形式下发,则值得研讨;即使下发了,是否各单位各部门都要放弃本职工作来专门开会学习?也需要研讨。问题是,这是一个可有可无的局,局长又是一个天生爱开会的专家,开会学习简直是他的保健品。一逢开会学习,他就红光满面神采奕奕。他深信,有些人是靠下苦力吃饭的,有些人是靠展示智慧吃饭的。开会就是展示智慧的一种形式,他就是靠开会吃饭的。何况这是一个可有可无的局,不开会学习谁能想到这个局的存在?谁能想到这个局长的存在?

还有一个非常关键的原因。局长原本在一个要害部门任职,曾有一度,升任副市长的呼声极高。但是,因为他紧跟的那个大人物死于一次车祸,他这颗新星就黯淡下来,再想往上发展就困难了。好在中国的官场,冷酷中始终不失一种温暖,那就是:只要你当上官,纵然靠山倒了,你的官位依然能保持,无非是将你从要害部门平级调到一般部门而已。现在主事的傅市长，就是局长当年紧跟的那个大人物提起来的，因此傅市长主事期间所发的一切文件、讲话，他都看得比情书还重要，因为这一切唤起了他的旧梦，虽然那是消失了的、永远不可能变成现实的梦（他的年龄超了）。

局长是天生的演说家、理论家。由于最近的文件、讲话特别多，所以大家得轮流朗读。一篇读罢，局长就要插话，将这文件这讲话予以分析、归纳、提炼，再穿插一些文件讲话所涉及的现实生活中的种种现象。局长语言幽默声情并茂，使得枯燥的开会学习变得活泼有趣了，学习效果成倍增加了。局长每插一次话，一般要喝一杯茶水。茶杯是个罐头瓶改装的，由底朝上套了个胶丝网兜，看上去像个胖和尚穿了一条大裆裤。局长的顶头上司——副市长——也是随身携带这么一个罐头瓶，局长当然要追随仿效。但他坚持一个原则：自己的罐头瓶必须小于副市长的罐头瓶。这绝不是生活小事，而是政治大节。既然下级要服从上级，那么下级就要在一切方面显得比上级小。一行有一行的规矩，按规矩办事永远没错。

在大的施政方面，局长总能概括出几个"既要""又要"，充满辩证法。如"既要解放思想，又要坚持传统美德"，"既要培养新的经济增长点，又要抵制拜金主义"，等等。按局长的思路工作，必定战无不胜攻无不克。工作干好了，自然是局长领导有方；干糟了，那是你对局长的思路理解有误，局长自然要批评你："我早强调过'既要''又要'，你们偏偏不听，偏偏只搞'既要'放弃'又要'，这不，出娄子了吧！"在局机关各部门的具体事务中，局长也照样概括出"一个原则、两种思路、三套方案"，但从不说"四"。为什么呢？局长说："咱们是个农业国家，农业人口基数太大，文化太低，指导工作只能简明地点出一二三，要是上了四，老百姓就不容易记住。"局长真有总理之才，可惜一身栋梁骨，报国无门啊，只能管理一个可有可无的、莫名其妙的局。如果不搞一搞开会学习，局长没准要憋疯。

长方形的会议室挺大，四周贴墙摆满一圈皮椅子，乃是科级干部的座位。中间是个椭圆形空心桌，围坐这儿开会的是处级干部。尽管并无明文规定，但大家都心照不宣明晓章法，不曾发生鹊巢鸠占的事故。如果有个处级干部偶尔坐到科级干部（皮椅）位子上，那是他或她因故迟到了；要是某个科级干部坐到处级干部（圆桌）位子上，一定是他或她醉酒了。随后，局长会婉转地提醒他或她："你这个同志啊，再好好读读毛主席的《反对自由主义》吧。"

——会议室圆桌上的主席位，当然是一进门就可瞻仰的位置，当然是局长的座位。桌面上插着两面小国旗，一个麦克风。这麦克风是局长专用的，因而是固定不动的。另一个麦克风拖着长线，可以在人们头顶上飞来绕去，以便同志们发言用。有些人热衷做官，也并非全是为了搞贪污腐败，倒往往是冲着那个专用麦克风的。

局长的左边，是第一副局长，右边是第二副局长，左二是第三副局长，右二是第四，亦即末尾副局长唐子羽。但是唐子羽坚持升官后继续坐原来的位子不变。对此，局长在批评官本位思想时，举了唐子羽的例子予以表扬。这反倒让唐子羽尴尬，因为唐子羽并不是为了获得表扬才那么做的，所以局长的话让他只能听出嘲讽。按他现在的官位要坐的位子，由办公室主任坐着。就是说，他现在应该和办公室主任调换位子才合乎章法，因为他现在的职务比办公室主任高半格。提拔他的时候，办公室主任愤愤不平，觉得唐子羽抢了本应属于他的好事，如今再占他的位子，岂不硬要结个仇人！在众人眼里，办公室主任、人事处长是局长的真正的左右膀。尤其是办公室主任，把局长及其直系亲属的事情安排得有条不紊，更不要说局长本人的日常饮食起居了。所以办公室主任是真正的实权派，管着报销与车辆。从某种程度上讲，办公室主任就是局里的二把手，给局长开车的司机则是三把手。唐子羽坚持不换位子，反倒让办公室主任有些内疚。所以唐子羽开的那辆伏尔加，能方便的地方，办公室主任都给了方便。

把古板的开会学习搞得生动活泼一点，是有可能的。但开会学习毕竟不是篝火晚会，因而多数人并不喜欢开会学习。尤其糟糕的是，局长突发奇想，说是月末要检查大家的开会笔记，且要与工资奖金挂钩！这不是要考试、要把大家当小学生看待么！

想当年，唐子羽混到大学文凭后，曾长出一口气：他奶奶的，老子这辈子再不用考试了！再不用听课了！谁知根本不是这回事。你进了机关，你就等于进了一所学制长到退休的学校，因为你每周甚至每天都得开会。开会就是听领导讲课。在学校听教授讲课，你可以听，可以记笔记，也可以不听，也可以读闲书，更可以举手发表与教授不同的观点。但是在机关开会听领导讲课，那你得倍加小心。纵然那领导只是个大专程度，纵然你拥有三个国家的四个博士文凭，那你也得恭敬认真地听那大专领导的讲话，并要不断地记笔记，哪怕所记的话是你三岁时就明白的道理。这没有办法，因为权就是学问，权越大学问也相应越大。

唐子羽这个副局长，在某种程度上说，是靠了开会做笔记赢得的。每逢开会，他一向准时到场，打开笔记本、卸了钢笔帽，犹如战士进入战壕。正式开会，他便正式记录。在记录的过程中，他要抬几次脑袋，看一小会儿正在为"振兴中华"而讲话的领导。他手中的笔呢，依旧不休止地沙沙沙地运作着，这是长期训练出来的才能。他仰看领导，不是仰着傻看、呆看，而是生动活泼地看，"孺子可教也"地看，点头，沉思，反省，眼神里忽儿纠缠着困惑不解，忽儿荡漾起柳暗花明，忽儿显露出醍醐灌顶。把他那不断变幻的眼神翻译成文字，就是：原来是这么回事呀！哟，不这么办可要出问题呀！这样的决策真是太英明呀！可想而知，当台上的领导的目光扫描到台下的这么一个属下时，心里有多么感动！要知道，有的人拿开会当儿戏，要么嗑瓜子，要么偷看传呼机上的股票信息，要么皱鼻子转脖子，搜寻是谁放了个闷屁……所以领导特别喜欢那些认真听会、认真记录的人，因为正是从这些"谦逊好学"的人的身上，才折射出领导的水平与权威。

唐子羽就是这么一个人，凭着认真开会、认真记录，由副科长、科长、副处长、处长，一步步升到如今的副局长。不了解内情的人，以为唐子羽"上边有人"，以为他善于跑官，其实都不对。他连局长的家门朝哪开都不知道，甚至局长的小姨子出嫁他都没送礼。他最初也是极讨厌开会、极讨厌领导讲话的。他觉得铺天盖地的会议简直是祸国殃民，领导讲话简直是愚弄生灵。可是，经过一段时间的开会实践，他才逐渐明白一个道理：中国这么多人，总得有一批人专门开会吧，至少解决了就业问题吧。领导讲话也让人佩服，尽管讲的全是报纸上、电视里、更大的领导讲的套话空话，但能把这些套话空话讲得慷慨激昂声情并茂那就不容易了。假如一个作家，抄袭别人，无异于盗窃；重复自己，意味着江郎才尽。而领导讲话则不须有此顾虑，你越是抄袭，便越是证明你"与中央保持一致"。所以许多官员卸任后，开始写回忆录说真话，想过一回作家瘾。当作家的却觉得自己的创造性劳动太苦，非常羡慕官员，经常在文章里发泄怀才不遇的委屈感。

对领导表示敬意的最好方式是认真地记录领导讲话。可是某一次，唐子羽不知从什么地方读到一篇文章，文章说中国的阳痿患者世界第一，精子含量日益减少，一个重要原因就是开会，壮阳补肾药的消费者也主要是"开会一族"。这震惊了他。但他积习成癖，要不开会，或开会时不做记录，又丢了魂儿似的不踏实。怎么办？他便在开会时练习钢笔书法，据说书法是强身健体的一个非常文雅的法子。这样既保持了他在领导眼里树立起来的好感，又不伤害自己的精气神。

  自当了副局长，他想，四十五岁的人了，官已拜到顶点，某种"死猪不怕开水烫"的苗头流露出来了。反正，只要不出大格，你谁也把我免不了。于是，他由练书法，扩展到记录社会上的传闻，并加以编辑、制题。打开他那记录本，就像打开一份袖珍文摘报。现摘录几则：

男 物

没有情人是废物，

情人太多是动物，

一两个情人是人物。

绝 望

  甲：张三写了一部长篇小说。

  乙：写了长篇小说又能怎样？写过长篇小说的人太多了。

  甲：张三的长篇小说出版了。

  乙：出版了能咋？说不定是自费出版的呢。

  甲：差矣！张三的长篇印了四万册，稿酬加版税，赚了五万元。

  乙：赚了五万元能咋？一本书赚了五十万元的作家我也见过，能咋？

  甲：张三可是一炮走红，名利双收了，由一个下岗工人，径直调进作家协会，还当上了第十三副主席。

  乙：当了副主席能咋？

  甲：据权威评论家预测，下届茅盾文学奖，张三是少不了的。

  乙：得茅盾文学奖能咋？即使得了诺贝尔文学奖又能咋？

甲：确实不能咋，问题是一个作家，活着的意义，就是要不断地写作呀！

乙：不断地写作又能咋？

甲：不能咋，但至少证明这个作家还活着吧！

乙：活着能咋？

甲：你的意思是人活着不能咋，只有死了才好？

乙：死了又能咋？

甲：你这狗杂种！无论他人干什么，你都要问一个"能咋"，请问你这么做，又能咋？

乙：……

甲：不能这样嘛，这样就陷入悲观主义虚无主义了嘛。

乙：好啦，你今天把我问得无话可说了，能咋?!

美国专家不及陕北农民

某报载，美国一个机构搞了项家庭调查，得出一个结论：凡妻子漂亮的丈夫，与妻子不漂亮的丈夫比较，前者的平均寿命要短十二年。于是，数位社会学家、心理学家、医学家、文学家就此现象各抒己见，分析出数十条原因。其实对此现象，陕北农民早就言简意赅地总结出来了："好辣子费蒜，好菜费饭，好婆姨费汉。"这可作为爱国主义的好教材大力宣传，以此激发国人的民族自豪感。美国算什么东西！

一句绝妙的歇后语

背着鼓寻槌——找打挨。

局长的功夫

局长今早发言,分析苏联解体之原因,用了两小时三十七分钟。饮茶水两暖瓶,八磅的暖瓶,居然没有起身如厕!茶水均化作唾珠矣。此等功夫吾辈望尘莫及也。

而已

"其实,我的先生对我非常好。"每次见面,梅都要说这句话。对你好又如何?丈夫对妻子再好,也只是来自丈夫的好。而已。世上没有绝对的、毫无瑕疵的美女。梅的眼睛一大,一小,只是差别极微。她的丈夫未必发现了这一点。百分之九十九的男人都弄不清自己身上的衬衫究竟几颗纽扣。就算你发现了梅的眼睛一大一小,又如何?而已。

化腐朽为神奇

蔡处长下乡,蹲点扶贫,三月未回家。夜不能寐,乃改太白诗一首,以遣寂寥:床前明月光,床上硬邦邦。举头望明月,低头思婆娘。

…………

唐子羽如果不记录这些闲笔,那他一分钟也撑不住沉闷无聊的开会学习。人最宝贵的东西是生命,生命对人只有一次。如此宝贵的生命,却空耗在没有休止的开会与学习上，这样的生活实在比鸡奸更为无耻恶心！

与此相反，嘉贤因为又连续上了几次电视，"好评如潮"，电视台还打算将她正式调过去，于是她的情绪空前高涨起来，差不多天天晚上都要爱情一把。唐子羽是丈夫，丈夫是一种职务，是职务就得尽义务，所以不能扫妻子兴。人家当初为什么肯嫁你？其中就包括人家想爱情了你便要立马鼓劲配合这一条。但是一连三个晚上，他就有些吃不消，觉得这事比开会还乏味。他暗想，我虽然不喜欢女权，但也决不提倡男权，男女还是平等为好。如果婚姻中确实存在那种所谓的爱情，那就要遵循爱情的流行规则：一生为对方奉献，以对方之快乐为快乐。只图自个儿舒服，不顾对方情绪，那就无异于强奸。说轻点也是剥削行为。剥削来的快乐，是剩余价值带来的快乐，显然是反马列主义的。

但是，把这些道理讲给老婆，老婆未必懂。再说了，家庭是个不讲理的地方。人们千方百计地要找个异性组建一个家庭，目的正是寻求一个不讲理的地方。所以唐子羽颇为动情地，很通俗地对嘉贤说：

"我已经四十五岁了，大半辈子都过去了。权当我是你的一个工具，这工具也开始老化。你得节约使用工具才是。比如汽车，跑多少公里是个定数，一年跑完了，一年就报废了。咱还有几十年要活哩！"

"谁不知道'三十如狼，四十如虎'呀！"

"我属羊么。"

"算了算了，不来就是了。你肯定在外面有女人了！"

说完身一翻，丢来一个冷脊背。瞧，家庭真是个不讲理的地方。

"看你……这样吧，一周一次，如何？"

"我就那么没脸皮？我一辈子都不要了！"

女人就是这样，总是把话说绝，事后又能天才地找到借口转过弯子。如果把女人的这个特长发挥出来,一定能胜任外交家——请她出使积怨甚久的敌对国家,定然物尽其用。

08

　　好在，天不断地下些小雨，否则，唐子羽非让会议弄出病来不可。另一些事情也调剂了唐子羽的情绪，比如先后接到朱大音三封信，通报他沿途的一些有趣见闻，还配有插图。对于同行的几个书画家，朱大音也写了自己的简单的看法："我们成了好朋友，虽然我心里并不十分服气他们。"每封信落笔时，都要重复强调一句："谢主隆恩。"以感激唐子羽夫妇的鼎力推荐。

　　唐子羽还跟梅雨妃吃了一次日本料理，看了一场电影。每次分别，她也要重复一句话："什么时候教我开车呀！"而唐植的期终考试，也很有进步，突飞猛进到前十名了。问儿子需要什么奖励，唐植说："什么奖励都不要，只要你教我开车。"怪了，怎么都要学车？看来这是时尚。他就想：如果同时教梅雨妃和唐植学车，会是什么情景呢？都是自己所爱之人，让自己喜爱的人相互间也和睦相处，不是天下大同了么！

　　这期间，他又参加了一次大学同学会。发起人是当年的班长，混到如今，也才是个副处级调研员。班长每年想过一回比较实在的官瘾，就搞同学会。大家都理解，聚会时，都怜悯地服从班长的管理。整整二十年了，大家都有些面目全非：当年的班干部，如今没一个混出名堂的。而骗得一官半职的，当年又都是小百姓。世事如一副扑克，光阴则是天才的洗牌手。光阴改变了一切。当年的全班同学，如今最多只能到一半，因为有的死了，有的出国了。分到国务院某部委的两个同学，居然没到五十就因机构精简而赋闲了，然后只好帮洋鬼子推销产品，骗同胞的钱。

这次同学聚会，唐子羽主要和当年同宿舍的同学闲聊。吃饭呀，游园呀，晚上的歌舞呀，都在一块儿。其实，他最爱跟姚海贵说话。姚和他当年是上下铺。姚来自贫寒的深山农村，那件蓝涤卡一年四季不离身，冬天套不住棉衣，就用两根鞋带勒紧棉衣。姚不大说话，也乏社交，又天生了一副"人民群众脸"，所以总是一个落寞的样子。于是他就写诗，借诗抒发他的一腔情怀。毕业前夕发表了不少诗歌，就顺理成章地分进《百陵晚报》。到了报社一看，才发现诗与报纸，就像葡萄酒跟喇叭一样，根本不搭界，也就死了那颗内秀的诗心，一门心思地办报纸了。

如今的姚海贵，已是《百陵晚报》的副总编了。地位有了，风度也自然跟将上来。他一扫过去的木讷言短，接人待物谦逊得体，越发显出某种优越。这次聚会，他带了一辆奥迪坐骑，把唐子羽那辆伏尔加比得轮胎都跑了气。

"也许明年聚会，我得骑自行车来。"面对大家的夸奖与羡慕，姚海贵说。"办报纸是走钢丝，防不胜防，说栽就栽了。前一阵子我值班，正逢台湾选举，陈水扁当了'总统'。一个编辑下载网上稿件，发消息时配了陈水扁的头像，文题是《陈水扁当选'台湾总统'》。'台湾总统'四字是加了引号的么，结果还是捅了娄子，受到严厉批评。我被严重警告处分，还罚了一千元。我无所谓，糟糕的是牵连总编也受罚。"

"这又错在哪里呢？"

"错在上边早有通知，关于台湾选举的消息，用几号字，占多大版面，放什么位置,都有规定。而且不准刊登头像,更不能说'台湾总统',而要说'台湾地区领导人'。"

"该死的阿扁!"

"在这之前,我们就因此类事做过一次检讨。一篇文章在分析比较东南亚各国军事实力时,有张表格,把台湾也放了进去。不知哪个小人告状,说我们这样处理,等于默认台湾是一个国家!"

"什么时代都有抠字眼的人。有这些人存在,就永远有文字狱。"

"台湾问题不解决,大陆所有报纸总编的饭碗就存在着被砸的危险。这两次事故,若不是傅市长发话保护,我早不知干啥去了!"

说到这儿,满屋子人笑着齐声高呼:"一定要解放台湾!傅市长万岁!"

"你们不办报纸不知道,我的办公桌上,每天都要接一摞通知,全是这'不准'那'不准',但从不说哪些'准'。我又不是电脑,怎能一一记住!"

"吃哪碗饭都不容易……"等到唐子羽单独和姚海贵在一块时,唐才说出他最想说的话。"得请你帮个忙,我有个朋友,是个书画家,挺有才华,可是没名气,你能不能给炒一炒?"

"这有啥问题!报纸每天都在炒歌星、影星、球星,真腻歪!你不了解这些人,他们的档次之低,简直跟文盲无甚两样!"

隔行如隔山,唐子羽只有洗耳恭听的份儿了。

"有时就痛心地想,我们真是在犯罪,天天娱乐读者。"

停了一会儿,姚海贵又说:

"子羽,上大学时我就你一个朋友,你每月白白地支援我五块钱菜票,我是至死不忘的!"

"每次见面你都要提这点琐事,你是要羞死我啊!"

又扯了一阵闲话，就散伙了。有五位女同学参加了本次聚会，大家就提议唐子羽和姚海贵应该分送她们回家。于是唐子羽的车上了三个，姚海贵的车上了两个，因为姚带有司机。女同学们都已半老，是标准的徐娘，但没有了一点儿风韵，那是她们年轻时原本就不曾有过风韵的缘故，所以当年才能不受干扰地考入大学，一门心思地为实现中国的现代化而青灯黄卷。愤怒出诗人，颜拙成才女，世上的事大抵如此。

最后一个被送的女同学叫紫宜。她父亲是个茶具收藏家，尤其钟爱宜兴的紫砂壶，所以给女儿取名紫宜。这紫宜的身材，是极为苗条有味的。穿一件月白色连衣裙，从图书馆出来，晃悠在灯火阑珊的校园小路上，从背影望去，简直是一阕很婉约的宋词！可惜在白天，你正面一看，又心如死灰了，因为她那张脸，那蒜头鼻子厚嘴唇，又分明是老舍笔下的虎妞了。这真像是一个纯银的花瓶，瓶颈上却顶了一个粗圆的泥萝卜。如此的不协调，弄得你扼腕浩叹之余，剩下的只有滑稽可笑了。她的容貌排在全班十二个女生中的第十二位，但是身材背影却排在第一，因为身材的面积和体积均大于脑袋和脸。看问题要看主流，要有大局意识，所以大家也就姑且给她以"班花"待遇。谁料想她判断不清这"班花"的含金量，先就醉了自己，一醉就是四年。等到醒来，发觉身边的所有男子，都是正人君子，从不朝她身上动手动脚，连句下流话都不说。一气之下，她闭门不出，写开了爱情小说。《百陵文学》首发她的处女作《艳葬》，《百陵晚报》又发表了姚海贵亲自采写的关于她的专访。于是她成名了，成了市作家协会的常务理事……她丈夫大她十六岁，是《百陵文学》的主编，一个死了老婆的鳏夫……但是两年前，他们又离婚了……

"子羽，"紫宜的手往唐子羽的大腿上一拍，"我想求你件事。"

唐子羽紧张得一踏油门，车子猛朝前蹿了几十米。他不是专业司机，又心平气和，又不是消防队员，所以他开车始终在四十码左右。

"笑话!谁不知道我是个有也不多、没也不少的人,能帮你什么忙呢?"

"我到青海、西藏、新疆走了两个多月,写了本《大女人游记》,想请你给作个序。"

"你说相声呐!我又不是名人,对文学更是一窍不通。"

"你不是不懂文学,而是如今做官了看不起文学!谁不知道你上大学时就在《当代》上发过小说!"

"要骂我就直接骂,别绕圈子拿我开涮。"

"真的……"

大概是紫宜的眼神很深刻,也许是老女人的矫情,总之唐子羽就信了她的话。

"让我作序,我倒想起一句歇后语,把屎拉进石缝里——给狗出难题。"

"这歇后语太妙了!但你不要在序言里用,你一用,我呕心沥血的一本书,结果读者只记住你的这句歇后语,岂不苦了小奴家!"

后来,紫宜又打电话催了两次,其中的一次电话,差点让嘉贤起疑心。唐子羽便认认真真地写了一篇序,结果人家再也不来电话了。直到女作家的书上市了,他才发现:人家早就有了序言,是省作协主席写的!他恍然大悟了,人家压根儿不需要你作序,人家只是要巧妙地告诉你——亲爱的唐局长,不,亲爱的唐副局长,有个伟大的女作家,又要出一本伟大的著作了!伟大的女作家百陵市只有一个,而百陵市的副局长,恐怕一列牲口车也装不完。

唐子羽不禁羞恼:怎么能让一个丑女人调戏一回呢?是否在大学时得罪过她?再回想,也没有呀。最后想,就让她调戏一回吧,只要调戏我能让她获得愉快。大家都不容易,满足一下别人的虚荣心,不失为慈善之举。

——当然那天晚上,他唐子羽尚不明白这一切。送紫宜到她的院门,已近子夜了。她下车时，手搭唐子羽肩膀，多少有点轻佻地揉了揉。他有点不舒服。"谢谢老同学送我。""客什么气呀，再见！"望着那依然标致的背影走进小铁门，唐子羽叹口气，打转车头回府。

一上东二环的高速路，心境就开阔平坦起来。他将车速降到二十码，在慢车道上"散步"缓行。白日的汽车奔流，此时已没有了，大为稀疏了，不过还是狗撵兔似的赶着，逃窜着。追什么呀追？赶什么呀赶？人生在世，除了奔丧，再没有什么事情值得你加快步伐的。"时间就是金钱，金钱就是速度"，这是最让唐子羽讨厌的蠢话。人活着真需要那么多钱？真需要那么高的速度？金钱再多，你的胃只有一个；速度再快，你仍奔跑在大地上；美女再多，你的鸡巴只有一根；名满天下固然不错，可是夜里睡着了，这名声还有何意义呢，总不能二十四小时不间断地出现在电视里吧。

彼时天落细雨，路面的反光漆，经了车灯一打，就抛出两条白金项链，仿佛要进入阿拉伯人想象出来的堆满了金银珠宝的山洞。高速路之间，夹着一条绿带，那是伸向远处的草地。草地披戴着银粉似的小水珠，闪着密密麻麻的光点；而在路的两边，那挂在高高的灯柱上的路灯们，又如葵花一样垂着谦卑的头颅，极像是恭迎皇帝上朝时的文武大臣。于是唐子羽摇下车玻璃，将脑袋偏出去，偏进细雨纷飞的夜幕中，大声说：

"众卿平身！"

然后瞬间提高车速，驶入快车道。他从兜里掏出烟斗，空叼嘴上，心里蜜蜜地笑着说：

"爱妃平身。"

…………

放暑假后，原本要一家三口同去海滨游玩几天的，可是现在不行了，因为唐子羽没有理由请假了。"咱三人不能分开"，这是嘉贤的座右铭。儿子唐植不想表示什么，他已有了自己的思想，但这思想最好不要给父母讲出来。一讲出来只能让父母啰唆个不休。他只顾看着他的电视。电视里间隔着预告各旅游城市之间的航班车次的供票情况。暑假出游人太多，出游等于受罪。

唐植心里最感兴趣的还是学驾车。

偏在这时，嘉贤的单位要组织一个公费旅游团，去宁夏青海逛逛。参加的人员，全是他们单位在今年五一节评选出来的劳动模范。本来应在评选结果出来之际，就立马兑现出游的，可是今年的五一假日长达七天。好起哄的中国人，都要在这个假日里当旅行家。旅行社生意火爆，机票车票再也不打折了，而且你轻易也搞不到手。所以嘉贤单位当即决定：将出游时间推迟到最热的七月份，并且到西部，到草原去避暑。

怎么办？嘉贤本也不想去的，因为她已答应再给电视台做两次节目。可是这次西部旅行，她带队，也算是个领导。平日里只管了两个人，这次一下子要管二三十人！虽然管人的时间不足半月，但仍是一件过瘾的事。没准这次把人管好了，就能升官呢。再说工会一年四季并无什么实质性工作，如果放弃这次带队，至少年终的工作总结不好写。

当她决定带队旅行时，又一问题出来了：唐家父子的吃饭问题怎么解决？换衣服问题怎么解决？奴才当久了，休息一段时间不当奴才了心里就不踏实。每当夫妻发生摩擦，嘉贤就要表功。唐子羽心里说：我没和你结婚前，难道一直喝风屙屁？难道不穿衣服光屁股出门？可他忍住没说出来。优秀的丈夫理应给妻子一个自豪的理由：你对我是至关重要的，离了你我是一刻也活不下去的。

最后一个问题是：带不带唐植？不带吧，爷儿俩在家虽说有个照应，但肯定是天天下馆子。大热天下馆子不卫生，容易染病。单是唐子羽一个，倒也好办，因为他有机关灶，饭菜也凑合。可是娘儿俩一走，不是给一个大男人留下空子么，你知道他会干出什么荒唐事来！

可见带儿子不是，不带儿子也不是。结果这个犹豫显得很多余，因为唐植说话了："我不跟妈去，一路上又没我这么大的伙伴，有啥玩头！我也不跟爸待在家里，我要去舅舅家！"

这主意还真是好。唐植的舅舅，亦即嘉贤的哥哥，从地质学院毕业后，关系户口落在城里的总队，人却一直在南山里工作。那是一个三水交汇的古镇，风光上佳，调他回城他都不愿意。他也是只有一个儿子，比唐植大一岁半。两小儿很对脾气，见了面就热乎得昏天黑地，平日里常通电话，节日了还互寄贺卡。

唐植当晚就给舅舅打电话。话一通对面的表哥就抢了话筒，激动得要唐植明天就出发，坐早上九点半的火车，十一点就到了。"中午摆酒接风！"表哥说。唐子羽就找了零钱给儿子，嘉贤则准备了一份四色礼，另外给舅妈一个丰乳胸罩。又包好儿子的换洗衣服，又将暑假作业塞进包里。而唐植却袖手旁观，好像这一切均与他无关，他只带上相机和电脑游戏软盘。

送走唐植，嘉贤忙活了一整天，因为她明天下午也出发。她先到菜市场买回丈夫爱吃的东西，诸如莲菜、腐竹、奶酪、果子酱、俄罗斯枕头面包，以及宁波汤圆、三鲜速冻饺子、干炸小鲫鱼，还有两瓶意大利红葡萄酒，三袋四川榨菜，等等等等。然后将这些东西收拾好，放进冰箱。接着将换洗衣服一一找出来，再三叮咛哪件上衣配哪件裤子。裤头要一天一换，否则大热天就焐出痱子了。最后强调他不要在外面胡吃乱喝，同时说了一句一般主妇很难说出的名言：

"记住了，再好的山珍海味都没有药钱贵，吃再贵的东西都比吃药省钱！"

第二天下午，唐子羽驾车送嘉贤去火车站。他们提前到达，因为嘉贤是领队，车票全在她手里。夫妇俩门迎似的站在火车站门口，恭迎劳动模范们一一到来。大家都夸唐子羽是他们的好家属。唐子羽第一次明白，男人也可以做家属啊。

最后一位劳模来后，大家就全部进到候车室。由于此处"人气太旺"，空调并不显得多么凉快。唐子羽自然也跟将进去，本想买张站台票再送他们上火车，却被嘉贤挡住了。她说："我又不是出国留学。"

在检票口，唐子羽忽然想起什么，将嘉贤喊转身，把自个儿的手机包递给她：

"咱们一家三口，要短暂分别，你还是继续当领导，遥控我和唐植吧。"

嘉贤笑着接过手机，说：

"我早就想借你的手机带上，又怕你多心。其实，我是放心不下你跟唐植。你想想，世上这么多人，除你唐家父子，谁还跟我有关系呢！"

望着嘉贤的身影消失到天桥的拐弯处，一丝难舍与解脱的情绪泛上唐子羽的心头。

当他走出车站，当他来到停车场，当他钻进伏尔加、刚将钥匙插入时，一声汽笛牛也似的吼上天空。他猛地想起——糟了，传呼机也在手机包里！

于是他跳下车，飞跑到公用电话亭，麻利地拨了号码：

"请给梅小姐留言，说我的手机传呼丢失了！——我姓唐！"

在返回的车上，他依旧担心：假如就在这几分钟之内，梅雨妃打传呼给我呢？传呼机响了，嘉贤势必掏出来看——梅小姐是谁？让我通话试试！世上没有这么巧的事吧，可又为什么不会有这么巧的事呢！历史上的许多重大事件，许多重要人物的升降沉浮，不也往往发生在谁都无法预料的那么几分钟甚至几秒钟之内么！但愿她正在给我打传呼时，收到我给她的传呼，那便太平无事了。

——问题是还存在着一种危险——她的传呼并不在她身边，就是说她无法看到我打给她的传呼，她就有可能突然心血来潮地给我打传呼，那又怎么办？即使眼下不打，过一会儿打，也同样糟糕！只要在一个半小时内不打传呼就没事，因为火车西去一个半小时后，传呼机就收不到信息了。幸好没有办理漫游手续。

事已至此，还是尽量朝好的方面想吧。假如梅雨妃收到我打去的传呼，会怎样？一般情况，她会马上回话。可我一时仓促，没有留她回话号码呀。她就要猜测为何不留号码，是不是出了事故？这会强化她要联系我的念头。今天是星期六，她可能首先往我单位里打电话，然后往我家里打电话，因为她知道我家里号码，只是从未打过。除这两个号码外，她再没有其他信息渠道了。

于是，唐子羽提起车速，提到伏尔加能跑的极限，提到他自会开车时从未有过的高速。他的运气不错，紧跟着由警车开道的外宾车队，一路上管他红灯绿灯，瞬间就回到院里。他一步三个台阶地爬上楼梯，第一次觉得这楼梯跟登华山的石台阶一样高不可攀。终于爬到自个儿家门口，在掏钥匙开门时，果然听见了房里的电话声！

可是进门后，电话不响了。他就躺到床上，等候电话，手里玩弄着那个栗色烟斗。

电话响了。

他克制住自己，等电话响了三声，才平静地接起来。

"回家啦？"糟了，是嘉贤的声音。

"回家了。"

"有个女人给你打了个传呼。"

天神，刚才还是猜想的事，一下子就成了事实。

"叫什么名字？"

"你能不知道？"

"熟人这么多，我咋能都知道。"

"你意思是你情人还不少哩！"

"这有什么不好？你不是在电视上说丈夫情人越多，妻子脸上越有光彩吗！"

"那是你导演我说的！"

"你能说出来，就证明你赞同这个观点——快说，是谁打的传呼？"

唐子羽之所以急着问，其原因在于：既然梅雨妃已经出现在家门面前，那就索性挑明了，兴许能早点找到良方。

"急了吧不是！我早就提醒你：你搞情人我不管，但你千万千万要隐蔽好，别让我知道了难堪！"

"你越说越玄了！你也不瞧瞧，我所接触的女人，有哪个比你更漂亮更有魅力！"

"你少拍马屁！比我年轻美貌的女人，你能让我知道？好像你是个傻瓜。"

火车可能正过桥梁，话筒里的声音特别嘈杂。唐子羽自扇一个嘴巴。好心将手机送给老婆，结果等于给母老虎配了一把匕首，这匕首正刺向自个儿的胸膛。

"嘉贤，你是了解我的，结婚这么多年了，我的什么你应该清楚。"

"我当然清楚。"

"你知道，我永远不会离开你的。"

"是吗？这并不意味着我就不离开你。"

问题严重了。嘉贤肯定跟梅雨妃通了电话，梅雨妃又肯定跟嘉贤说了些无法想象的话。这时的唐子羽，就有些生梅雨妃的气了：你和我之间有些什么呢？我把你当作女神一样，我们之间既没有也不可能承诺什么，你为何就急乎乎地站到台前来呢!

想到这里,唐子羽咬咬牙,说:

"既然你真的认为我有了外心,就算是吧。你看着办吧。"

说了这句话,他就再也不吱声了。既然地震来临,不如坐以待毙。

"子羽,把你吓着了?"

"……"

"我一点儿不生气,我倒真的想'光彩'一回,可是没有一点'光彩'的感觉,我不相信你能跟一个丑八怪的女同学勾搭上——"

"哪个女同学?"唐子羽长出一口气,分明已猜出是紫宜了,"我有十几个女同学哩。"

"叫紫宜的那个,你赶快回话,号码是……她问你给她的序作好没有。"

平安无事了。

唐子羽放下电话,开始抽茶烟。刚点着,电话又响了。这回肯定是梅雨妃。这个电话一定要接,因为这是美好而重要的电话。可以不接白宫来电,但是这个电话要接。不要急着接,多听一会儿如此清脆的铃声,是一种享受呐。

"子羽,怎么不接电话?"还是嘉贤!"忘了提醒你,每天得给阳台上的花浇水。电视看结束了要拔插销,书上说不拔插销照样耗电。"

"记住了。"

本要放下电话,可还是忍不住补充道:

"我希望晚上睡个安宁觉,不再受电话骚扰。"

"我还不是关心家庭么……不打电话了,又没带充电器。"

电话就不再闹了。难怪一个美国人给电话下了这么一个定义:这是魔鬼的发明,由于它的诞生,我们要想把那些讨厌的家伙拒之千里之外是永远不可能了。嘉贤当然不是那些讨厌的家伙,她是我生命的一部分,但她并不因此而具有永远监视我的权利。我理应有神圣不可侵犯的私人空间。

尽管如此,他还是又一次抓起令人讨厌的电话,因为他还要打两个电话。一个打给紫宜,一个打给单位的办公室主任。可是给紫宜拨通了,又立即挂了——这个该死的女人,害得我虚惊一场!别指望我作序吹捧你啦,我不稀罕你抬举我,我也不想出名。当然紫宜随后再来电话催稿,唐子羽心就软了,还是认真地写了序——尽管人家没用,人家调戏了他一回。唐子羽当即给办公室主任打电话,告诉他自己的传呼让老婆拿走了,有急事可朝家里打。端人家的碗,受人家的管。腰别一个传呼机,就被系了一根无形的拴狗绳。绳头捏在局长手里,想指派你了,就轻轻地拽一拽绳头。事实上局长从不直接给唐子羽打传呼,而是吩咐办公室主任打。局长才放不下架子呢。

做了这些,他便脱光衣服,仰到床上,平展四肢,享受空调的微风。这时候,电视里正在"新闻联播",他也没兴致看了。平时爱看,爱不计报酬地关注天下大事,现在他撒手不管了。"由那些年轻的同志去管吧,要充分信任年轻的同志,世界迟早是年轻人的。"反正唐子羽不管具体实事,不如高姿态,做个顺水人情。

真想给梅雨妃再打个传呼,可是几次抓起电话又几次放下了。咱也有脸面,咱也有自尊心呢。不知朱大音在干什么,打他的手机,回话说"你呼叫的用户不在服务区"。这胖子一走,唐子羽这"领袖"就成了空架子,没有了颂歌,没有了思想交流,真正成了孤家寡人。于是给唐植打电话,回话说正在跟表哥学下围棋。他鼓励一番,说下围棋好,围棋是国粹,能修身养性。不要像如今的年轻人,动辄就去泡吧、蹦极、上网,毫无文化。唐植就批评老子,说老子老了,不要老是老子不喜欢的就一概斥之为"没文化":"爸爸,我和我妈都不在家,你是不是寂寞了?要是这样,你就去找个女人聊聊,我替你保密!""他娘的,有你这么说话的吗!""哈,开个玩笑。"

说来也真怪，平日里很烦这娘儿俩，老想一个人待着。一旦这娘儿俩不在身边了，又觉得空落，怎么也静不下心来，就连费心搞来的那本官方查禁的书也读不进去。这究竟是怎么回事？是不是监狱蹲久了，猛的释放出来一下子适应不了自由？

唐子羽只好穿衣起来，泡了两包方便面，胡乱扒进嘴里。再沏一壶茶，端进书房。说到书房，真是惭愧，好书实在没有几本，更无文房四宝、名人字画。案头所堆的，多半是单位发的，没名堂的各类学习材料、领导讲话，实在是玷污了"书房"这两个高雅的字眼。唯一有点品格的，是挂在墙上的这把宝剑。剑有什么用呢？生活在庸俗的侏儒年代，宝剑就显得分外滑稽可笑了。

既然如此空虚无聊地苟活着，也许死掉算是明智的。可是生命并不属于自己，因此你并没有权利结束你的生命。你的生命是父母给的。父母生你自有他们的目的，你起码不能死在父母之前。父母死了，如果你是单身，你想死就死呗，因为你的死不会牵累别人。如果你有了妻子儿女，那你就失去了死的资格，你的死会让他们感到痛苦。所以无论生活多么荒诞肮脏，你都要厚颜无耻地撑住往下活。不要追求活着的意义，活着的唯一意义就是——为他人而活。

这样一个无聊的夜晚多么可怕！还是读书吧。于是从床底抽出书箱。那还是大学时代的书，再也没有翻检过。打开书箱，第一本就是《拉摩的侄儿》。是本好书。可是世上的好书多了，生活因此而变好了吗？奇怪的是，还有那么多人拼死拼活地著书立说！我也差点成了作家呢。但我羞于同他们为伍。不过，写文章能打发寂寞，倒是真的。

于是唐子羽决定写篇文章，脑子里一下子就蹦出个题目来：

《论反腐败之利与弊》

之所以想了这个题目，是因为想到了局长。局长是影响他最大的人。我虽然用了一辆公家的基本属于报废的车,也算是腐败。可是局长呢?尽管专职司机只有一个,但却占了两台车。一提腐败,又是局长火气最大。他亲口传播说新疆的哈密瓜熟了,就摘上几个好的,装进轰炸机,送到北京让首长尝新鲜,"一趟轰炸机要花多钱?"这就外行了,轰炸机本身要完成飞行小时,不装哈密瓜它还是要飞的。

每当人们说到腐败之类的风气,无不愤愤然,倒是唐子羽一脸的木雕表情。所谓腐败,不过是非分地占有物质、耗费物质嘛。物质又算个什么东西呢,只是个东西而已。物质对心灵的幸福与否,关系不大呀,腐败分子只能让人怜悯啊。其实腐败本身没有什么错误,错就错在少数人有条件腐败、多数人没条件腐败。发展是硬道理,全民富裕是大方向。什么叫全民富裕?就是让全体人民都过上目下只有少数腐败分子才能过上的好日子。反腐败这个提法不妥,不如叫"反不平等"更有科学性。算了,这个问题还是交给公检法去管吧。我相信他们。

唐子羽丢掉腐败问题,忽然想起同学聚会时听到的一个笑话,顺手记录下来:

> 陈某天生了三颗睾丸,人皆奇之。在他穿开裆裤的时候,就一任众人摸玩,甚是自得。及长,练出一嘴口才,遂成地方一名流。不论谁家红白喜事,都请他去,装点场面。大家莫不仰之。一日,又逢盛宴,陈某陪坐一位外来游士。有人指陈某说与游士,曰:"敝地大名人也。"游士问:"因何而名?"众皆羞于启齿。陈某耳语游士道:"汝与吾睾丸相加,五颗也。"游士一脸庸常,自斟自饮依然。陈某愠怒,觉此鼠辈不仰慕俊才。游士觉察,亦耳语陈某道:"此何稀罕!君岂独卵乎?"

记录完毕，忍不住笑出声来，窃想：这个小故事暗含着一个什么思想呢？应该叫个什么题目呢？正要深入琢磨这个问题，电话铃响起来了。

　　一看表，已经十点半了，会是谁的电话？如果再是嘉贤电话，他就要发脾气骂人。他有些不耐烦地抓起话筒，也不"喂"，而是等对方先吭声，却也不放电话，掰手腕似的较着劲。还是唐子羽顶不住，就问道："哪位？""贵人多忘啊！"

　　"你不吭声，我怎么知道是你！"

　　"你不'喂'，我怎么判断你们家里是你接电话？"

　　"家里只我一人，老婆孩子都出门了。"

　　"所以你下午就给我打传呼。你们男人是不是经常这么逮空子？"

　　"你问你的先生吧，他也是婚龄不短的丈夫。"

　　"你现在干吗？"

　　"听见你的声音，我现在就脱衣服，脱得一丝不挂。"

　　"我不会动心的。"

　　"我不是这个意思，我好久没有看见自己了。我已经不知道我是谁了。我要仔细看看我自己。"

　　"就你前卫？其实你落伍了。我刚冲完澡，刚躺到床上，早就在看自己了呢。"

　　"你不应该告诉我这个，你太残酷了！"

　　"我喜欢这样！我就要这样！我偏要这样！"

　　"算我倒霉。"

　　"你、活、该！"

　　"你别气我，我从话筒里能看见你现在的样子。可是，你那香喷喷的胴体这阵子闲在那儿，就像明星躺在没有观众的荒漠上，还不是一堆废品。"

"我喜欢废品。"

"说正经话,你怎么现在才回话?"

"我现在才发现你的传呼呀。我的传呼丢在车上的手袋里。下午,先生非让我陪他的工作客人,顺便当翻译。原来,世界银行来了两对夫妇,名义上来凑'西部大开发'的热闹,实际上是游玩的。主管副市长也带着夫人陪玩,星期六嘛。打了一下午网球,晚上找地方小吃。吃了三个地方,吃得洋人又是耸肩又是摊手,不明白中国人何以这么爱吃……"

"你也是个啰唆婆娘!我对这些不感兴趣啊……你男人现在干吗?"

"陪副市长一家搓麻将呢。"

"你先生若是个聪明的行长,他今晚应该输掉一万元。"

"说不定赢一万元呢,不是说'堤内损失堤外补'嘛。"

"我可没有占你什么便宜!"

"你还要怎样?我都这个样子给你打电话,你还想怎的?"

"大风起兮云飞扬。"

"你什么意思?"

"意思是……这是我最自豪的一刻。"

"你晚上在家里干吗?"

"唉,长夜难熬啊。我憎恨我自己的懦弱,我恨我没有勇气抛弃这一切。假如我能鸟儿一样飞他妈的翔,该有多好!"

"别这样……别这样,其实大家都这么活着……关键是你爱琢磨,越琢磨越觉得生活鄙俗……你瞧咱俩,又不是哲学家,何必呢……你是个粗人,只会讲下流故事,你就讲个故事吧,兴许好受些。"

"好吧……吭吭,说是有个姓陈的人,天生了三颗睾丸……"

"你这人呀,不是我说你,故事确实讲得不错,只是故事的取材面太窄,总是那一个部位！"

"你不是说我是个粗人嘛，有什么办法！这姓陈的在穿开裆裤的时候……"

"哟，原来那游士长了四颗睾丸！"

"亲爱的，方言应该叫四个蛋……你说说，这故事应该叫个什么名字？"

"让我想想……对，叫《天外天》如何？"

"太妙了，你简直是个才女！"

"是吗？如果是这样，那也是您老人家点燃了我的才华。"

"我的肉麻了，快熟了。"

"我的饮食习惯跟回民差不多，不吃猪肉的。"

"你骂人都骂得才华横溢，真服你了！刚才咱俩合作的这个故事，可以用到教育上，教育那些取得一点好成绩的人不要骄傲……好极了，我的一个同学刚刚取得博导资格，准备到韩国讲学。过几天，我们几个关系好的要设宴送他，到时候我就把这个《天外天》当作礼物赠给他，请他传播给他的异国弟子，让外国人瞧瞧，中国教育家的劝学技巧是多么智慧！"

"我觉得你也是个废品天才。我有时瞎想，唐子羽这个人到底对社会有什么用处呢？"

"谢谢你经常这么想。"

"谁经常想了？你怎么这般爱激动？唐子羽这个人，既不创造物质，又不生产精神，人却喜欢跟这么一个废品在一块儿，为什么呢……瞧，手拿话筒都麻了，让我换只手。"

"我也换只手。我有个小小的请求，请允许我借用一下你那只空闲着的手，代我摸一摸你的奶子。"

"我，我听话，我很乖。"

"我第一次见到你，印象是，这不仅是一个美丽的女人，更是一个美丽的母亲,我是从你的胸脯上看出来的,你是让你的儿子吃了奶的。"

"你瞧你这人,整天在注意什么呀,又不是拍广告的。"

"我想在你面前努力成一个高尚的人,可我下流惯了。"

"你别太自责,其实男人都这样,只是你脸皮厚敢于说出来罢了——刚才说哪了?"

"你的酥胸呀。"

"我喂杨勤奶,整整喂了十一个月。别看杨勤现在瘦,但是从不得病,这都是喂人奶喂出来的。我小时候可是一口人奶也没吃过,所以我这人有时候特别心硬。"

"现在的母亲,尤其是城里的母亲,为了保持体形,很少喂孩子奶。所以你很高尚。"

"我看你也未必事事都能赞美到点子上。母爱是一种本能,根本无所谓高尚不高尚,猪狗不也给它们的孩子喂奶么!每每见到报上登的歌颂母爱的文章,我就想笑,那作者何其蠢也……"

"这可能与你的身世有关。"

"我不要听!我烦你!我现在想哭……"

"怎么回事?说呀,真是女人,说变就变了……你说话呀,也许我能帮上什么——"

"……"

"不说话,你就忍心一个大男人光丢丢地摆在床上睡不着觉?"

"你自力更生吧!"

"啪嗒",电话挂断了。看来她真是不想说话了。她为什么突然想哭?她为什么羞辱我、要我"自力更生"?唐子羽几次要重拨电话,又几次克制了。人不能太贪,今晚的话说得够多了。这样的电话,其实比两个人同床共枕更让人销魂。

可是，我已经告诉她我家里只有我一人，可她为何不提和我约会的事呢？或许……大概……可能……反正，这号事，也算是人生的一件大事，听天由命吧。

这一个晚上，唐子羽睡得很沉醉。他抱了一个枕头，很快就觉得是抱了一树桃花。并非浓春时节的桃花，而是艳极将败的桃花。花树们点缀在一望无际的灿黄炫目的菜花地畔。太阳与月亮，如同麻将牌中的"二饼"并肩悬挂于头顶，于是大地上的景物便呈现出热烈与冷艳并存的奇异的色调。一个身穿孝服的女人，一手拉一个孩子，朝唐子羽走来。近前一看，是梅雨妃。手拉的两个孩子一模一样，非常可爱，是双胞胎。梅雨妃说：我丈夫死了，你要我吗？再说了，这对双胞胎是你的亲生儿子。这孩子怎么是我的？可是唐子羽不忍说出口，他说出口的话是：好，咱们一块儿生活，这就叫幸福。无论你生多少孩子，也无论这孩子是你跟谁生的，只要是你生的，哪怕是你生的牛、生的羊，也都是我的孩子。他抱起那对双胞胎，说：叫爸爸呀！整个田野回响起爸——爸——的呼叫声。一揉眼睛，怪呀，梅雨妃不见了，双胞胎不见了，桃花与菜花都不见了，原来是一大群牛羊咧着嘴巴，笑着喊他爸爸。

唐子羽笑醒了。这是一个什么梦呢？他弄不清。不过他能弄清的，便是：他已几十年没有梦见女人了。梦中没有女人，是青春年少的结束，现在女人又复活到梦中，是否意味着青春复活？

09

第二天早上,唐子羽很早就醒来,但又很快睡着了,但又很快醒来了。如此这般睡着醒来、醒来睡着,是什么原因呢?原因是在他的潜意识里,很希望发生点什么好事。而这好事,必定要通过床头柜上的电话来完成。比如电话响了,是梅雨妃打来的电话,约他见面什么的。可那该死的电话,像只冬眠的乌龟,始终没有响。他就绝望了,一脚将那只昨夜怀抱的枕头踹到床下,头一偏,死睡过去,将这个世界抛得远远的了。

他再次醒来的时候,已经快十一点了。阳光将窗户的一半涂了个金黄,梧桐树叶的剪影晃悠在玻璃上,蝉鸣如抽丝般扯拉着。远处有卷扬机的轰鸣。他仍旧躺着,可还是躺不出新意,就只好起床,开始蹲马桶。每天的生活,无论早与晚,都是从蹲马桶开始的,这是必修课。如果早上起来第一件事不是蹲马桶,那就意味着内分泌出了问题,一整天的情绪都不好。幸好自己是一介平民,假如是大人物,那就导致情绪不好,那就要坏许多事。一本大人物传记上说,该大人物的拉屎与否,事关国家前途与命运,所以该大人物的同僚们都把他的拉屎问题当作头等大事予以全天候跟踪关注。

蹲毕马桶，他开始洗漱。刚挤出牙膏，电话响了。接起一听，是梅雨妃的。

"如果你中午没事的话，你是否考虑请我吃顿饭？"

"谢谢你给我一个光荣。"

"不会让你白请的。"

这句话让唐子羽浮想联翩，身上的某一部位荡起滚滚春潮。他觉得有必要把自个儿修饰一下，所以刷毕牙紧接着对着镜子自我校对，虽然是徒劳的校对。他看见他的眼角皱纹加密，下巴的胡茬，已有了白的，如羊羔羔似的散布在黑茬间。一数，不多不少，刚好四十五根，与他的年龄相等。嘉贤很不喜欢他的胡子，说他的胡子脏，所以他的胡子稍一出头，她就要他刮掉。而梅雨妃却认为他的胡子有风度，说是"不刮胡子也是为了配合山川秀美"。同样的一片胡子，却让一个女人讨厌、一个女人喜欢。仅凭这一点，就可见做一个男人是多么为难。

胡子就留着吧。衣服似乎得换一换。可是嘉贤找出来的那些衣服，没一件中他的意。想来想去，才想明白：最中他意的那套衣服就穿在他的身上。一个人无论有多少衣服，他最称心的也就那么一套甚至一件。正如世上的女人再多，最让他挂念的还是那么一个。

衣服不用换了，临出门时照旧不踏实地走到镜子前，咧嘴一笑，就又发现一个疏忽。原来，他的上牙有一颗发黑。该牙齿靠后，不笑时，不会有人发现。但是跟梅雨妃在一块儿能不笑吗？这颗牙之所以发黑，原因是这颗牙如一个犯了错误的小学生，排队时很自卑地后退了半步，于是牙刷就够不着清扫它了。唐子羽找来水果刀，横伸一根指头，勾住嘴角拉开去，另一只手捏着水果刀，用刀尖细心地刮磨那颗黑牙，直到刮磨成一粒白玉方罢。这个过程像是在农村集市上买卖牲口，买主也是先掰开牲口的嘴巴看牙齿，因为牙齿体现着年龄。

按照约会地点，唐子羽提前五分钟赶到中城广场南拐角，停在一家台湾人开的豆浆店前。地点是他定的，现在又后悔了，心想梅雨妃肯定小瞧他——请她吃豆浆油条啊，虽然那油条的价格是本地油条的七倍。正在他后悔之际，一辆红色出租车停下来。车门开时，一条美腿斜出车门，身子仍在车内付钱给司机——这一个造型极富观赏性，一下子定格在唐子羽的脑海里，定格了很久很久。

梅雨妃带着一种异香味上了伏尔加，说：

"怪了，刚才还饿得很，见了你却不饿了。"

"我刚好相反，见了你更饿了！真后悔，要是出门时带上酱醋胡椒粉，往你身上一撒，就吃个饱！"

"那我得先洗个澡吧。"

"千万别说洗！如今买菜，都挑那带泥巴的，有虫眼儿的，这样的菜不含化肥杀虫剂，才叫天然的绿色食品呢。"

"那好，你就先忍一忍，咱今天到郊外的乡下去，找'绿色食品'吃。"

"听你的，我是你的司机嘛。"

"谁敢配你这号司机，眼里都伸出了爪子，把人家衣服都抓烂了！"

汽车朝南郊开去。喧嚣的城市被抛脑后，两边是一望无际的秋天的田野，雨后的田野。这还不是标准的秋天，而是秋天的最初的某种序曲，因而田野里的玉米与高粱依然保持着浓绿，只有很细心地看去，才能发觉某些微微的黄意，隐隐地闪烁着、漂浮着，似在预报一个真正的秋天的来临。

啊田野！

呸城市！

"我这人性子急，憋不住，"梅雨妃打开手袋说，"你还没有请我吃饭，我就要回敬你，给——"

唐子羽接过来一看，是一个小小的湖绿色手机，一个精致的黑色传呼，极其灵便。他明白，这是她送他的礼物，因他告诉她说他的这套玩意儿丢了。他其实没有说清楚，也许是不想对她说清楚，手机与传呼让嘉贤拿走了而已。现在，他接受了这样的礼物，决定永远不给她说清楚了。于是，一种被关心、被体贴的幸福感涌上他的心头。幸福的感受，没有哪个人不渴望得到。可是一旦幸福真的来临，唐子羽这种人又消受不起了。所以他要淡化、消解这种幸福。

"哟嗬，我傍上富婆啦！"

"你真会说反话，你开着专车，分明是你包二奶嘛。"

"有个谜语，谜面是胸罩，谜底你知道吗？"

"不知道。"

"你刚才不是说了嘛。"

梅雨妃侧脸朝窗外看去，装作没听见这句话。唐子羽一手抓方向盘，一手就横过去，仿佛收费站的那个横杆拦了拦梅雨妃的二奶。

"好生开车，出人命呀。"

前方是太乙山那雄浑苍茫的身影，所谓百陵城的八景之一，所谓"九水环绕"，那九水全是发源于太乙山的。太乙山东西走向，横卧千里，其间有原始森林和珍稀动物，以及名贵的中药材。至于名胜古迹，亦多不胜数。如今在几乎所有的河谷里，都开发了所谓的休闲度假区，修建了许多别墅游乐园。今天是星期天，沿途车辆不断，都是来郊游放松的富贵闲人。

"我最讨厌人多了。"

"你以为我喜欢人多？"

"如果中国现在，跟新中国成立初一样，只有四亿五千万人口，你想会是个什么样子？"

"那这个世界上会有我吗？你恐怕也被'计划'掉了，哪轮到你当局长呢!"

"你这个女人真讨厌!一点不满足男人的虚荣心。"

"我错了,我改。"

伏尔加开到太乙山脚下,就不知何处去了。到处都是人哄哄的,满耳都是汽车的发动声和刹车声。沿山脚有一条公路,他和她就没有进山,而是顺着这条路朝西开。每过一座桥,就等于有一条河从太乙山里流出来。顺眼望去,那山口都修了牌楼,上面都有官员和名流的题字,无非是"××山庄""××度假村""××园"之类。再好的去处,如此地人民群众,就不好了。

在一个小村口,这对男女停住车,坐到小吃摊前,各吃一碗荞面凉粉,再各吃一个煎饼,然后吃茶叶蛋。这蛋很小,卖主老头说,这是本地的土鸡下的蛋,不吃饲料的,全吃的野草野虫子。别看蛋小,但是营养高,故而一块钱一个。

"一块钱就一块钱吧,我今儿豁出去了,你放开吃。"

"现在像你这样慷慨大方的人不多见了。"

"所以我经常感到孤独。"

"我吃了两个,你吃了四个,你现在是'天外天'了。"

最后结账,一共十三块钱,但是肠胃里很舒服,比大酒大席舒服多了。然后上车,然后继续西行。终于,在不知过第几座桥时,发现这条小河的出山口没有牌楼,就是说这里面没有被开发成"风景"。在他和她看来,这正是他们要的风景。一对男女,只要互相有意思,只要能单独相处,那么无论在何处,即使在墓地里、粪堆边,也都是绝好的风景。

伏尔加进了这条山谷。

这是一条缓坡土路,拐进一个半圆,是个小镇,但是一个人影儿也不见。原来,是一个报废的兵工厂。那些楼房,那些油漆剥落的铁门,那些高架在空中的黑色管道，那些没有电线只挂着几个白瓷壶的电杆，那破碎的玻璃东倒西歪的门窗，都在哀哀地诉说着它们曾有过的光辉岁月……

穿过厂区，路面急陡起来，伏尔加爬不上去了，只好退回来，停在厂区的一个水塔下。

"你不是要学车吗？"

"跟你在一起，用得着我开车吗？"

两人的手勾拉着，朝山里爬。刚爬上缓坡，就是一个平坦的草地。一对对的小小的黄蝴蝶在草间飞舞着。蝴蝶之上，又盘绕着十几只蓝蜻蜓。两人听见水响，便沿着草地间的小毛路，走过去一看，清澈的河水因了那些西瓜大的卵石的挑拨阻拦，便发出调情般的笑语。

"这地方盖一院茅舍，当合朕意呗。"

"可取名'蝶蜓山庄'。"

两人站在河边，举首一望，但见两山夹天，不宽不窄，像一张蔚蓝的床，床上堆着几团白色的、蓬松的棉被。开始西斜的阳光给这几团棉被镀上温馨的金边。

"我真想打你！"唐子羽很烦的样子，"打你的屁股！"

"你一点儿不心疼我，在这里打我，又没人拉架，我只有哭呀。"

"我用蓝天上的白云打你。打你那白白的屁股。"

两人轻轻地拥抱了一下，脸蹭了一下脸，然后脱掉鞋子，踮着脚尖试探进水里。水很凉。然后，她先坐到一块石头上。站在她侧后的唐子羽一低头，一双眼珠就跌进了梅雨妃的领口，脑袋就"轰"的一声，仿佛炮弹击中了油库。他从没有从背后抱过她，而面对面地拥抱，有些不尽兴，只觉得自己的胸口还应该长出两只小手……唐子羽连忙掏出烟斗，装上茶叶，点着火唖吧起来。这是为了分散注意力，驱除肉欲。

"你还真的上了瘾？不要身体啦！"

"要那么好的身体干吗？我已活了四十五年，从不知道什么叫人的生活，就算脸皮放厚些再活四十五年，仍想象不出还有什么好事等着我。"

"你先坐下，"梅雨妃拽了拽唐子羽的裤管，让他坐到自己身边，又将他半揽到怀里，"其实大家都一样，你又不是笨人，咋就想不开呢。"说完吻了一下他的耳朵。

见他依旧打着蔫儿，她又哄孩子似的说：

"你想什么呢？"

唐子羽依然没有反应，梅雨妃就有些生气，将他掀开，说：

"喂，你妻子跟你结婚时，是处女吗？"

"你怎么对这个感兴趣？"

"不是找话说嘛。"

"就不能找点别的话？"

"我从电视上看她表演，就奇怪地想，她跟唐子羽结婚时是处女吗？"

"爱妃，我要告诉你，我第一次见到你，就觉得你是我所想象的唯一的处女。"

梅雨妃的心震颤了，非常理解也非常感激这话的深层含义。她也是一个很难被打动的女人，但是现在，她平生第一次被打动了。这让她感到惶恐，于是她的手拍着唐子羽的膝盖，调侃道：

"我哪儿得罪你了？我都这一把年纪了，你还侮辱我是处女？"

"不说这个了。你到底在什么地方搞什么工作？"

"你也到底问我这个问题了！"

"跟你一样，我也是找话说嘛。"

"从大学毕业至今，我已干了六七个行当。最初分配到百陵广播电台做主持人，那台长是个业余作家，写了几本书想自费出版，但是没钱，就逼我们这些女主持去拉广告。电台不比电视台和报纸，广告是很难拉的，因而一旦拉来广告，个人就能得到百分之三十提成，余下交公，等于任由台长一人支配花销。台长给我们每人分了五万任务，我是一分钱广告也没拉来，因为我反感跟商人企业家交往！结果，台长几次找我谈话，单独谈话。我觉得没啥意思，就离开了电台。"

"台长多大年纪？"

"跟你差不多。"

"我明白了。"

"然后我到一家旅行社去当导游。没要一年时间，就逛遍了天下的名胜古迹，又觉得没意思了。这当导游第一个要的本领是：能讲黄段子，要能连续讲八小时不重复，目的是途中给游客们破愁解闷。你讲的那些段子，我早就知道，但我没有点破——你不是要我满足你的虚荣心吗！"

"瞧瞧，你这么一说，我就很不好意思了。既然要满足别人，何不一直满足下去呢！"

"我又错了。我改。"

"那你现在又干什么工作呢？"

"我工作纯粹是为了不脱离人群，可是在人群里又格外寂寞。我在展览馆当过讲解员，在一家小报做过企划，给一个老外的几个孩子教了半年汉语……目下，在图书馆的资料室，没准哪天又会跳槽。心总是死了，就像一片浮云，漫无际涯地飘荡，希望哪天飘荡到一个合我心意的山头，就降落下去，永远地缠住那个山头……"

听到这儿，一股悲哀袭上唐子羽的心头。他试图努力驱除这种悲哀，可是没有效果。这时，一对蜻蜓，尾巴勾着尾巴，从她的眉前环绕到他的脑后，又环绕到两人的眼前，似乎在示范着什么动作。要在另外的场合，如此纵欲的蜻蜓必定诱发他的疯狂。可是现在，他是丝毫的冲动也没有了，于是他绝望地仰到草窝里，呆看天上的流云——那永恒的游子啊。

"我的话让你不高兴了？"

"哪里话。"

"别骗我。"

"雨妃，说实话，你脑子太复杂了。我可能有些男权思想，也可能是太自私，因此我总是希望跟我最喜欢的女人在一块儿，不要讨论人生呀哲学呀。我只想休息，说些傻话，干些傻事。"

梅雨妃折了一朵野棉，盖到唐子羽的裤口上，说：

"这玩意儿是个毒品。吸毒为什么禁不了呢？吸毒可以忘掉一切。我吸过毒，但是快上瘾时，我戒了。"

"那你就吸毒吧……"唐子羽双手反搂住自个儿的脑袋，闭了眼睛仰着不动。"你今儿想怎么蹂躏我，就怎么蹂躏我好了。"

"你这人真可憎！"梅雨妃像一堆绿云似的——她穿着荷色短袖——扑上他的胸膛，鼻子对着他的鼻子。"你本来要当嫖客的，却摆一副英雄献身的架势，讨厌！"

"我就喜欢你这样骂我……"

……唐子羽仰搂着梅雨妃，双手从她的后背下滑，滑到腰上，双手就探进裤子，温柔地抚摸着她那浑圆柔美的肥臀。梅雨妃则反过一只手，隔了自个儿的裤子，从外面紧紧地捂住唐的手，顽强地制约着裤子里面的手不要过于放肆。

"不要下！不要下！再往下……我就不管了……"

这阵子，唐子羽已经失控了。他无所畏惧。即便剑子手将刀横在他的脖子上，也无法中止他的行动。他的一只手紧紧地扣住她的臀，另一只手则侧翻下滑，四根指头如一个小分队，齐头并进，插入一片沼泽地……小分队在搜索着，兴奋不已地搜索着，仿佛在搜索一枚金质勋章，谁发现了谁佩戴，谁佩戴了谁就是将军……但是后来下起了雨，又似落英缤纷，沼泽地便越发柔润起来，如一团香泥……

梅雨妃使出平生的气力紧守住自己的身体，但同时，又不可思议地吻着唐子羽的额、睫毛、鼻梁、胡茬，上气不接下气地说：

"你……求求你，别这样好吗？你，你……你这畜生！"

"小分队"像踩了地雷，当即被炸死了，再也不能搜索了。

她骂我？她居然骂我是畜生！

唐子羽抽出手，极为沮丧、极为悲伤、极为羞耻地坐起来。以他的力量，扒光这个女人的衣服，进入这个女人的身体，然后将她引爆、粉碎成一团烟花，在他说来，简直是举手之劳！可是，这不成了强奸？

如此忘我美妙的快乐，帷幕刚刚拉开，却又出人意料地合上了。唐子羽犹如腾云驾雾，刚刚望见天堂那光彩耀目的一角飞檐，张大嘴巴正要欢呼，却一下子栽下云雾，丑陋地摔在坚硬的大地上。

梅雨妃稍稍地平静下来。她搂住唐子羽的一只胳膊，半侧了脸抵住他的胸口，很焦灼地问道：

"对不起，对不起……你能原谅吗？"

见唐子羽双眼呆滞无话可说，梅雨妃继续说道：

"你很难受吗？都怪我……"

"没什么……我只是突然觉得……脏……"

梅雨妃赶紧抓起唐子羽的手，将这只刚从"沼泽地"里撤回的手摁进水里要清洗。唐子羽如触了火似的拽出手，说："你理解错了，是我脏。"

"我脏——"梅雨妃说。

\ 09 \

"不不，真的是我脏。"

唐子羽说的是真心话，他差点成了一个强奸犯！他差点伤了梅雨妃，更严重的是他伤了他自己。

"啪！"他扇了自个儿一耳光。

梅雨妃一下子哭了。

"你为什么打自己？又不怪你！"

她哭得万般伤情了。面对哭鼻子的女人，你没有任何办法，你只能笨拙地将她揽进怀里，哄她，劝她，逗她。可是梅雨妃不让唐子羽抱她，她要撒娇，她要流泪，她要无中生有，他的手一碰到她身上的某个部位，那部位就猛的一抖，要抖掉这只手……

"别哭了好吗？我向你道歉好吗？"

梅雨妃掏出餐巾纸拓了拓眼睛，说：

"我刚才不是骂你畜生，我是骂男人是畜生。"

接着说：

"你把自己打了一耳光，我只好说出来了。"

她继续说：

"我十六岁时，被人……"

听者不知如何反应，所以讲者继续往下独白：

"一做这事，就……我丈夫说，他娶了具尸体……"

停了一会儿，又说：

"你昨晚在电话里说我是废品……"

最后说：

"我喜欢你抱我，抚摸我……"

这时，一只蜻蜓驮着另一只蜻蜓，飞落到身边的一棵草上，那透明的羽翅"波光粼粼"地颤动着。唐子羽扬起手，说："把人生气的，你们还耍流氓！"就要打蜻蜓，手舞到半空里，却被梅雨妃捉住了。她说：

"别强暴它们！"

见她露出带泪的笑靥，唐子羽的心就松懈下来。他绾起裤腿，将脚重新踩进水里。说道：

"昨天晚上，我有一个科学发现，估计我将因此获得诺贝尔医学奖。昨夜在跟你通话的时候，我的一只手无聊地拍着我的腿。我又一次自我发问，为什么我的腿上一直有这么多的小黑点？为什么老也洗不掉？我原以为这是皮肤病，其实不对。我取出一苗针，想用针尖将这些小黑点刮掉，也算给我的腿美个容吧。可是一刮，却刮出一根毛！再刮，又是一根毛！原来，那些黑点，全是些没长出来的、还蜷缩在皮下的汗毛！这正如大千世界，许多人原本也没有长出来，一直压抑着，永远沉睡着，始终没能享受到光明与春风……"

"我听不懂。"梅雨妃嘴上这么说着，却又颔颔首。

返回的时候，到了平坦的路面，梅雨妃说她想学开车，两人就在车内很笨拙地拥抱着调换位置。在车内做爱，是时尚，是发达国家的流行生活。然而此时的这对男女，硬是给富裕的生活抹黑，不做爱就相拥着调换了位置。唐子羽将驾车的基本要领简明地告诉她，强调车启动后第一要做的是检验刹车是否灵验。

"我记住了。请你闭上眼睛。"

唐子羽就乖乖地闭上眼睛。他猜测，要不了几秒钟，梅雨妃就会失去兴趣，依然让他开。

可是，只听得"呼"的一声，伏尔加蹿出几十米远，并且潇洒地绕过了路上的三只鸭子。

"原来你会开车？"

"不会呀，这不，刚跟你学嘛。请多指教。"

看着她那熟练驾驶的侧影，他忽然想到一个电影。什么电影他记不住了。梅雨妃很像电影里的主人公的少女时代。

前面是十字口，路牌的箭头指着——长天墓园。唐子羽说："如果你今天没有要紧事，咱们现在去墓园逛逛吧，我买了一块墓地。"梅雨妃说："你这人真胡闹，年纪不大，怎么就想到死啦！"嘴里这么说着，手里的方向盘还是一打，拐上了去墓园的路。

唐子羽说，他平常连生的问题都没弄清，何来兴致去考虑死呢？这完全是个偶然事件。一个朋友的朋友，炒股票发了一笔，就明智地撤离股市，因为再炒下去绝对栽进去拔不出来。那么将这笔钱往何处投资呢？经过细致的市场调查，他发觉赚死人的钱十拿九稳，于是就在距太乙山不远的北坡，购了一块缓坡地，栽种了一圈矮树，就成了墓园。地皮当然不贵，让死人占够四分之一地皮，本钱就收回了，其余的就是净赚的了。唐子羽是偶尔与那人同一桌吃公宴时认识的。酒至半酣，那人大讲了一通生与死的道理，说人死就等于一切都完了，都没有意义了。但是，在生的时候，妥善地安排好死，那么生的意义就更为轻松有味而无后顾之忧了。同样是两个人，一个人明确知道自己死后的归宿，另一个人却不知道，那么就能肯定，前者准比后者活得更长寿，也更快乐。好比同样是两个行走的旅人，一个知道晚上的投宿点，另一个不知道，那心情能一样吗？心情好的就是快乐人生，没心情的就是悲惨人生。

说着，那人掏出一张墓园平面图，给大家讲解，说图上凡标黑色的，均已售出。买得越早价钱越优惠，跟买楼是一个道理。经了那人一番鼓吹，现场吃酒的人都买了墓地，脸上都露出拾了便宜的"快乐人生"的表情……

伏尔加开到墓园处停下。出车门一望，那里正在修牌楼，四根柱子已经竖立起来，吊车正将一块纯黑色大理石上吊安装。石头上刻着四个字：长天墓园。一看便知，是集鲁迅的字。用鲁迅的字好处很多，首先是鲁迅名气大，表明墓园经营者与政府立场一致，很有觉悟；二是有文化气息，鲁迅是千古不朽的，死者及死者的家属，也都有千古不朽的奢望；三是不用付润笔费，省钱。大凡商人，都是猴脑子，其聪明程度远远超过一般文人骚客。

唐子羽和梅雨妃拾级而上。台阶的宽度可以并行三人，窄了显得小气，宽了费钱。不宽不窄，刚能够抬着棺材行走就好。上到墓园内部，几个工人正在干活。已经立了碑、葬了人的地方有十几处，并未绣堆，看上去像是电影散场了，观众多半离去，剩下没离去的是因为电影太臭睡着了，零散地仰在坐骑上。

两人来到工人身边，看他们如何挖埋墓碑基座，又如何埋好基座再用虚土掩住，夯实。基座图示如下：

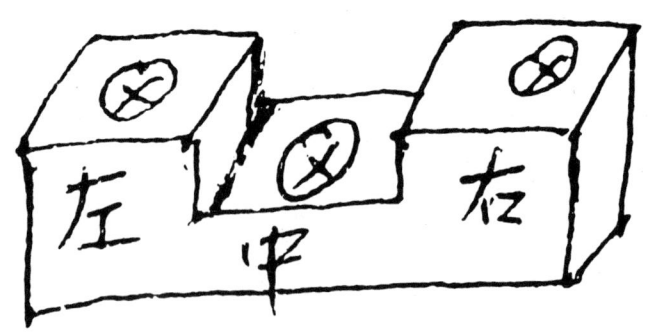

"⊕"符号是指墓碑插孔。这就怪了，为什么有三个插孔？一个工人解释说：

"我们经理对死者可能出现的要求都预先想到了，并计划到了。客户死了，要来长眠，就扒开虚土，插立墓碑。如果是夫妻，生前很要好，死后就想合用一块墓碑,那就用中间插座。如果生前关系不好,但也没离婚,死后还得无奈地睡在一块儿,只好各自保留一点独立,那就用两块碑子,比如两口子都是当局长的,有头有脸的人物。有的客户只他(她)一人往这睡,那就自然地只启用中间的插座。有的一家三口,比如空难死了,又有钱,要竖三块碑子,到时候挺方便的。还有些特殊情况,一个人有两个老婆,或者一个女人有两个老公,三人的关系相当好,从不散伙,死后自然要合葬一处。这号事眼下虽然不太普遍,但是我们经理说了,干任何事都要用发展的眼光看。没有发展的眼光,就容易导致重复建设,前人建、后人挖,于国于民都是害。"

唐和梅听了很是唏嘘。要是从高空往下看,这墓园就像是被切开的一块一块的豆腐,又像是张开的渔网。人生也网中死亦网中,似一只小飞虫,始终逃不脱一个网字。唐子羽领着梅雨妃,准确找到他将要长眠的地方。那地方偏后,偏左,地势高,还没有埋墓碑基座。

两个人都坐下来。因地上的杂草稀疏,梅在坐下之前,先铺了一张卫生纸。她说:

"并不是所有的人都参观过自己将要长眠的地方。你不觉得你有福吗?还有一个不错的女人陪你来视察你的安息地,你老婆可绝对想象不到这个。"

"生活远远超过想象。谁敢肯定这地方将来就一定是我的归宿?假如我碰上空难,一头栽进海里了呢?"

"那就将你穿过的衣物埋到这里,弄个衣冠冢。"

"就算我将来能在这里安息,我也得先调查一下,我的前后左右都是些什么人。邻居比亲戚朋友重要啊。"

"生活在城市,你能选择你的邻居吗?亲戚也无法选择。"

"如果我埋在这里,与一帮我讨厌的人为伍,比如局长、警察、记者、律师、医生、评论家,以这些人为邻,那我算是下了地狱。我宁愿与小偷、妓女、酒鬼朝夕相处。"

"看来你有时也是傻瓜。人连自己的父母都不能选择，还能选择死后的邻居！再说你即便选好了，死后也未必能兑现，因为墓地也跟股票一样，是可以随时转手交易的。"

"管这地方将来属于谁，但至少眼下是我的。远方的金子不如到手的铜，那我就先享受一会儿吧。"

说毕，他就直直地躺下去，躺成一个"大"字，好像这"大"字说：世上没有什么大不了的。

"你这人好没礼貌，只顾自个儿躺，难道我就不能躺吗？"

梅雨妃也躺下来。两人仰望天空。天上游弋着几片碎瓦云。两人都不说话，都在想各自的心思。也许无话可说，也许没有任何心思可想。总之，一切都在沉默，除了蝉声。

还是梅雨妃打破了沉默：

"哎，假如这阵子，咱俩都吃了安眠药，永远睡在了这里，会怎样呢？"

"挺打动人的。但是你想想，你有儿子，我也有儿子，他们的生命是由于咱俩的好色而诞生的，因此他们及社会无法将他们与咱们割离。咱俩永远睡在这里，他们必将永远活在耻辱的尘世上。"

"我肚子有点疼。"

"我给你揉一揉。可能是山里的风和水太凉了。"

唐子羽的手搭上梅雨妃的肚子，揉了几圈，像研墨，结果就研出一个响屁。两人都笑了。这个屁太重要了，它表明再美的人都要放屁。其次是，这个屁把他和她从绝望的深渊里拯救了出来。

"我的腰也疼。"

"你一点儿亏都不吃，刚给我揉了几下肚子，你就想个法子让我给你揉腰，也太急功近利了吧！翻过身子，趴下！"

唐子羽并未趴下，反倒坐起来。他反过手，自个儿给自个儿捶腰。梅雨妃永远不会知道，一个男人在眼看要与一个女人做爱，却最终未能做爱时，腰就会疼。他不想将这个秘密告诉梅雨妃，他觉得那样做太失尊严了。在最亲密的人之间，都永远存在着难以启齿的隐秘。

缓坡墓地坐东面西，因而展现在两人眼前的，是既隐晦又清明的夕阳晚照。夕阳惨红惨红的，没有一点光芒，圆极了，没有一丝儿毛边，像一颗不慎破碎了的鸡蛋里的蛋黄。那蛋黄本是一只小鸡或一只小鸟，但因没有孵够时间，早产了，就呈现出这么一团肉颤颤的，布满了血丝的，令人哀婉的殷红。

10

  两人回到城里已是华灯万点，满眼的富丽。为吃晚餐，他们跑了好几条街，因为此时正值用餐高峰，而他和她要选个安静的处所，意不在吃而在于聊。最后，他们选中了一家名叫"宜君"的茶楼。进去一看，果然清雅得像是唐伯虎的一幅画：大厅里空无一人，只有几个穿紫花旗袍的服务生。天花板上泻下一注追光灯，投在一架古琴上，静静地恭候着琴师。暗处的音箱飘来马思聪的《思乡曲》，温柔忧伤。红木茶几以及有高有矮的栗色藤条座椅，间隔着置放在红花绿叶之间。四周的木墙壁上，挂着一些山水小品镜框。还有一排竹制书架，摆放着最新的书报杂志。

  两人选了一个临窗的位置，很适意地坐下来。抓起桌上的小铜铃，一摇，就过来一个女生，是个小家碧玉，双手合住丹田，鞠躬问道：

  "小姐，先生，请问用什么茶点？"

  唐子羽就很自信地代劳了。他点了一壶菊花茶，因为就他所知，女人多半不喜欢红茶绿茶，天生喜欢带点甜味的东西。又点了几样小果盘，都是馋猫爱吃的。此处还供应饭食，梅雨妃就点了两张葱花饼和一碗麻食。

梅雨妃取出传呼机,说"谁在震呢"。一看,笑了。

"你的走狗打来的。"

唐子羽接过一看,果然是朱大音。梅雨妃就回过电话,说:

"大画家,怎么忽然想到给我打传呼呀?想我了?谢谢,虽然是假话……我知道你想谁……他呀——(唐子羽慌忙摇手)——我怎么知道呢,你又没付我看管费……我怎么知道他为何不给你回传呼……好的,我要是联系上了,一定请他给你回话……你认为幸福吗?我怎么没感觉?你给我表扬他是什么意思?他付了你多少表扬费……再见!"

挂断电话,梅雨妃就一脸的不高兴:

"我觉得在背地里谈论别人,很没意思。我可从来没有当任何人面谈论过你,即便是我最好的女友。"

"冤枉!"唐子羽急得跳起来,"朱胖子就是跟我一块儿到机场接了一回你,所谈的一切内容,都没有超过那次接机。"这时他已经不像个成年男人了,变成了一个纯粹的孩童,将一根指头竖上头顶:"如果我另外还给他说过你的什么,就让我三天之内车祸身亡!"

"瞧你,连个玩笑都开不起!"梅雨妃急忙打断他,"一点儿不懂幽默。"

唐子羽还在那儿正经着,直到梅雨妃要他张开嘴巴,将一枚开心果丢进他的嘴,他才嘿嘿干笑起来:

"我确实想跟人说说你,但又确实没有合适的听众。朱大音不失可爱,但在男女交往上,他跟我很不一样。所以我不会跟他说你的。说了白说,因此他无法理解我。认识你并跟你交往,我非常非常幸运,非常非常想对一个好友倾诉,但是没法倾诉,所以我经常有一种'锦衣夜行'的憋屈。"

"你说什么来着?"梅雨妃故意傻笑着,"我脑子笨,听不懂。"她洁白的牙齿咬着下唇,深情痴呆地看着唐子羽。

茶，是一人喝了一杯。葱油饼也吃完了。只是那一大碗麻食还没有分吃一口，就来了几拨茶客。这是夜茶的时辰，人们吃饱了，要来茶楼消夜、谈生意，以及说私话、向婚姻之外最亲密的异性倾诉心扉。

于是他和她就离开了茶楼。他们喜欢独处，喜欢清静。

现在去哪儿？梅雨妃为什么还不说要回家？要不要问一问，她的丈夫何以这么长时间没有呼她？外出了吗？有紧急公务吗？既然不说，那就证明跟我在一块儿，她并不存在什么隐忧，我又何必把话往那儿引呢。

伏尔加开进仿古文化街，此处距唐子羽家不远。于是他试探着说：

"能否光临寒舍？"

"我怕，因为那是你妻子的领地。"

"那……送你，回家？"声音很小，自言自语似的。

梅雨妃没说什么，只是咳嗽一声。或许是用咳嗽声来掩饰自个儿，意思是她没有听清唐子羽方才说的什么。她也并不想追问。

汽车缓缓地开过一家宾馆，门口立一牌子：

欢迎光临钟点房　30元／小时

唐子羽脑子一麻，却又很快抑制并分散了某种念头。往哪里去呢？忽然，他高兴了，说：

"咱到朱大音的住处看看，如何？"

"也罢。反正如今这社会，还不是你们男人说了算。"

伏尔加三拐两绕，开进步园。奇怪的是，远远地就能感觉到，这往日并不怎么热闹的去处，突然显出一派繁华富贵：四个西瓜大的门灯，一边两个，发出洁白庄重的光芒；两个武警持枪笔立，相互平视；门两边不远处，谦卑地停着许多小车。一看车号，全是郊县的。

"哦,我明白了,现在是傅市长主事,这步园也随之成了'唐宁街10号'。"

"难怪你们男人都爱谋个大官,就是气派么,看得我都有些动心了。"

"你怎么跟我老婆一样?!"

"你老婆怎么啦?"

唐子羽没有解释什么,因为他正想着能否将车开进去。他开得很慢很慢,生怕碾了地雷似的,但是并不见武警推出手势阻拦,他就边开边摇下玻璃,斜出头欲搭话。谁知没来得及搭话,人家武警就"啪!"的给了他一个敬礼。

真是文明之师。车开进去了。

其实唐子羽再明白不过了。这虽是个老旧伏尔加,但车牌却是A字打头,标明这是市直机关车号。想想看,平日里总抱怨自己这个局是如何如何无用,可是要没有这个局呢?那就没有这个车,这个享有特权的车牌就随之不复存在。

他于是想到了庄子名言:无用者,大用也。

院子里边更是银河落九天,不时有三三两两的行人穿过连接市长小楼的那条石子甬路。他们兴奋地交谈着,声音柔而低,你基本上听不清。那排勤杂工住的房子,被刷得粉粉白白,但是所有的窗子都黑着。难道为了首长的安全,勤杂工们全被王调研辞退了?

唐子羽开了朱大音的房门,准确地摸着灯绳拉亮灯。于是梅雨妃看见了这个凌乱的艺术之家:一张大床,一张铺了毡的大案,一个长沙发,沙发上堆着报刊及一个大萝卜似的抱枕。墙上最显眼的位置,挂着傅市长题赠的"艺无止境"。案头墙上,是一个镜框,里面是"大虫斋"三字,出自领袖唐子羽之手，意在勉力"追随者"如虎下山、长啸天下。唐的字虽然比市长的字好点，但也算不得书法，二者的差异犹如驴粪跟马粪的差异。

"看不出来，他还这么爱书。"面对着乱堆乱码的书，梅雨妃有些奇怪。

"朱胖子读书很特别，总能把糟粕读出来，说什么'没有糟粕的书不是好书，没有肛门的美女不算美女'。"

"话虽有些道理，但听上去太脏。"

"他画山水画时，就读淫秽小说，如《肉蒲团》之类。写书法时，又读名人传记，《巴顿将军》《凡·高传》《苏东坡传》什么的。"

"有意思，"梅雨妃在小房子里转着小圈儿，"三十六岁了还不结婚，能撑住吗？"

"你真是个傻女子！"唐子羽笑道，"现在这社会，不结婚的男人才妻妾成群呢。"

"你后悔自己结婚？"

"没有想过这个问题——你坐呀！"

唐子羽拿起刷子扫了扫床沿，请梅雨妃就座，无意中动了枕头，见枕头下有张裸女照，如一堆抢眼的白肉，就慌忙压住枕头，生怕梅雨妃看见。

"是不是烧点茶喝？这有个小电炉子。"

"不渴。"

一时无话，忽然就尴尬起来，极像是一对男女中学生，一个给一个递了张条子，现在面对面了，反而不知所措了。

"再没事了吧？也不早了，我该回了。"

"也好。"

两人走到门边，唐子羽一拉灯绳，黑暗坍塌下来，他忽然就拦腰抱住梅雨妃，因为他突然意识到：如此的机会也许一生中只有这么一次。何况我又为何委屈自己呢？何况她又喜欢人抱她……

梅雨妃回转身来，双手环套住唐子羽的脖颈，张嘴喘气。就让她张嘴吧，就让她喘气吧，反正他已经多次游览过她的唇她的牙她的舌。他吻她的脸，她的鼻，她的耳，她的下巴她的粉颈。他的双手插进她的腰，拽出她的荷色短袖，卷画轴似地翻卷上去，将自个儿的脸拥进她那丰腴肥美、暗香滚动的胸脯……

"呀，别，别，坏透了你！哟……"

唐子羽什么也不顾了，连拱带吮，咕咕唧唧，并用双手强有力地握住她那瓶颈似的腰义无反顾地往下退。

"不要这样！不要这样！"

女人爱说反话，别理这一套。

"咱们商量商量。"

谁跟你商量！

"你会后悔的！"

绝不后悔。

"好吧，那你就进来吧……你准备跟我结婚吗？"

怎么突然冒出个结婚？都什么年代啦。但毕竟，结婚是件大事。梅雨妃无意识的，本能的一句话，中止了唐子羽的动作。他颓然坐在沙发上。黑暗里，梅雨妃手搭他的腹部，哀哀地说：

"你要实在憋不住了，我用手给你……"

他当然没有配合，他嫌丢人。他后来想：梅雨妃可能只接触过两个男人，一个男人强暴了她，一个男人娶了她。这两个男人可能都没有让她快活过，她的身体依然是二十世纪的香格里拉。为什么不跟第三个男人试试呢？就好比打麻将，坐了两个位置，手气都不好，为何不换到第三个、第四个位置上坐坐呢？也许手气就好了……反正梅雨妃，你是个自私的人。就算你有病、就算你对性很恐惧，你也应该发扬风格咬咬牙关帮我一回忙吧。不就是几分钟的事嘛。难道你吊我的胃口不成？你又能从我身上吊出什么宝贝呢！

想着想着，把唐子羽自个儿想笑了：这一切想法，还不是源自我这个臭男人的自私心理！

第二天上班，照例先开会，照例是聆听局长大人的讲话，照例是群陪局长大人喝茶。这个内容占了一个多小时，局长突然宣布要学习一个新的文件，声称是傅市长主事以来最为重要的讲话，"关于百陵市体制改革、精简机构、裁减公务员的指导思想"。就改革的必要性和紧迫性，傅市长雄辩地讲了五点，特别强调这次改革是一个重大的政治问题，革命与不革命的问题。傅市长要求或号召党员和领导干部要带头，要以大局为重……其实这些话，全是报纸上天天讲的老话套话为官必讲的话，大家并不感觉新鲜，引起大家注意的是：傅市长的讲话暗示，类似唐子羽供职的这种局机关单位，百分之八十属于被裁减被分流的对象。

大家一下子激愤起来，争先恐后地开始发言，力陈本局在体制内、在生活中、在体现政府职能中，甚至在对外交流的国家形象中，所起的作用和将要起的作用均是无可替代的。然后，又众口一词地、轮番地开始歌颂局长的丰功伟绩。就连那些心里恨局长的伪君子，此时也大肆吹捧局长的英明伟大、继往开来。为什么？因为只有保住局机关和局长，大家才不会失业。共同的利益使大家空前地团结起来。局长颇为动情，动情得眼睛潮湿起来：

"感谢大家对我的信任！许多同志的表扬，使我受之有愧、深感内疚。其实在这个机构改革的文件下发之前，早就发了一个文件，涉及我们这些做局长的去留问题，按规定是不能往下传达的，但我今天很激动，我把这个文件的关键内容透露给大家。"

局长喝了两口茶，会议室鸦雀无声。

"年龄在五十八岁的局长们谁去谁留呢？文件规定：凡下半年，也就是说，凡在七月一日以后出生的，这次改革后，可以再接着干，干到退休。凡在六月三十日以前，也就是生日在上半年的，这些局长们现在就退。至于我嘛——"

大家的眼睛眨也不眨地看着局长，看着红光满面、神采奕奕的局长，因为局长的生日是单位的机密，除了办公室主任，知道的人微乎其微。

但是局长喝了三口茶，却并没有现场揭秘，而是将话题展开：

"文件这么规定，究竟有没有什么科学道理？应该说没有什么科学道理。但这与是否有没有科学道理毫无关系。我们在制订任何一项政策，尤其是干部政策的时候，为了执行起来明确有力，用现在的时髦话讲，为了操作方便，就必须划出一个明确的杠杠。咱们有些年轻的同志，历史知识欠缺，口里常说老干部，但并不清楚什么是老干部，还以为是职称呢。所谓老干部，是指那些在一九四九年九月三十日前参加革命工作的干部，即新中国成立前参加工作的人。若是一九四九年十月一日后参加工作的，是没有资格享受老干部待遇的——新干部嘛！"

局长又开始喝茶，大家也跟着喝。大家的精力颇集中，因为局长是演说大师，善于铺陈，善于将悬念推后。

"我过去的两个老上司，都是在一九四九年九月三十日这同一天去革命的，结果一个是老干部，一个是新干部，且那老干部还比新干部年轻五岁，你们知道这是什么缘故吗？我猜你们不可能知道。那天，他俩背着干粮去'土地改革短训班'报到，一个正闹肚子，在那个闹肚子的人去蹲茅坑的时间里，另一个人办了报到手续。那闹肚子的人从茅房里出来，那个负责报到的女同志回去给孩子喂奶了。闹肚子的人如果当初等一会儿，也就报上了到，也自然就是老干部了，可他偏偏是个急性子，要去看小县城的风景。结果，他第二天才报到。他不知道日后要将干部分成老与新对待，否则，否则他当初决不会如此马虎大意！他为此十分委屈，多次上访、说明，要求划归老干部。可是那时的风气很正，组织人事部门严格按照原始档案登记办事，没有谁想到，即使想到了也没有谁敢给他篡改！现在就不好了，凭权力与关系，或者直接上银子，改户口改学历，改出生年月日，居然见怪不怪了！"

局长再次喝茶，办公室主任再次给局长的茶杯续水。

"我今年五十八岁了，我的生日在什么时候呢？在七月三日。"

大家热烈鼓掌。

"就是说，根据文件规定，我因我的母亲迟生了我三天，我才有幸在这次精简机构中，继续为人民多服务两年。"

"局长不是局长私人的，局长是我们大家的。"一个胖得没有脖子的人说。

"大家都明白，"局长豁达又慈祥地继续讲道，"无论怎么精减，咱们这个局无论保留与否，我都会有去处，因为终归有些单位的领导要退，要空出位子来，制订政策都是事先摸了底的。但是，"局长的声音突然悲凉慷慨起来，"作为受党培养多年的老党员，我怎能只顾个人的荣辱得失呢！我要找市委市政府的领导，我要找'机构改革领导小组'，好好地谈一谈，申述充足的理由，力争保留咱们这个局。领导的眼光，有时候未必一定就比咱们看得远，未必一定就比咱们水平高。毛主席说过，'严重的问题是教育农民'，咱们要活学活用，从不同的角度全面理解。有的时候，就应该理解为'严重的任务是教育领导'。咱们是搞社会主义，不是搞资本主义。就目前的世界范围来看，咱们这个局机关,其他社会主义国家也都有相应的机构。所以,对于咱们这个机关的撤与不撤,并不是个简单的领导安置问题,同志们的分流消化问题,而是一个原则问题,一个大是大非问题。我们不能打着'机构改革'的幌子,犯下方向性、路线性的错误!"

冰雹般的掌声再次响起。

局长终归是局长,唐子羽的佩服程度又有了升级。本来是个下岗问题,吃饭问题,经局长这么一分析,就分析出政治的危险性了。唐子羽并不着急,因为依他的经验,这么多年来,年年爬起来都要喊叫机构改革、人员缩编,可是减的结果呢,机构反倒越来越多,吃财政的队伍越来越庞大。原因只有一个,人太多,人都要吃饭。吃饭是中国最大的政治。几千年来,衡量中国统治者的最高而唯一的标准,是:是否让所有的中国人吃饱了肚子。至于怎么让你吃,是否既让你吃又不断地羞辱你,那倒无所谓了。总之,一切都是人太多导致的。人一多人就没有了价值,所以世界上的敌对势力从不绑架中国人当人质……唐子羽又想,无论你怎么改革,怎么精减,也都是在共产党领导下的改革精减。天下是共产党的天下,共产党又最不兴饿死人。我是共产党,怎么会饿死呢。至少不会最先饿死。粮食再少,最先饿死的肯定不是粮官。

"在这次机构改革的重大的历史时刻,"局长说道,"希望同志们都要有大局意识,不要斤斤计较个人的点滴得失,更不要刺探情报,散布不利于社会稳定的谣言。无论我们这个局存在与否,只要我们存在一天,我们就要一如既往地工作一天。眼下的任务,还是办好我们的'学习园地'。每个人都必须写好自己的学习体会。上次,傅市长的《在庆祝香港回归三周年大会上的讲话》,多么好!让大家写出学习体会贴到'学习园地'上,有人背地里说是我拍傅市长的马屁,这叫什么话!傅市长是我个人的市长吗?不是!是人民的傅市长!希望个别同志提高认识,就傅市长这次的改革精神,写好体会,力争让傅市长亲自来视察视察，这对我们是有好处的。今天中午，大家都不要回家了，用卖废报纸的钱，吃个工作餐吧。散会！"

11

梅雨妃送给唐子羽的手机和传呼机,他不知道该不该用。不用,辜负了人家的好意。用吧,自己原本有手机传呼,只是被嘉贤带走了,而嘉贤很快就要回来。最后他来了个折中主义,既用,又不用:将手机锁进办公室的抽屉里,传呼则装进贴身口袋。传呼号码只有梅雨妃一人清楚。就是说,传呼响了,必定是梅雨妃呼唤他。

此后,当嘉贤带回他的传呼和手机后,唐子羽就随身携带了两个传呼机,其中一个公开鸣响,一个秘密震动。

——果然就震动了:"梅小姐请你立即给朱先生回话。"唐子羽心里着实挂念朱大音,只有朱大音才能让他尝出一点点人性的放松和高兴,只有朱大音才证明他唐子羽的活着还有一点点用处,二者的关系犹如歹徒之于棍棒、车祸之于保险、歌星之于歌迷,是相互依存的。于是他回了电话,话筒里随之响起那熟悉的、单纯的、乐观的、像猪八戒一样的嘿嘿哈哈的,极富感染力的笑声。

"我在火车上,你听'哐当哐当'的声音!再有两小时就到了。"

"我开车来接你。"

"我们一大帮人,你接谁好呢?干脆你到我家里等着,让我享受一回远方归来的温馨。"

"让我给你当一回临时老婆?"

"怎敢让你给我当老婆!要当,你理应给我当妈,嘿嘿。"

唐子羽就把车开进步园,进了大虫斋。首先打开床后墙上的那个窗子,放掉呆滞的霉味,迎入鲜活的空气,然后替主人清扫收拾房间,最后插上小电炉,烧开水。小电炉嗞嗞响着,他静静坐着,第一次体味到为仆人服务的感觉。皇帝尊贵惯了,偶尔为弄臣下作一回,甚至遭一回忤逆,反倒格外开心。世间之人,总是充满了千奇百怪的欲望的,包括被奴役被虐待的欲望。

刚烧够一暖瓶开水,朱大音就像黑狗熊似的推门进来了。两人高兴得相互击了一拳。"领袖"与"人民"分开,领袖就成了孤家寡人,人民就成了无头苍蝇。领袖与人民再次融合,就立马闹出一种轰轰烈烈的氛围。

"你晒黑了!"

"你也瘦了!"

"咦,你怎么进门的?"

"嘿,老远看见设了门岗,咱就双手背后,慢了步子,挥了挥手,说'小同志辛苦了',这不就进来了。"

"这回大开眼界了吧,快讲讲采风的趣事儿。"

"这些闲话容后再慢慢说。我最关心的是:你把梅二嫂子睡了没有?"

"你怎么永远都高雅不起来!"

"这不是个高雅不高雅的问题,而是关系我'敬爱的领袖'的身心健康问题。在三江源头采风写生,我的脑子一有空就想这个问题。"

"如此严重吗?"

11

"当然啦，领袖的性生活没有安排好，人民的日子能过好吗？你是我的精神支柱，梅二嫂子又是你的精神支柱，这个问题实在太要紧了。"

"那么，你'梅二嫂子'的精神支柱又是什么呢？"

"这个我还没有想过，我首先要关注的是你的精神状况。"

唐子羽哭笑不得。他和梅雨妃的关系，并不是一个简单的性生活问题，倒多少跟精神支柱沾点边。

"我其实并不是一个十分好色的男人，我只是觉得，这个社会所展示出来的生活，跟我少年时代的梦想风马牛不相及。它不能满足我，不能让我激情澎湃，不能让我非凡卓越。我对眼下我所看到的一切，毫不含糊地持否定态度。可是我又需要什么样的生活呢？连我自个儿也说不清楚。可能是不自觉的、无意识的缘故吧，我才把我的全部心思倾注到一个女人身上。美女，爱情，或许也是一种毒品，我在吸毒呢。在我看来，爱情他妈的也不是个好玩意儿，它不能使一个男人的心灵真正安静下来……"

"亲爱的领袖，"朱大音双手背后，在小房间里原地挪着小圈子，声音浑厚地模仿着配音演员乔榛，"我们这些普通的众生，无法理解您的伟大思想，但我们懂得一个基本道理：再伟大的男人也终究是一个男人。是男人就需要女人的爱，或者爱一个女人。您明确知道您正在爱一个女人，可又如此痛苦烦恼，其原因实在简单不过了——您没有和这个女人做爱。爱情实在是一口卡在脖子里的痰，所以难受。做爱就是将这口痰唾出去，一唾就轻松了！"

"啊呸！"唐子羽恶心得吐了一口，终究忍不住笑了，"你这人太无耻了。"

"话丑理端，'领袖'难以启齿，'人民'有义务代为讲出来。哎，你跟梅雨妃的关系到底到了什么程度？"

"你无非是问睡没睡嘛。告诉你，没睡。"

"男人可笑又可憎，呕心沥血、倾其所有地交往一个女人，是为了一睡，几分钟的事。不睡,总觉得关系不到位,总觉得一件大事没有办成。可是一睡呢,犹如气球挨了一针,炸得彩絮满天飞,当下就没一点意思了,就想逃之夭夭了。"

"大音,咱俩的男女观不一样,梅雨妃的男女观又跟我不一样。假如咱们三个人就此开一个学术讨论会,肯定跟儒释道三教开会一样,永远尿不到一个壶里。我只说一句,以后无论怎样,我都不可能跟梅雨妃睡觉。"

"你这一手高明,可以保持长久的爱情。啧啧,难得,难得!"

"你嘲讽我?好啦,不说这个问题了,谈谈你一路上的故事吧。"

以后两人再也没有"学术"过这个问题。但是朱大音凭了本能的直感,坚信唐子羽"病"了,这"病"就是一口痰。这怪异的病,都是那个该死的梅雨妃引起的。解铃还须系铃人,是不是找梅雨妃深刻地面谈一次?的确应该告诉她:你梅雨妃只是一个平常的人,我敬爱的唐子羽能够看上你,是你的福气。我可以武断地推测,在你所遇到的男人里,肯定没一个有唐子羽这么可爱、这么优秀。江潮因月亮而涌动,女人因男人而情摇。我分明看见,你面对唐子羽时,你那双眼睛多么潋滟、多么旖旎。你之所以能够散发出如此惑人的妩媚,都是因为唐子羽。是唐子羽点亮了你的光焰,是唐子羽让你闪出你生命中最华丽的美色……没有唐子羽,你又算什么呢?你不过是一架生了锈的琴而已!如今,唐子羽病了,被一口"痰"卡住了,你就是从自私的角度出发,也应当帮他将那口"痰"排放出来……

朱大音打算找梅雨妃谈一谈,先不告诉唐子羽,谈成了也不告诉唐子羽。革命的同志,都要互相关心,互相爱护,互相帮助。真诚的关心与帮助,并不存在某种庸俗的功利目的,而是为了自己这颗善良的、怜悯的心。要敲敲女人的脑袋。女人这种动物,是专为爱情而存在的。没有爱情,或者爱情降临了不懂得积极地去享受，那就太愚蠢了。这类愚蠢突出的表现是：她一方面消受了爱情，又一方面觉得自己吃了亏、自己被男人"玩弄"了。岂不知爱情一结束，你女人还能躺在床上美滋滋地如播种后的土地那般饱满地幻想很长时间，而男人则如一头放干了血的倦牛空虚绝望得万念俱灰巴不得立时死去……女人永远是爱情的受益者，而男人——你这可怜的杂种！

朱大音尚未实施他的"助人为乐"——其实是拉皮条——计划，他的父亲进城来了。他父亲因给邻村一个土地庙塑了个土地老爷泥像，被乡政府罚了一百块钱，又把后门口一棵老椿树砍了去，心里就很憋气，就进城来找儿子诉苦。

"这点小事，值得你这么生气？"

"我，我……"父亲鳏居久了，又是个结巴，万不得已，是从不说话的，说一句完整的话，跟瞎子穿一回针那般费事。

"你那么点损失，城里人根本不往眼里放。"

"你，你。"跟儿子面对面，句子不须讲完整，儿子就能领会。

"我就凭这么写写画画的吃喝哩，你看这烟，你抽吧，一根一块钱呢。这酒，你也尝尝，九十多块钱一瓶哩。"

"这，这。"

"这算啥！还有十多块钱一根的烟呢，还有一千多块钱一瓶的酒呢，咱乡下人都白活了！"

"你，你可，可不要——"

"你放一百二十个心！你娃是正经娃，决不会去偷去抢的。"

朱大音幼年丧母，父亲一直鳏居，快三十年了。朱大音离家之前，知道父亲跟村西头的谢干娘私好，但是后来，谢干娘帮自己儿媳妇躲计划生育，从山上摔死了。从此,父亲再没有近过女人。父亲快六十的人了,但看上去并不怎么面老,头发虽然白了,但是很硬。剃了的光头已长出半寸头发,让他的脑袋看上去像个壮实的刺猬。眼睛也不灰暗,看见城里的一个新鲜东西,眼里尚能蹦出一粒亮星来。

朱大音回想起儿时父亲对自己的疼爱,回想起父亲将自己架在脖子上串亲走友,回想起小伙伴冲他学他父亲结巴,他因此把小伙伴打伤,父亲又提着礼品上人家门去赔礼道歉……于是,他决定这次好生孝敬父亲一回。

"爸,咱先吃饭。"

"吃。"

把父亲领进一家红火热闹的火锅城,要了一推车荤素菜,一样一样地示范着,一样一样地教导父亲怎样吃,就像当年父亲手把手地教导儿子编织蝈蝈笼一样。看着父亲大吃大喝的幸福的情景,朱大音就想了:你这个乡巴佬,养了我这么个儿子,算是你这辈子赚了一笔最大的买卖。

可是一结账,二百八十七元,老子就躁了:

"败,败,败家子!"

晚饭父亲无论如何也不进饭馆了,只坐到小摊上吃凉皮稀饭。摊主给凉皮碗里调辣子,父亲说:"少。"摊主就加了半匙辣子,父亲又说:"少。"摊主再给加半匙辣子。父亲一时恼了,一下子把一句话说完整了:"少来一点!"

朱大音赶忙拉过这调了很多辣椒的凉皮碗,又让摊主给父亲重调一碗辣子轻的。

"你的风湿腿还疼不?"

"疼。"

"现在城里人都得了风湿腿,所以到处都开了润足阁,就是用中药水洗脚揉腿,效果很好的。"

\ 11 \

"好，钱？"

"不贵，五块钱。"

天麻麻黑，华灯刚一放亮，朱大音就领着父亲进了一家洗脚屋。朝那棉花包似的沙发上一仰，见是那嫩生生的女娃娃端了洗脚盆来，父亲咋也不想洗了。自己又不是电影里的坏人，又不是老地主，老地主也没有这样洗过脚呀！朱大音一再解释说这是治病，父亲这才制服了全身的颤抖，勉强受洗。女娃娃将他的每一个趾蛋儿、每一条趾缝儿都搓洗净了，似乎只待调些油盐酱醋就要下酒呀，然后又将这双踩过牛粪猪屎的粗糙老脚一并，揽住，往自个儿胸脯一拽，两手揉搓着，还时不时地拿奶子碰哩逗哩——父亲将脚一缩，说：

"走！"

"瞧你这男孩，还害羞呢。"

洗脚女的这句话把朱大音逗笑了：她称父亲是"男孩"！

开钱的时候，朱大音是背着父亲的，怕父亲又心疼钱。钱在父亲眼里，跟儿子差不多，不会轻易给人的。

晚上，父子同榻。朱大音说：

"爸，明儿再洗个澡。"

"钱？"

"不贵，六块。"

"三，三斤，鸡蛋呢。"

"哎呀，都像你这个样，城里人都失业了，都饿死了。"

"为啥不，不，不跟脚，一块儿洗，洗澡？"

"城里人文明呀，洗手、洗脚、洗面，都是分开洗的，还有专门洗眼睛洗腰的，价钱不一样哩！哪像咱农民，脱得光溜溜的，往大木盆里一扑，烫死猪么。"

父亲就不吭声了，觉得儿子变了。变好了还是变坏了？一时看不出。

"爸，你知道如今领导怎么下乡吗？下去后，先要大吃大喝，晚上就招待洗澡。要是不安排洗澡，工作就是搞得再好，也是白搭。"

父亲就不明白，这洗澡之事何以如此紧要。

"爸，你娃我不是国家干部，你娃我没有工作单位，自然没有领导好巴结。但你娃有爸呀，爸就是你娃的领导。你来了，娃要是不安排你洗个澡，娃的工作就没搞好，娃就是忤逆不孝。"

朱大音说穿了，就是想让鳏居了几十年的父亲洗一次桑拿、过一回性生活。但是碍于父子间的特殊关系，所以说话就绕了很大的圈子。如果亲自陪父亲洗澡，会是什么情景呢？他实在想象不出。

他忽然想到宣小砚。请宣小砚陪父亲去洗澡，比较得体。

那个叫宣小砚的，是朱大音新近收的一个徒弟。那小子在一家合资企业的内部小报担任美术编辑，不知怎么瞎了眼，偶尔的一次交往后，竟对朱大音崇拜得五体投地。其崇拜程度，比他朱大音对唐子羽的崇拜还有过之。朱大音也就收之为徒，也要努力将其培养成一个属于自己的仆人、追随者。朱大音还有一个气魄：照说搞书画的，多半都拜了名师，这样做出名快、获利速，好比上梁山入伙。但是朱大音偏不，偏要无师而收徒。这叫剑走偏锋、另辟蹊径，为的是自立门派。那宣小砚供职的企业报，虽然内部发行，但因有一块美术专版，又加之所依附的企业财大气粗，所以在百陵城的美术界就有了一些影响，艺术家们都爱到那里雅聚。一逢此时，那宣小砚言必称"我的老师朱大音"如何如何。书画家们从没听过朱大音的名字，但是既然人家都有徒弟在媒体拿事，想来也大约是个人物吧。

宣小砚愉快地接受了师父交代的任务，陪师父之父去了"别姬美食娱

\ 11 \

乐城"。

　　大约过了一个半小时，朱大音就乘车去了"别姬"，要迎接父亲出来。刚下车，就望见宣小砚独自一人蹲在书摊上乱翻，心中就纳闷：父亲呢？难道小砚就放心地将父亲一人丢进桑拿室？他走上去一拍小砚的肩膀，惊得小砚一下子弹起来："吓我一跳！""老人家呢？"

　　"他老人家啊，去长途车站了。"

　　"老人家好面子，不好意思见儿子了。唉！这倒有个啥嘛，别看他是我爸，说不定上辈子我还是他爸呢！"

　　"还是老师您站的层次高，看问题总能看得透彻。"

　　"老人家走时说什么了没有？"

　　"老人家说，'狗，狗——'"

　　"你不知道老人家结巴？你学啥哩，你给我一句说完！"

　　"老人家说，'狗日的大音！'"

　　"老人家生气了。还说了什么？"

　　"临别时对我说，'你转告狗日的，老子过几天再来！'"

　　"哈哈，这回把'领导'接待好了。"

　　师徒两人说笑着往回走。朱大音判断，父亲这最后一句话，绝对是宣小砚给杜撰的，但是杜撰得有才气，证明自己收的这个徒弟可传、悟性好，有悟性就必然有远大前程。但他朱大音却不予点破，他就是想让徒儿得意骄傲。凡是已经让人家高兴满意了的事，最好不要再添闲笔，以免煞风景。

　　忽然，一辆红色出租驰过身边，从车窗里闪出一张粉脸，是梅雨妃的粉脸。朱大音本能地回过头，见那出租车停在"别姬"门前。梅雨妃下了车，一身白衣服，走上大理石台阶，马上就要进入"别姬"的旋转玻璃门。

　　朱大音心中一惊，要宣小砚先回去，自个儿则扯起脚撵将上去。撵进

"别姬"一楼大厅，见梅雨妃早已上了二楼，朝右手拐了，看不见了，跟踪上楼一看，是桑拿室，一个戴着黑蝴蝶领结的服务生既像是阻拦他、又像是恭迎他，说：

"先生，您要什么服务？"

"刚才进去的那位小姐，能给我叫来吗？"

"对不起先生，这要提前预约，逢单日下午来，只做一次。您可以另挑小姐，我们还有十来个，都是挺有品位的。"

服务生双手击掌，"啪啪"了两声，便从两厢的房门钻出一帮姑娘，看上去全是些端端庄庄的良家女子，并不像老电影里的那类嘴唇涂得血红的妓女——这大概就是服务生说的"有品位"了。

可是朱大音哪有心思挑小姐。他一看梅雨妃竟是干这营生的，差点气破了膀胱，就冲那帮姑娘吼了一声"滚开！"转身跑出"别姬"大门。

唐子羽啊我亲爱的，你真是个苦命人啊！这个女人搅得你如此心灵不安，你如此钟爱迷醉她，却原来她给你戴了一顶特大号的绿帽子！你是我的精神偶像，你原来却这般愚蠢、这般可悲！你要是亲眼看到这一幕，我断定你会一头撞死的！但是，我不能告诉你，我的生活中不能没有你。世界失去了你，我就失去了世界，我就再次成了乞丐流浪汉……

朱大音也跟方才的宣小砚一样，蹲在书摊上乱翻书。他要等梅雨妃出来，要质问她，甚至要当街抽她的耳光！他清楚他并没有这样的权利，但是他更清楚：为了捍卫领袖的尊严、荣誉以及神圣不可侵犯的利益，他有责任、有义务去做一切，当然包括暴力在内。

在这等待的一个多小时内，朱大音先是愤怒，继之是某种"捉奸"的刺激与快感。末了他又忍不住笑了——他似乎亲自复活了那种早已消亡掉的职业：

\ 11 \

太监。这算怎么回事嘛!可是,当他看见梅雨妃从"别姬"的转门走出来,他突然发觉这个女人比平常更加妖冶迷人。这就怪了,难道唐子羽真是一个奇男子,难道不论怎样的女人只要跟他交往就都能立马飞扬出鲜艳的光彩?

可是近了一看,原来那并不是梅雨妃!只是长得太像梅雨妃罢了。真梅雨妃是双眼皮,这假梅雨妃是单眼皮;真梅雨妃的脸颊有些天然的胭脂红,假梅雨妃只是一种梨花白;真的丰腴,假的欠雍容。但是从背影看去,你基本辨不出真假,以为是双胞胎呢。

假梅雨妃的身后,跟着一个身着港式中山装的服务生,显然是送这个女人。送到马路边,他挥手拦住一辆出租,又伸手搭作凉棚,请假梅雨妃上车,说:

"潘小姐,刚才的那位老板对您非常满意,非常喜欢您。他说他明天要去荷兰,半月后回来,也就是下月的六号。到时候呼您,您一定要回传呼。"

"我会的,顾客就是上帝么。"

"再见!"

"再见!"

朱大音走到服务生跟前,大声说"这小姐真漂亮!",目的是让服务生听见这话。服务生果然听见了,同时自言自语道:

"顾客是上帝,小姐更是我们的上帝。"

"这话怎讲?"

"没有小姐,哪来顾客!"

"您能告诉我潘小姐的传呼吗?"

"这个……没有征求人家潘小姐呀。"

朱大音掏出一张百元大钞,递到服务生手里。服务生张开手掌,牛吃草似的一把将钞票握得看不见了影儿。服务生环顾左右,轻轻地,神秘地说:

"您记住了，是126呼……这是违反规矩的，老板知道了会炒了我的。"

"你我不给人说，老板怎么会知道！"

朱大音得意地笑着离去了。一回到住处，他就给潘小姐打传呼，要替唐子羽预约，要潘小姐替唐子羽解决那口"痰"。"痰"一解决，想来他唐子羽再也不会惶惶难耐了。可是一连给潘小姐打去几个传呼，都不见回。朱大音想，八成是服务生哄人，给了假传呼号。正在他生气的当儿，潘小姐来电话了。朱大音说了些仰慕已久的恭维话，然后谦卑地要约她单独出来见见面。潘小姐说：

"您别是便衣警察吧？公安局有我的客户，您还是别玩火……要见，就在'别姬'里见。你最好去约下月一号，不，是三号……我真的不能随便出去，您应知道，啥场合干啥事，开会就得在会议室开，买东西就要进商场。会议室里卖东西、商店里开会，那不是寻着出事吗！"

看来社会确实文明了进步了，逐步规范化有序化了。朱大音再次跳上出租车，气喘吁吁地再次赶到"别姬"。他交了三百元预订金，订了下月三号。

晚上，朱大音很兴奋很高尚地对唐子羽说：

"局长大人，这潘小姐你知道是个什么人儿吗？长得跟梅二嫂子像极了！虽说是个妓女，但那形容风采，真是个少有的尤物，看得我浑身燥乎乎的。可我克制了，因为这事得让你先来。你来了之后，我再来——而且必须是在你乐意的前提下。"

"真是胡说八道！"唐子羽很不高兴，怎么能说自己心爱的女人长得很像一个妓女呢？"你还是把心思多往事业上想想。我问你，你的书画展览准备得怎么样了？我已经给新闻界的朋友们都打了招呼，到时要好好地把你炒一炒。你要有成名前的心理准备，别皮儿太薄一炒就炒糊了。"

11

"你瞧咱俩，心里老想着对方的事情。如今像咱这种友谊真不多见了，真像鲁迅说的'人生得一知己足矣'！"

"说正经的，我已替你预约了潘小姐，下月三号你去消费她。算是我请客，这肯定是特价。"

"你的心意我领了。但你知道，我跟你是不一样的。你是急了母狗都要上，而我，没有情感我是无论如何也不行的。"

"这是哪跟哪呀，跟情感沾得上边吗？这是日常生活，这跟吃饭刷牙上厕所一样，每天都得来的，不来就难受的，就没法子往下活的。勉强活着也是个病人。我觉得你有病，病得还不浅。这治病的法子就是找潘小姐帮忙。你为什么要把潘小姐看成一个妓女呢？她不是妓女，对你来说，潘小姐仅仅是一味药，一味可以治愈你的病的药。再说妓女就没有感情吗？皇帝都跟妓女谈恋爱哩！妓女是一种职业，一种岗位，一种工作。革命工作是没有高低贵贱之分的——"

"你这话要放在二三十年前，准得进监狱！进监狱之前，胸前要挂个牌子，'流氓反革命犯'，游街示众！"

"如今的社会真是民主得很，什么话都可以说嘛。"

"准确地说是'口语自由'……得啦，我没闲工夫陪你逗嘴乐儿，'学习体会'还没写呢，听说市上还要来检查……"

12

　　当天晚上，写"学习体会"前，唐子羽先沏茶提神，边喝边写。人生在世，的确是"活到老、学到老"。唐子羽记得他自会写字起，就开始了永无休止的"学习体会"。为什么要学习呢？为了批判某些大人物，比如刘少奇、林彪、四人帮。他唐子羽与这些人非亲非故，平时也没有过交往，这些人不曾借他大米、还他秕糠，但他必须通过学习学习再学习，以便培育自己对他们的刻骨仇恨。为了写好批判文章，他总要遵照身边某个权威的暗示，从生活的周围挖出一两个据说是那些大人物的"孝子贤孙"。后来社会进步了，轻易不批判什么人了，但是"学习体会"的传统却日益发扬光大。比如傅市长，你我都是百陵的公民，我与你是平等的，为什么你一讲话我就要"学习体会"？我经常讲的一些有价值的话，你为何不"学习体会"？我对你这个市长的印象还是不错的，你还算清廉，也想为群众办实事，事实上你也办了不少实事。但就是这一点不好：让大家"学习体会"。如果真要学习，何不让人们学习《宪法》——咱不是一再声称"依法治国"嘛。

　　别这么心灵自戕了，反正你得写学习体会。你不写，你就等于没有为人民服务。你不写,你就不能顺利拿到工资奖金。好在,这类文章贴到"学习园地"上,是没有谁去翻开看的。

既然没人看,我又为何那么认真地写呢?换个封面,重写个标题不就得了!于是写道:

机构改革是历史的必然
——学习傅市长《关于体制改革、精简机构、裁减公务员的指导思想》的体会

很好!这晚没喝茶,却也失眠了。失眠是件痛苦的事,脑子里不断闪现一些消失了的画面,一些令人兴奋又让人无奈的问题。这些问题你根本无法解决,于是辗转反侧,仿佛弹簧床变成了烧红的铁板。据说治失眠最有效的法子是做爱,大概类似强化训练运动员的手段,或是转借了"围魏救赵"的战术。可是唐子羽将手放到嘉贤的肚子上,放了两次,嘉贤都没醒来,因而就没有反应。也许她被骚扰得半醒,迷迷糊糊地比较了睡觉与做爱这两种娱乐,还是睡觉更有意味。所以她两次将丈夫的手拨开。这唐子羽就有些愠怒,愤愤不平地想道:平日里只要你提出申请,我都尽心竭力配合你;轮到我有点困难,你却如此无动于衷!算了,你毕竟是女人,我不跟你一般见识。况且真上了马,你要是不尽兴,闹着要再来一回,我又如何吃得消!人常说患难夫妻,看来是靠不住的,有了难处对方未必乐意帮忙解决。这大概就是知识分子过于自尊、过于要面子的毛病。据说劳动人民就不遮掩,发情了就扑上去硬压,结果照样是皆大欢喜、互利双赢⋯⋯

就这么着,满脑子的泛滥流淌,竟不知何时入了梦乡。等到电话铃震响,起来一看,已经早上快九点了。抓起话筒一听,是嘉贤打回家的,声音带着哭腔,说唐植在学校出事了!"老师欺负你儿子,你到底管不管?"唐子羽一时

急了,也弄不清事情的严重与否,便慌忙穿衣起来,胡乱抹一把脸,驱车赶到学校。学校在一个小巷子里,唐子羽为了停车,只好又退出巷口,这样就耽误了时间,到学校时,嘉贤已跟老师吵结束了。

——原来,唐植已被老师罚站了整整四天,嘉贤今天到学校给唐植送新书包时才发现的。起因是这样的:唐植的一个好朋友上课时,被后排的同学从桌子底下踢了一脚屁股。被踢的同学背过身去骂了一句,结果被老师叫起来罚站了一堂课。那个被踢的同学很委屈,分明是后排同学惹的事嘛。放学路上,那个同学就给唐植发牢骚诉委屈。唐植给好友宽心消气,说:"生江老师的气一点都不值,你看她都那么老了还没嫁出去!"其实那江老师并不老,也就刚刚三十岁,只是在孩子们看来,已经是个很老的女人了。

这里有必要说一下江老师的性格。人,模样还周正,又配了几分色相。职业是受人尊敬的,家长们都很敬畏她,因为独生子女的前途全捏在她手上呀。如此一来,她就犯了糊涂,先就自我拔高一截,眼头也便水涨船高,处男人自然就多了几分挑剔,一挑剔就把自个儿挑剔得晾下了。这类女人找对象犹如等车,一辆一辆的大车来了,但她看不上,心想自己是坐小车的主儿。结果大车过完了,天也黑了,不但没坐上小车,连个大车的影子也没有了。凡经过此等波浪的人,心理就有些不大正常,就变得极为多疑与敏感。江老师的多疑表现在:总以为所有的人都在背地里议论她、嘲讽她。她的敏感又体现在她的嗅觉特别灵,对任何信息都有浓厚的兴趣,尤其喜欢学生给她打小报告——她选用的班干部,全是给她告了密的。告密最多、最有质量的,自然是当班长的候选人。

说江老师"还没嫁出去"这句话,是开学几天的事,已经过去了半月,何以现在才出事呢?原来,新学期新年级开始,照例要换班干部。唐植的好朋友是淘粪工的儿子,家里人总是对当官的眼红不已,难免流露到日常的言行上,很是巴望儿子将来弄个官做做,好让父母风风光光地过上"解放区"的生活。那小子很有悟性,就想了:要想长大了做官,在学校时就应当练习做官。让谁做官不让谁做官,全在江老师一句话,江老师是想当然的组织部长。于是那龟儿子思想斗争了两个晚上,终于将他的好朋友出卖了,终于将那句很刺激的话报告给江老师——那个极敏感的老姑娘。

江老师随后果然让那个龟儿子当了一个小组长。

在此之前,唐植可受了罪:背着沉重的书包在教室最前排的墙拐角罚站了整整四天!而这小子害怕父母生气伤心,回到家里居然一声不吭。老师非要让唐植当着全班同学面交代他说的那句恶毒的话,但他至死也不开口。唐子羽一想到儿子那又悲壮又可怜的被罚站的模样,就愤慨得难以自持——这分明是残暴的法西斯嘛!他真想挥拳动武,他也只有在儿子的身心受到伤害时才会动武。可是一到学校,一见到江老师,他的火气又不足了。一来他面对的是一个女人,一个销路不畅的女人,心里先就怜悯了;二来初三是关键的一年,跟老师闹僵了只能影响唐植明年的中考,中途又不便转学,所以他心里先就有了一个定势:低三下四、忍气吞声地将此事化解了完事。

"你也来了,好!"江老师在教室门口转悠着,一副迎战敌寇的架势,"家长这么个配合法,除非上帝,才能教出好学生!反正你妻子刚来大闹了一场,你现在也开始闹吧。"

"江老师,唐植究竟怎么回事?"

江老师就再版了一遍事情的经过,末了将唐子羽引进教室:

"唐植,你站起来,把你背后说的话再重复一遍,当你爸面。"

"我不说。"

几十双眼睛全露出兴奋的,看猴子打架似的神色。

"你说么,"唐子羽的传呼响了,"改了就好嘛。"

"爸，你过来。"

唐子羽就走到儿子的座位旁。唐植踮起脚，双手撮成小喇叭，对老子耳语了一下。

唐子羽心里有了底，当着全班同学的面，先给江老师深深地鞠一躬，然后温和无比地说：

"江老师，我向您真诚地道歉，是我们没有管教好唐植。可是那句话，您想想看，是说出来好呢还是不说出来好？唐植不说，当然不对，是他不听您的话。但是换个角度，唐植这样做，也正是他在心里尊重老师您——他不想当着全班同学面再次让您难堪。"

江老师手里的粉笔断了。她弯腰拾起地上的半截粉笔，说：

"当然我也有责任……您也去忙吧……唐植这个同学，其实挺爱动脑子的……"

事情就这么化解了。因了家长的这番话，江老师这个老姑娘的脸颊上居然泛出一点羞红，正是这点羞红让唐子羽大为感动。世上没有什么大不了的事情，没有什么不可以原谅的事情。罚儿子站算什么呢，只要儿子学好了，将来能上大学，别说罚站，就是挨耳光也值！这么想来，也顾不得传呼上说单位有事要他赶快回去，而是跑进学校对面的超市，先找一个小纸箱，选了一满箱女人们爱吃的小零食，然后将箱子双手捧进学校的年级办公室。女老师们全站了起来，笑着说学校规定不能接受家长的馈赠，要推辞。唐子羽做了一个双手发功的动作，退出门外，一溜烟逃之夭夭。

等到伏尔加开回单位，唐子羽发现大家全坐在办公室，脸上全是提审犯人的表情。

原来，又出事了！

12

事情出在唐子羽的"学习体会"上。所有的学习体会都张贴在办公室的"学习园地"上,历来是没人去翻看的,因为这种形式主义不可能引起谁个的兴趣。然而生活里总是预备着偶然与传奇,早上,市上的学习检查团的一帮人马严肃地来了。想来也不过是走个形式,谁都心照不宣,但又都要心照不宣地严肃地走形式。

"你们的学习很认真嘛。"检查团长像阅兵似的从"学习园地"下方通过,丝毫没有抬手去翻一翻的意思。但是,身后的一个团员是个书法爱好者,见唐子羽的字写得风神飘逸,就忍不住举手去翻看唐的"学习体会"。

这一翻看,这一微不足道的举动,可把唐子羽害苦了,甚至把唐子羽的后半生推到一个不知所云、泥牛入海的境地了……

那个团员翻开唐子羽的"学习体会",又称"自我剖析材料",一页一页地欣赏。不是欣赏内容,而是欣赏书法的运笔布局。可是忽然,他翻到一页笔墨颜色不一样的奇怪的文字,不由得哈哈大笑起来。

这一笑,立刻引起了大家的注意。大家本已围到椭圆形的桌子上,局长也宣布了中午请检查团的同志们吃新疆抓饭,检查团的同志们正在推辞说不要吃,就在此融融礼让的氛围中听见哈哈大笑,就有人站起来,转身离开座椅,凑过脑袋去看那人为何发笑。

如果此时唐子羽在场,那唐子羽也准会立马凑过脑袋去看的,因为笑声是由他的"学习体会"或者叫"自我剖析"引发的——怎么会引人发笑呢?问题是儿子给他惹了事,他没能够在现场。

——那个好奇的检查团成员凑上脑袋,也笑了,但没有第一个团员笑得那么畅快。笑毕了说:

"团长,您来看看,这叫什么东西嘛!"

检查团团长站起来,郑重地拽拽领带,走过来看了,脸上也有笑的意思,

终归碍于身份,看上去只有一副硬憋住不住出笑的样子:

"简直胡闹!"

……一切都明白了,唐子羽的"自我剖析材料"中,在那篇他那个级别,要求必须写够三千字的学习体会中,夹了一页另类文字,就是他因无聊而收集整理的那个笑话:说是一个人天生了三颗睾丸,洋洋得意了几十年,俨然一个"有突出贡献的专家",到处吃香的喝辣的。后来遇见一个更牛逼的高人,那人天生了四颗睾丸!他在电话里还津津有味地贩卖给梅雨妃呢,梅雨妃还给这个段子取了个名字叫《天外天》呢。

唐子羽记得那是记录在一张单页纸上的呀,如何混进了"自我剖析"呢?想不起来,一点也想不起来了。莫非老了记忆力衰退了?是呀,都四十五岁快四十六岁了,瞌睡开始减少,却又熬不得夜,连撒尿时都撒不干净,摇甩了半天,原以为尿净了,结果往裆里一装,又漏出几滴残泪来……

事情就是这样。于是在深化改革的大好形势下,在精简机构裁员增效的大趋势里,在全面学习、提高领导干部及国家一般公务员的政治素质的关键时刻,我们的一个同志,一个担任副局长职务的同志,犯了严重错误!犯错误好不好?当然不好。但是你不能保证每一个同志不犯错误。没有错误就没有正确就没有真理。正如真理是以错误为参照一样,错误也是以真理为存在的前提。错误是从真理之身排泄出来的,一如唾沫眼屎是从我们高贵的身体里排泄出来的一样。请想一想,一个世界没有错误,一个人没有错误,这个世界这个人还可爱吗?还有生趣吗?我们的报纸,我们的电视,每隔一阵子,便要蝗虫吃麦似的连篇累牍轰轰烈烈地制造一个英雄模范人物。这类人物高大完美,不骂人也不说脏话,不顾家庭不认亲友,甚至连性生活也不过,现实生活中的英雄模范人物难道真是这么一种偏执狂吗?显然不是,只是宣传他们历来是采用抑恶

\12\

扬善的笔法。所以要大家学习英雄模范人物是件很不容易的事，效果也是难以尽如人意的，学着学着就麻木淡忘了，于是媒体又制造出新的模范人物，周而复始没完没了。可是你记得住谁呢？你只能记住那些有缺点的人物。因此说有缺点的、有错误的人反倒招人喜欢。

——唐子羽就是这么一个有缺点的人物。他没有理想，也不大敬业，但是人缘却好，跟他接触谁也用不着什么防范心理。当他犯了错误，拿他自个儿的政治生命开玩笑，人们越发觉得他可爱了。他那种学习态度表达了大家憋在心里不敢表达的愿望，这是一种勇气，一种品格。若干年后，人们在回忆这件事时，会把他看成一个英雄人物。尤其是现在，尤其在当下——

他给大家带来了上班的乐趣。过去上班，无非是喝茶看报读文件，实在单调乏味。但是现在不一样了，现在有事可干了，因为唐子羽犯错误了，大家得批评他帮助他了。这对一个原本就可有可无的局机关来说，意义多么重大啊！集体批评、帮助一个活生生的人，一个反面教员，一下子唤起了大家的幸福感和优越感。通俗地讲，幸灾乐祸最能激活人的精神。

局长是个人情练达世事洞明的老资格政治家，所以批评人的调子尽管是他私下里亲自敲定的，但出面组织批评，则由办公室主任牵头主持。如果批评会太温和了，局长可以往严肃强硬的方向引导；批评会太过火了，则又朝温和的方向扭转。总之这样做，都是为了安定团结的大好局面。

办公室主任，是为数不多的对唐子羽有些怨气的人之一。若不是有一个唐子羽，上次提升副局长的，肯定是办公室主任而不是唐子羽。所以借此批评会，办公室主任得以公报私仇。当然这个仇报得很光明正大，你谁也发觉不了。办公室主任自然根本不发表个人的真实想法，而是不断地间隔着宣读有关此次体制改革和政治学习的重要的文件、讲话、材料，那些文字都是些上纲上线的、似乎关系到地球的自转与公转的大问题。其实众人心里都明白，唐子羽的错误又有什么大不了的呢。

　　但是对于唐子羽自身来讲，那就非同小可了。他是胆小的人。与其说他胆小是因为担心自身的未来，不如说他胆小是怕因他的错误而给大家、给整个局机关带来负面影响。所以他认真地一遍又一遍地写检讨，大家也一遍又一遍地评议他的检讨，最后，将他的检讨连同局党组的意见形成单行材料，上报学习检查团以及组织部。

　　"你这个唐子羽啊，"局长对他的第五次检讨表示了满意，"怎么犯下这样一个根本不该也不能犯的错误啊！你想想看，机构改革，这是傅市长主抓的咱市当前的头号政治啊！咱这个局存在着极大的被裁减的危险性，我之所以隆重地组织大家学习傅市长的一切讲话，目的就是要让傅市长看一看，我们这个局是如何地支持他、忠诚于他，最终目的无非是保留这个局。现在倒好，你让我弄巧成拙了！假如因你这件事撤销了咱这个局，大家都往哪里去呢！"

　　最后这句话着实把唐子羽吓坏了，吓得他自此患了失眠症。好容易睡着，就梦见单位的人全围上来斗争他，都伸出手，冲他索要工资奖金报销药费端午节国庆节分发火腿肠精炼油……

　　"子羽，"局长再次找他谈话，"看来咱只能想法子将坏事朝好事变，也算因势利导吧。"他皱眉谋划了一会儿，说："对你的批评要加大，必要的处理也得有。你应该了解我这个人，批评起来非常严厉，但是最终的处理，我历来选择最轻的方案。"

　　"当然啦，"局长仰了仰身子，"对你这个级别干部的处理，最终的权力不在我手上。但我可以说话，可以施加影响。"

　　局长在和人，特别是和单位内部的人相处时，大家基本没有说话的福利，只有聆听教诲的权益。

　　所以局长继续说：

"其实这件事好转的希望还是存在的。希望在哪里？在傅市长那里。谁能说上话？王调研能说上话。王调研现在跟傅市长攀上了！你不妨跟王调研合计合计，或许他能想个好法子。"

局长最后说：

"总归一句话，要让傅市长首先明白咱们这个局是最忠诚他的。其次，你犯的错误，在我们的全局工作中，只是一根指头，其他九根指头都是好的。我眼下的第一任务是，想办法面对面地给傅市长汇报一次工作。听说朱大音都能见到他，真的吗？"

第二天上班，办公室主任很不好意思地说：

"唐局长，您把伏尔加的钥匙交回来，这是局长办公会的决定，我只能执行。请您不要怪罪我……反正，就那么个破车！"

交车就交车，反正也没少给车贴钱。问题是，既然开了局长办公会，又为何不通知我唐子羽参加呢？并没有谁撤我这个副局长啊。他本想去问问办公室主任，又显得没有度量。不问呢，又觉得受了羞辱，似乎一个国家的主权遭受了侵犯。所以他很自然地生出一个预感：这是乌纱帽被摘的前兆。他本来对官帽无所谓的，但是一旦丢掉官帽，他又生出几分留恋。犹如一个人逃离了恶妻，又会想到恶妻的某些好处。丢了乌纱帽，人们就叫他老唐，而老唐是没有唐局长听起来顺耳的。毕竟从未当过官跟当了一阵子官又丢了官是两种感觉。就好比同样是肉，在一个自小出家从未吃过肉的和尚眼里，跟一个半路出家的和尚眼里，那是截然不同的两种东西两种感觉。

怀着某种复杂的心情，唐子羽约见了王调研。

王调研乘着一辆黑色桑塔纳来了，进门将手机包朝桌上一丢，一屁股塌到沙发上，双手搂住肚子，先丢了一个小盹儿。

五分钟后，王调研睁开眼睛。

"忙坏了忙坏了！唐老弟你可能早知道了吧，我们处长病了，肺癌呀！上边就要我临时主持工作……"

"恭喜啊！"

"干吗讽刺我？"

"真心恭喜呀，你看嘛，你们处有三个副处长、五个调研员，偏偏轮到你主持工作，咋能不算喜事！"

"人生就是怪，跟打麻将一模一样，你全神贯注刻苦认真地想和一把，可是咋也不和。你胡吃乱碰，破罐子破摔，反倒和了！"

见王调研的脸上"人气很旺"，唐子羽就不想说自个儿的窝囊窘境了。他从不愿给朋友添烦，从不想扫朋友的兴。

"其实官算什么……好呢？只见贼娃子吃喝，不见贼娃子挨打呀！"

这时候，传呼响了。王调研掏出一看，不由得发了一通高贵的牢骚：

"你说这算啥事嘛，咱给共产党干事，又不是他市长家的私人管家。市长夫人的妹妹娶儿媳，还要我去借用私人老板的劳斯莱斯，不像话！"

说着站起身告辞。

"不送！"

"留步！"

到了下班的时候，王调研才给唐子羽打来电话，询问他白天找自己有何事。唐子羽本已懒得说了，可是正逢他本能地走到车库前，但他从身上摸不出钥匙，才恍然醒悟：伏尔加不属于自己了，就有一种失落，于是就把自个儿犯错误的事说给了王调研。

"你这个唐子羽呀，你就没一点政治脑子！一天就爱讲个黄段子，居然讲到'学习园地'上了！"

12

"我也不知道咋弄进去的,现在才想起来,第一次'自我剖析'时,就夹了上去,几个月都没事嘛。"

"那是没到事发的时候……权当你打麻将手气打背了。问题不大,我瞅机会找傅市长说说情……这事肯定传进他耳朵了。他是个胸怀很大的领导,对你的印象也不错……"

但是王调研的这一回的牛,一吹出口就后悔了。他喜欢唐子羽,他真心要救唐子羽于水火之中。可他眼下还是个临时主持工作的过渡性质的官,要想名正其位,还得靠傅市长。如果给唐子羽求了情,自个儿的人情就不好再求傅市长了。一句话,只能求傅市长办一件事。如果自己正了位,那就好办了。不好意思,也只能先利己、再利人啦。

王调研的"手气"变好,颇有些无法预料。自傅市长主持工作起,王调研就思考了好几个晚上,终归没有琢磨出如何才能获得傅市长的赏识。最后他泄了气,便不再想什么进步了。一天晚上,他从书架上抽出《蜀素帖》,打算操练书法,因为老练"大力发展",无异于画饼充饥,不是唯物主义的做派。可是《蜀素帖》里却掉出一个信封,信封里全是冲洗过的底片。他下意识地将底片全部抖落桌面上,一一对着台灯检视。

这一看,就看见一个人,似乎是敬爱的傅市长。

他连忙跑进暗室。当底片逐渐显影出傅市长时,他的内心欢呼起来。如果傅市长在现场,他也一定会同样说出两个字:杰作!

你瞧,大概是在某次座谈会的会议上,傅市长斜坐在沙发上,目光前视,其神态表明他正在倾听某个人的发言。简单说吧,如果将他的脸遮住,那么他的姿态,绝对就是周总理的造型!所谓"杰作"即源于此。周总理有这么一张照片,大概是意大利人拍的。

遗憾的是,傅市长的照片左侧,还有一个女服务员的背影,她正在给傅市长的茶杯添水。也就是说，如果镜头里不出现女人，王调研是不会摁快门的。王调研追求摄影艺术的"韵味美""和谐美"啊。

王调研的这种艺术追求，没有给他带来丝毫的让他心向往之的通达，反倒让他心死如灰。可是若干个时日以后，类似的一张照片，却让他获得了良好的"手气"。真是成也萧何败也萧何。

王调研首先将那女服务员裁掉，然后加棕色放大一尺。由于是黑白照片，整个画面就显出一种清爽深远的格调，又不失某种老照片的文化感。接下来要做的事比较简单：选一个好木质的镜框，装了相片就是。只是木材的颜色要讲究，太深了俗而沉重，太轻了浮而浅薄，要恰到好处才是。王调研几乎转遍了全城所有的镜框店，终于选到了满意的，选到了据他分析傅市长一见就喜欢就认可的那种镜框。

怎么送呢？径直送到办公室？既是越级觐见，所送礼物又毕竟不是群众献上的表扬锦旗，如果是让秘书们看见了传播出去，终归弊大于利。请吴秘书长转呈上去？这当然最符合程序，可又犯了大忌：老吴正是凭了给领导照相才肩上的担子被逐步加重的。何况老吴本身也是摄影家，行家是冤家啊。就好比同样是发财，一个靠拐卖妇女发财的人，并不眼红另一个靠贩毒发财的人，却非常痛恨那些企图也通过拐卖妇女过上好日子的家伙！

算了，还是亲自送为好。不能送到办公室，市长的办公室不挂人像。要挂，也是挂革命导师的，怎好挂自己的！

于是，得知傅市长不在家时，王调研便将镜框送进了步园。

于是不几天，处长得了肺癌，王调研就主持工作了。

于是首先要抓大事。什么是头等大事？步园的安全、卫生、供给是头等大事。突破口还是那些勤杂人员，你知道他们心里都想些什么？假如有坏分子、境内外敌对势力收买了他们⋯⋯要清理，要整顿，要先精减再增加⋯⋯

12

总之重新洗牌……每天晚上九点,勤杂工的宿舍必须熄灯……给所有的人颁发出入证……

王调研那里事业兴旺,一时就顾不上唐子羽的倒霉事了。倒是唐子羽的老婆嘉贤,春到燕来似的兴奋起来。原来,她有当工会副主席的可能啦。工会主席颇赏识她的才干,特别是她成功安全地带了一次旅游队伍,显示出组织才能和难得的凝聚力,所以工会主席流露出提拔她当副手的意思。但是工会主席的家里有点困难,他儿子毕业闲浪荡了好几个月,工作一时没有着落,所以让嘉贤给唐子羽捎话,希望唐出面找他的同学姚海贵,将其儿子接收到报社工作。

"学国际政治的,报纸有这方面的内容,"嘉贤单方面表示了办此事困难不大,"也算是专业对口嘛。你要是把这事办成了,我的副主席就能当成。世上没有白来的好事。"

唐子羽支吾了几声,似乎表示他可以去问问姚海贵,而他自身在单位的处境,却一直瞒着没有跟嘉贤说。他觉得丈夫之所以是丈夫,就在于丈夫只能把愉快带进家门,把不愉快留给自己单独消化。不给他人添麻烦,既是他的交友原则,也是他的夫妻之道。但是嘉贤呢,性格中居然有很恶俗的东西——想当官!爱当,就自个儿努力奋斗着去当好了,何必要麻烦我呢。再说姚海贵是报社副手,一个单位的进人与否,那是非得一把手点头不可的。何况姚海贵已为朱大音的书画展几乎联络遍了新闻界,对包装朱大音出了不少点子,再麻烦他实在难以开口。和姚海贵一接触,姚就要提及当年大学时,唐子羽每月赞助姚五块钱菜票的事,唐就觉得自己是个投机小人,好像当年赞助人家菜票,原因就在于他能预测姚日后要当官似的。

处在这么一个心态上,唐子羽压根儿不想给老婆的仕途帮忙。他心里烦得很,心想要是跟梅雨妃在一块儿,胡说乱聊地诉通苦,也许会放松达观些。可是竟不知她哪儿去了,怎么也联络不上。唐子羽只好跟朱大音联络。朱说:

"你这几天咋搞的？手机不开，传呼不回，莫非当总统了！"

"你不知道，烦得很呢。"

"怎么，跟梅二嫂子闹别扭了？"

"难道除了跟她，我就没有烦恼了吗？"

"烦了有我呀，我天生就是为你解烦的。你没看今天是几号？是三号！联系不上你，都快把我急疯了！"

"你出事了？要紧吗？"

"我一个闲人，能有什么急事！要有，也是皇帝的事。皇帝急还是不急，太监这厢先就急起来。"

"闲人话多，有话直说嘛。"

"你忘了我给你说的？今天是三号，我给你交了三百块订金，再联系不上你，就别怪我亲自去消费了。"

"你亲自去消费吧。"

"你真的同意了？潘小姐可长得跟梅二嫂子一模一样——"

"……好吧，我再想想……"

停顿一下，他补充道：

"我是……是得，放松放松了。"

13

"放松放松"是体面人对洗桑拿的雅称。如果有人对你说:啊呀老兄,把自己搞得这么紧张,整天日理万机的,怎么吃得消!走,今天我请客,放松放松!那你一定明白,是朋友请你去洗澡,脱得一丝不挂地洗。并且最重要的是,有一个(甚至几个)小姐陪你洗。自然,那小姐也脱得一丝不挂。

唐子羽和朱大音跳上出租车,直奔"别姬美食娱乐城"去洗澡。在车上,朱大音掏出一叠钱,塞进唐子羽的口袋,说:"小姐费你装上。"唐子羽很不好意思。难道所谓朋友,就是一块儿干这号事?想把钱掏出来推让,自己身上分明只有百十来元。他将钱掏出半截,又装回口袋,说:"算我借你的。"朱大音恼了,说:"我最不喜欢你这一点了,干什么都生怕占了别人便宜!不过就是几块钱嘛,钱算什么呢!什么叫人民?我就是人民,小姐也是人民。你虽然有顶官帽,但不是大官帽,所以也还算是普通人民——"

"——你究竟要说什么?"

"我要说的是,你,我,小姐,都是人民。即将发生的事,是人民之间的经济关系、金钱关系。钱叫什么名字?钱叫人民币,这不是名副其实嘛。"

"照你这么解释,世界就乱套了。再说你毕竟朝我兜里塞了钱么。"

"不要说钱,俗!咱俩谁跟谁呀。朋友了这么久,还从未一块儿去洗过桑拿,我看还算不得真正的朋友。"

"这又是何道理?"

"你真没听人说过?'没有一块儿嫖过娼的朋友,不算是真正的朋友'。"

"又开始胡说了。"

"好,我告诉你一个事例。步园里的一个退休领导,一次酒后,亲口给我讲的。这位领导在任时,手下的两个副手不知怎么搞的,结成了死对头,相互告状彼此拆台,以至于见面了话都不说,只拿鼻子哼哼。长此下去,工作怎么搞?一把手屡次调解无效,最后想出个绝招,精心策划一次桑拿,将这两个犟货巧妙地安排到一块儿洗桑拿。当这两个副手赤条条地面对面时,你猜怎么着?"

"警察来了?"

"你真是糊涂,领导洗桑拿能让警察逮住!警察最重要的职责就是保护领导。没有权势人物暗地里做后台,谁个吃了豹子胆敢开桑拿……当那两个副领导精光着身子见了面,相视一笑,一笑泯恩仇。结果怎么样?成了真正的同志加朋友,团结起来了。食色性也,老百姓有食有色也就安生了。"

"你要是生在春秋战国,肯定是个出色的辩士。"

"可惜生不逢时啊,只好当艺术家喽。不过我跟你说心里话,我以后肯定不会请任何人洗桑拿的,因为不可能再有你这样的朋友了。"

"但是,"朱大音又说,"除了我爸。"

唐子羽心里颇有些感动。他这人有个毛病,一受感动就不想说话了。

不想说话就不说好了,反正已到目的地。唐子羽跟着肥圆的朱大音,像幕僚跟着一个大军阀。两人上到"别姬"二楼的桑拿室,朱大音掏出预订卡,服

\ 13 \

务生一脸堆笑,说:

"你们早来了一小时,请先到休息室用茶。"

领两人进了休息室,又说:

"我去给潘小姐打传呼,催一催。"

休息室挺大,是个四方形。天花板的四个边角,装着隐形的,粉红色的灯。淡淡的光线仿佛自桃花沟里流淌出来,所以看人脸只能看个轮廓。两人坐到月白色的沙发上,仰了身子,双脚搭到低矮的棉凳上。大彩电里正播放着欧美风光,无非是海滩,以及海滩上晃来晃去的穿着比基尼的娘们儿。

这时,一个更小的服务生托着茶盘来了。服务生大约是个中学生,他将两杯茶水和一小碟葡萄放到茶几上,然后用镊子夹起消毒毛巾递过来,最后单腿跪地,将两支香烟分别送往客人嘴角。

"谢谢,都不会吸烟。"

唐子羽还是下意识地摸口袋,摸了所有的口袋,也不见梅雨妃送他的那个烟斗,就只好摸那个会震动的传呼机,权当摸梅雨妃呢。

梅雨妃现在在哪?在干什么?如果这个时候传呼震动——只有她才能让传呼震动——那么他将立即逃离此地。

"你是不是很急?"

朱大音问这句话声音很轻,唐子羽也就索性装作没听见,但是他却听见另外的两个男人的对话声。于是他站起来,这才模糊看见,整个休息室只有四个男人——因为是白天,客人少——除了他俩,那两个男人陷在柔软的沙发里,很难被人发现。当他们划火柴点烟时,唐子羽和朱大音这才看清,那两人也是一胖一瘦,声音也是相应的一粗一细,当然也是积极消费娱乐的"业界人士"。

那两个人的对话很有意思,唐子羽就拍了拍朱大音的手背。朱大音偏过脑

袋,唐对朱耳语道:

"咱俩装作睡着了,听他们对话如何?"

"行,也许有些意思。"

(那两个男子一胖一瘦,说了很多话,唐与朱后来居然整理了一部分)

…………

　　瘦:昨夜在茶楼闲聊,一位广告公司的女经理说,现在的百陵城,每天见诸各种媒体的性病广告费用约十几万呢,全年下来,接近四千万了。你说说看,这意味着什么?

　　胖:意味着性病启动了一个巨大的产业,这个产业的各个环节,安置了数以万计的就业人口,同时养活了许多小报、小刊、小台,对于稳定社会功劳很大。

　　瘦:我看你是个庸俗的经济学家!难道你真的不明白性病的蔓延是道德沦丧的表现吗?是腐败的一个源吗?要从政治的高度来看待这个问题。

　　胖:不说政治倒也罢,一说政治我才弄清楚了。告诉你,政治与性一向关系暧昧。

　　瘦:这就奇怪了!

　　胖:什么是眼下最大的政治?

　　瘦:当然是搞经济。

　　胖:这就不对了。搞经济就是不择手段、不顾道德地赚钱。凡能快速赚钱的人,自然是当之无愧的最懂得政治的人。

　　瘦:你这是偷换概念。我说的是性病,性病,记好了!性病的传播源主要在妓女身上,妓女难道不是肮脏丑恶的代名词吗?

　　胖:看来我得给你启蒙点常识。你应该知道呀,在我们的官方词语中,并没有"妓女"这个词。就是说,官方一厢情愿地认为我们的生活中并不存在"妓女",妓女只在旧社会、外国以及字典中。实在遇到了活生生的难题无以表述,也以"小姐""坐台小姐""三陪"之类的词语替代。这是中国人好面子的传统心理,是东方"耻感文化"的表现形式。

瘦:啧啧,你还很理论呢。

胖:你少挖苦我。你为什么就认定妓女肮脏丑恶呢?正如教师的祖宗是孔子,木匠的祖宗是鲁班,妓女的祖宗也同样是个大贤人。那贤人名叫管仲,是春秋时代的一个杰出政治家,跟以后的诸葛亮、魏征属于一类人,所谓的"一代名相"啦。管仲辅佐齐桓公搞了一系列改革,经济得到大力发展。为了让来自四方的商贸投资家不思老婆安心工作,他就组织了一帮年轻女子陪伴这些人,当然要提供性服务……终于使一个海滨小国——齐国,成为春秋时代的第一个霸主。

瘦:照你这个意思,强盛国家难道非得效法古人,或者像泰国一样,非得牺牲一代妇女吗?

胖:说到泰国,我便想起由泰国引发的东南亚金融危机。是泰国的"性旅游"引起的,是妓女引起的。二十世纪末,中国的那一部分先富起来的臭男人,兜里有了几个钱但钱也并不是很多,就想出国开个洋荤,便就近选择去了泰国,省钱啊。说穿了,就是冲着泰国的妓女去的……后来中国大陆也开放了……官方并不曾允许往邪路上开放,但是民间人士一想到"开放",首先想到的是开放男女。于是你瞧,如今在僻远的小镇,在最寒冷的高原,甚至凡公路有交叉处,也便都有了妓女。如此一来,你还用跨洋过海地去泰国玩妓女吗?都不去泰国了,泰国的经济就蔫了,不就金融危机啦!

瘦：嗨嗨，金融危机是嫖客的流失造成的？闻所未闻啊！

胖：至少算一家之言吧。

瘦：无论怎样说，我是坚决反对妓女的。妓女败坏了社会风气，损害了人类健康，破坏了家庭稳定，只能导致骄奢淫逸、人性堕落，应坚决取缔、依法制裁。

胖：不错，法律是禁止卖淫嫖娼的。法律还禁止杀人放火、禁止贪污腐败呢。问题在于并不是你禁它就能止的。从人类发展史上看，妓女是一直存在的。妓女不存在的时间很短，不存在的范围也有限。所以要用唯物主义的，实事求是的态度来应对之。妓女何罪之有？没有大量的嫖客，她们肯定早就改换工种了。

瘦：照你的说法，小偷偷东西不怪小偷，而怪东西太迷人了?!

胖：小偷和妓女有本质区别，前者是无偿索取，算是掠夺者；后者是等价交易，属于市场行为。所以社会学家给妓女下了个不含道德评判的称谓——"性工作者""性劳动者"。

瘦：真是又冷漠又无耻！

胖：这是谁也没有办法的事。如果你懂得一点关于市场的知识，你就不难理解了。但是中国人对市场的认识与把握还有相当大的距离，计划经济的观念根深蒂固，非常听政府的话。一听说种苹果，家家户户都种苹果。你现在去北县一带看看，苹果落得遍地都是，猪狗都吃不过来。说是养王八赚钱，好呀，全民养王八，拿化肥养王八，王八长得比羊还快、比兔子还大，结果谁吃王八呢？说是当三陪能快速致富，成千上万的姑娘都来宽衣解带了！如此缺乏创意、热衷起哄，硬是眼睁睁地将一个刚刚繁荣起来的娱乐市场，整得不景气了。

瘦：这也与洋妓女的进入有关，竞争更激烈了。听说有越南的，

13

菲律宾的,朝鲜的,甚至有来自俄罗斯那样的大国的——

胖:那又怎样?听说开发区还来了几个美国妓女呢。

瘦:唉,老喊开放呀开放呀,这不,把苍蝇臭虫都开放进来了!

胖:也不能简单地这样讲。这从一个侧面看出,我们的综合国力增强了,富裕了。如果还是一个穷国,你想想,美国妓女能来吗?

瘦:这应该让媒体曝光,让美国政府丢脸。他们老拿人权问题刁难咱们——话扯远了,我想问问你是什么职业?

胖:我是医生。

瘦:难怪你这么胖!我明白了,你之所以肯定妓女,是因为妓女能传播性病。你肯定是"吃性病"先富起来的人。你的观点代表了你这个阶级,首先代表了你个人的利益。天啊,哪里还有真理与崇高!

胖:哟,跟你谈了半天,你原来却是个病人!来,我给你把把脉……

服务生像猫一样无声无息地走到朱大音跟前,给朱耳语了一下,朱就站起来,对唐说:

"潘小姐来了。"

唐子羽又将手塞进兜里摸传呼。假如这时梅雨妃来传呼,他还是要马上逃走。不过这个念头只是一闪就消失了,所以梅雨妃还是不要来传呼的好。

唐子羽跟上朱大音和服务生,出休息室大门时,朱大音拧过脸,悄声说:

"你一个人去吧,小姐费也就三四百块钱,不要胡给!"

"那你呢?"

"我今天不要——"

"——那我也不要!"

"好,我另挑一个小姐洗,总不能让潘小姐给咱俩同时洗吧!再好的朋友也得有个底线，只有'打双飞'的，没听说过'一拖二'的。男人可丢不起这个脸。"

说毕，朱大音暨回休息室，要服务生送了唐子羽去后，再找个好小姐来陪朱。嘴上是这么说的，其实找了几个小姐他都根本没要。后来唐子羽才明白，那天朱大音一直在休息室里坐等唐子羽，因为那天是朱大音母亲去世二十八年忌日。朱也是忽然间莫名其妙地想到这件事，心里先就自我谴责一番，想：这身体是父母所赐，今天决不能让其他女人碰这身体！

唐子羽被服务生带进桑拿间。那是个里外套间，里间是桑拿室，外间是个会议室的样子，奶色茶几上放了两卷卫生纸和一个烟缸。坐在沙发上可以看电视。

服务生弓腰退出去，几分钟后，又弓腰捧着一个托盘进来了。盘里托着一个矮热水瓶、两个茶杯、两个小碟、几片口香糖。服务生将托盘里的东西一一拿出放到茶几上，然后再次弓腰退出去，轻轻地将门拉严实。

约莫过了半分钟，门被轻轻敲响。唐子羽说"请进"。可能是声音太小，门外人没听见，所以那门仍在被轻轻地敲。唐的声音小，与他很久没有光临此等场所有关。从此等场所的装潢摆设来看，给人的感觉是很陌生的，当然也能看出社会的快速发展。陌生的环境让唐子羽有点紧张。

"请进。"当他再重复一声，那门还在被敲响时，他只好站起来去开门。门一开，他惊呆了——

"梅——"

他忘记了今天之所以来洗澡，就是受了朱大音的诱惑。是朱大音亲口说的这潘小姐长得跟梅雨妃一模一样。如今一见，果真如此。世上真有这等奇事？于是他急忙退坐沙发上，抑制住心脏的怦怦直跳。

潘小姐穿了一件绛色风衣，中跟鞋，不是流行的那种让他很不舒服的又厚

13

又蠢的松糕鞋。她先是一个微笑，接着随手将门关上，并反锁了，再将手袋放到沙发上，然后脱掉风衣，一甩头，便甩出一道黑云般的长发。她将风衣挂到衣架上，这才文静地坐到唐子羽身边。潘小姐身上散发出一股香味，唐子羽弄不清是化妆品的香呢还是她的肉体香。

潘小姐穿着一身紧身衣，唐子羽这才发现，她只是在轮廓上像梅雨妃，细节上并不像。梅雨妃丰满些，潘小姐身上该丰满的地方也绝不含糊。而嘴巴，梅的嘴开朗性感，潘的嘴精致风趣。至于其他部位，待会儿洗澡时，也定能发现出新的异同点来。

潘小姐上身斜靠过来，手搭到唐子羽的大腿上，说：

"想小妹妹了吧？"

唐子羽不知道这话的准确含义，正想着如何回答，潘小姐又说：

"小妹妹也想小弟弟了！"

说着，手就落到了唐子羽的裆部。唐觉得紧张难堪，如此快地直奔主题，对他这个精通绕圈子写公文的人来说，很不习惯呢。他如此害羞，潘小姐就觉得应主动伺奉客人、启蒙客人，就将客人的手拽过去，捂到她那同步开放的小妹妹上。与此同时，唐子羽瞥见潘小姐手袋里装了一本大杂志，杂志露出一截，于是就转移视线地问道：

"你那儿装的什么书？"

潘小姐就抽出杂志，一看，是《当代》。她说她很喜欢文学，说还是文学有深度，电视呀报纸呀因特网呀什么的，都很肤浅，看了什么印象也留不下。她说她正在写个小说，名字叫《百陵宝贝》，说已与出版商签约了，人家还预付了五千块钱稿费呢。

"我本来正在准备研究生论文，可是忽然冒出写小说的冲动，没想到招来了出版商，也是在这儿认识的一个热心人。热心人听了我的构思，就预付了稿费订金。文学本来是个兴趣的事儿,谁知一下子成了非写不可的任务,反倒没意思了。"

听这些话的时候,唐子羽一直翻着《当代》,但是没有看清一行字,嘴里不住地支吾着,算是与潘小姐交流。

"先生,您对文学不感兴趣?"

"噢……唔……您说呐?"

潘小姐一看话不投机,就端起茶几上的小果盘,说:

"先生,您喜欢瓜子还是葡萄干?"

唐说他什么都不喜欢,潘小姐笑着说她知道他喜欢什么:

"我先去给咱放热水,暖暖房子。秋天了,别让先生感冒了。"

放了热水,让热水先流着,潘小姐走出来,再次坐到唐的身边:

"先生,您怎么不爱讲话?怎么不高兴?看不上我吗?看不上了我去给您找个更好的?"

"不,潘小姐……您在读研究生?"

"是的,每月二百块钱生活费,哪够我们女孩儿开销!所以,我就出来兼个职。"

"有客人欺负您吗?"

"我命好,从没遇见粗鲁的客人。到这儿来的,都是有地位、有成就的先生啦。现在是知识经济年代,有钱的人也都有教养,不会欺负我们的,都跟您一样彬彬有礼。"

说着,就搂住唐子羽的脖子,脸也紧贴着脸。

"我可是既没钱也没教养。"

"您的幽默正说明了您的教养。"

"有男朋友吗?"

\ 13 \

"还没有。我也不敢答应谁。"

"为什么?"

"这……就不要问了。我准备到国外读博士,嫁个洋人算了。"

这时候,只见桑拿室的热气如舞台上的烟雾一样流泻到外间,潘小姐就将唐子羽拉到里间。他目光穿过蒸汽,见木房子里蒸汽室占了一小半地方,外侧放了一张单人床,床上铺着雪白的单子,还有一条毛毯。

墙旮旯的喷头哗哗咝咝地喷着热水。

"我给您脱衣服,先生。"

潘小姐给唐子羽脱了衣服,将衣服送到外间挂了,为的是不要让桑拿房的蒸汽弄潮了衣服。唐子羽只剩一条裤头了,便不让潘小姐脱,要她先把灯关了。灯一关,只有外间的灯光隔了毛玻璃照进来,光线暗淡下去,格调色情上来。

可是,他依然不让潘小姐脱他的裤头。

"人生下地都是赤条条的。"潘小姐笑着先把自个儿脱了个精光,脱成一条白生生的、站立着的鱼。

"乖乖,"拍着唐的屁股蛋子,潘小姐吆牛似的将他推到龙头下,"好好洗洗吧。"

唐子羽只好自脱裤头了。

潘小姐细心地给唐子羽洗澡,就像年轻的母亲给她刚满月的儿子洗澡。只是眼下这个儿子有些偏大,给他洗头时需要踮起脚。

洗遍了全身,潘小姐又搭了一把香皂,开始洗唐子羽的小弟弟。可是小弟弟太敏感太没耐心了,一接触就涕泗飞溅了。

"呀先生,您不常来?"

唐子羽顿时万般羞愧起来,这太丢一个男人的脸了,还有什么尊严可言!这比在单位里做检讨更让人耻辱。

"别紧张呀先生,我有办法的,一会儿我给您吹拉弹唱——先把小弟弟洗干净——"

"——吹拉弹唱?您在歌舞团待过?"

"嘻嘻,您呀,一会儿就知道了,美死个你!"

....

娱乐结束了,用了演一集电视剧的时间。潘小姐照旧给唐子羽穿好衣服,唐的手塞进兜里,用指头摸着点钱。他先点了三张,又觉得潘小姐今天太细致太敬业,应该奖励,便又加了两张——这才抽出来递给潘小姐,心想潘小姐一定要说声谢谢的。谁知潘小姐接过钱,数了一遍,脸上似乎有点不大满意,但还是算了,就一甩头发,将钱塞进手袋里。

然后,潘小姐扑到唐子羽怀里,双手搂住唐的腰,像爱情电影里的分别场面,说:

"您很棒呀先生!别忘了小妹妹……"

"哪会呢……再见!"

潘小姐像电视节目主持人似的,缩折胳膊摆摆手,出门走了。

唐子羽又坐回沙发,身子很困乏地回味着方才的一切。这是他平生从未领略过的,像演了一场春宫戏,于是觉得亏待了潘小姐,真该把兜里的钱全给她。假如自己是女人,别说给五百元,就是给五千元五万元,他也不会做那样一些"技巧"的……想着想着,他就感动了,感动得流出眼泪了。

十分钟后,他才起身离开,径直来到休息室,只听得鼾声隆隆。顺着鼾声走去,果然是朱大音。唐子羽暗笑道:这小子娱乐累啦!整个休息室只剩朱大音一人,所以唐子羽不由爱怜起来,忍住自己的瞌睡,又等了几分钟,这才摇醒朱大音。朱说:"完了?怎么样啊?""终生难忘……你呢?怎么这么快?""我是急性人,不像你,要慢慢品呢。"

两人往外头走的时候,朱大音说道:

"给了多少小费?不好意思,剩下的钱得交还我,我约好了要请美协主席吃饭呢。"

唐子羽确实不好意思,不好意思地掏出剩余的钱还给朱大音,不好意思地看着朱大音跨上出租车先走一步。

唐子羽很孤单地走进厕所,亲自拉了一泡屎。出了大楼门,看见潘小姐走在前面的背影,就喊她并撵上前去。谁知她回头见是唐子羽,居然一脸漠然装作不认识,毫不迟疑地跳上出租车飞驰而去。

"婊子!"

唐子羽的心像是猛地挨了一尖刀,只觉得眼前一黑,当即要栽倒,就赶忙闭了双眼,勉强支撑了几秒钟才睁开,见前方有张长条椅,便走过去坐下来。

这是一个难得的秋雨过后的艳阳天。虽说节令已至深秋,但是天空光净无尘。西斜的阳光温暖地抚摸着他的脸颊,并将温暖从领口送进他的胸怀,使得他得以享受到亲爱的母亲般的温暖。可是这种甜柔的感觉瞬间就消失了,因为他想到了潘小姐,想到了方才发生的一切。他忽然极为憎恶潘小姐:你是美丽的女人呀,你是人类的母亲呀,我尊重你,我也理解你这样的工作,你毕竟和我有如"一夜夫妻"(尽管是白天),咱不说"百日恩"了,几分钟后再见面,你怎的就不认识我了!

唐子羽气愤得要命,不由得回想起刚刚过去的那一幕:他赤条条地躺着,一任潘小姐的玩弄,就像猫吃老鼠之前的玩弄——猫捉住一只老鼠,并不着急吃,而是先要丢在地上故意放老鼠逃跑。老鼠一跑,猫就冲上去一爪子将老鼠打蔫,然后再将老鼠挑逗活,被挑逗活的老鼠再跑,猫依旧撵上去将老鼠打蔫,直到猫玩够了玩腻了,这才开吃老鼠……眼下靠在条椅上的唐子羽，也像那只可怜的老鼠，更像一堆烂泥，没有骨头，因为他的肉体和灵魂全被潘小姐榨干了，连他的脑神经都没有了功能。他要回想一点什么东西，都没有气力回想……

唐子羽进入半醒半晕的状态，一首歌，一首甜美幸福的歌，先是抽丝般，继之是流水般地回响在他的耳畔：

> 让我们荡起双桨，
>
> 小船儿推开破浪，
>
> 海边倒映着美丽的白塔，
>
> 四周环绕着绿树红墙……

唐子羽的眼眶起了潮，一滴泪从眼角渗出来。这是他最热爱的歌儿，但是三十多年来，他几乎没有唱过这首歌，因为这首歌已经变成了血液汩汩流淌在他的身体内。这首歌在他心底是再熟悉不过了，一如他对《国歌》的熟悉。然而三十多年来，他的歌喉里从没有"荡起双桨"。他是一个唯美的人，他不满意自己的嗓子。可是不论在哪里听到这首歌，他都会不由自主地安静下来，不由自主地进入一种迷离沉醉的状态。

这首歌是他生命里的摇篮曲。

教他这首歌的，是他小学时的音乐老师。音乐老师是一个无比清丽的女子。音乐老师并不专教音乐，还教图画和诗歌朗诵。唐子羽是很聪明的，门门功课都拔尖，口才也流利。可是一逢音乐老师课堂提问，他便结结巴巴、面颊绯红、不知所云。很久以后他才明白，当时的他其实是陷入了情网，而他当时仅仅十一岁！十一岁又如何？十一岁难道不能有爱情吗？不能日夜思念一个女人吗？也真是的，他无时无刻不想见到女老师。远远地见了她，他的眼前就灿

13

烂出一片花海。他浑身的每一个细胞都快乐得嗷嗷喊叫。没有谁能听见这种叫声，只有他自个儿的心灵能够听见。他露出一脸傻相，这傻相逗得老师笑了。老师走过来拍拍他的小脑袋，抚摸他的小耳朵，说："唐子羽，你怎么啦？"他压根儿听不清老师说的什么，只是嗅闻那从老师身上散发出来的，柔和温馨的音乐一般的气息。直到他变为一个成年男子，他才明白那是一种只有从美女身上才能够散发出来的气息。特别是当他和梅雨妃相向而立时，那种美女的气息重新复活了……而音乐老师身上的气息是那么温暖，那么具有传染性。每次下课后，他就冲到讲台上黑板下，捡拾音乐老师使用过的或是划断了的粉笔头。他悄悄地将粉笔头装进兜里，满心是发了大财的喜悦。放学的路上，他总是捏着粉笔头，将粉笔头放在鼻子下嗅来嗅去，吮吸那妙不可言的气息……

他捡拾了很多粉笔头，宝贝似的将它们装进一个小木盒里。小木盒是他仿照音乐老师的粉笔盒亲手钉做的，中间也有一个小隔挡，以便将白粉笔和彩色粉笔分开装。粉笔盒就放在枕边，他总是在粉笔盒飘散出来的美妙气息中进入梦乡，梦中又无一例外的是那个变化不大的内容——音乐老师指挥他们演唱《让我们荡起双桨》，唱着唱着，音乐老师的眼睛就变成了一对小船儿，小船儿那么活泼，那么轻盈。音乐老师那柔润的皮肤又幻化成"美丽的白塔"，头发幻化成凉爽的"绿树"，脸膛幻化成樱桃般堆砌起来的"红墙"……可是，不幸终于发生了，有次放学回来，他发现粉笔盒里没有一个粉笔头了！原来是母亲将粉笔头研细化成水，点了豆腐用。他伤心极了，大哭大闹到半夜。至少有五年时间，他都没有原谅自己的母亲。

像世上所有的初恋一样，唐子羽对于音乐老师的爱情也终归要以悲剧收场。音乐老师结婚了，被那个该死的医生娶走了！唐子羽想得脑仁疼也无法理解音乐老师为什么要去结婚。那医生长了那么一张令人讨厌的大嘴，音乐老师又如何看上了他？唐子羽就觉得一座水晶宫殿訇然坍塌了，银光闪闪的水晶碎块噼里啪啦地砸向他，砸得他终于病倒了。吃药，打针，仍不能止住他的发高烧、说胡话。整整三天，他没有到校，于是音乐老师来看望他。

他清楚地记得那是一个初秋的下午，窗外的树梢上招摇着几片生离死别的红叶，夕阳投来一片巨大的橘黄色的幕布，那幕布充满了死亡气息，令一个十一岁的少年绝望至极。

音乐老师穿了一件洗得半黄不白的军装——这是当年最革命、最时髦的衣服，脖子上围了一条鲜艳的、"资产阶级"的红纱巾。

"唐子羽，你怎么病啦？脸红的！"

一颗眼泪滚了出来。

"他烧了三天都没哭，今儿咋哭了？"这是母亲的话。父亲和母亲，陪着老师站在床边。

"不是太烧啊。"老师的手搭到唐子羽的额上。

"我难受。"他终于说了一句完整的话。

"发烧就是难受。"

"不是发烧难受。"

"那为什么难受？"

"爸，妈，你们出去一下……"

父母对视了一下，就出去了。他们觉得师生间应该有师生间的秘密，这秘密是不宜让家长知道的，正如家长与老师之间的秘密不宜让学生知道一样。这有利于孩子的成长，更是一种教育技巧。

"老师，您结婚了，我难受。"

"什么？"音乐老师吃惊得够呛，吃惊得张着小嘴半天合不拢。最后，音乐老师乐了，乐得眼泪都快流出了。

但是很快，音乐老师明白了一切，脸上就出现了另一种笑，那是一种类似母亲的、无比慈爱的笑。

"子羽(老师从来都是叫学生全称,这是第一次简称),你到了年龄也会结婚的,可你现在没到年龄呀。"

唐子羽就闭上眼睛,不想说什么了。他觉得没有谁能理解他,可能全世界的人都不能理解他。他没有必要说什么了。

过了一会儿,他觉得脸上有些微风,带香味的微风,同时听见音乐老师说:

"你睁开眼睛看看——"

事已至此,看看也无妨,反正也不可能有什么好看的。可是眼睛睁开后,才知道眼前是多么好看!只见音乐老师将她的红纱巾招展在他的脸的上方,像一朵红云。

"把它送给你,希望你好好学习,成为一个对祖国、对社会有用的人。"

老师将红纱巾握成一绺,横在唐子羽的脖颈上。那缠绵柔软的红纱巾,散发出一种比粉笔还香的气息,再一次使唐子羽沉醉晕眩,而且无比甜蜜忧伤。

他的悲痛有所化解,但依然不知说什么好……

三十四年过去了。三十四年来,那鲜艳的红纱巾一直飘荡在他的前方,他也因此而一直理想着远大的前程、美好的人生。他最初怀着一种坚信,坚信自己必将成为一个非凡有用的人物,他的祖国将因为有他这样一个人物而更加辉煌,无数的人将因他的才华而受益,而过上幸福文明的生活。在那样的土地上,到处都是"绿树""红墙",以及那"美丽的白塔"……可是随着时间的推移,随着流年的远逝,那些理想,那些因理想而刺激起来的幻觉,一个个地散灭了。他不仅未能成为一个于国家于社会有用的人,就连他个人,也都不能过一种最起码的、心情舒畅的生活。他把人生搞得乱七八糟,简直跟猪一样肮脏卑污,竟至于堕落成一个嫖客!

14

　　朱大音的书画个人展如期在"百陵流饮园"开幕。那天，百陵市几乎所有的媒体都派了记者来。在此之前的一周，各媒体都不断地介绍朱大音，又是专访又是消息又是评介。一时间，市民们觉得他们生活的城市里，横空出世了一个天才艺术家。朱大音自个儿也拍着鼓肚，拍出一团恍惚，恍惚觉得自个儿真的是个天才。人是一团火，你越吹他越红，朱大音便是一个例子。

　　朱大音的"个展"之所以能够成功举办，主要得力于以下人士的鼎力相助：

　　第一个自然是唐子羽，虽然没有唐子羽的直接出力，但是由于他的牵线搭桥，姚海贵起了关键作用。唐子羽是从不会为自个儿的追名逐利去求人的，这一点他的同学和朋友都清楚，一致公认他是个"没用的好人"。但是对于别人，他乐意帮助，特别是他有能力帮助的时候。他最喜欢看别人因他的帮助而获得某种成功。他请姚海贵为朱大音鼓吹鼓吹，姚海贵自然很上心，反正又不是问他借钱，不就是宣传一个青年书画家嘛，又不是泄露军事机密或是发表反政府言论。总之这对于一个拥有最多读者的报纸的副总编来说，算是举手之劳。果然，他举手抓起电话，吩咐文艺部主任具体抓这件事，具体联络其他媒体。文艺部主任是个刚当上一把手的年轻的硕士研究生,原来做副主任时,没一点发稿权,权一揽子捏在正职手里。那个正职,为了省心,只宣传那些有名气的"棺材瓢子",即那些一大把胡子、两三颗牙齿的书画名家,同时借职务之便,收藏了不少名家字画,据说价值可抵三套房。现在换的新主任,决心改变风气,来一个"病树前头万木春",要大肆张扬、包装年轻的文艺家,培植自己的圈子。恰值主管老总让他宣传朱大音,他压根儿不曾听说朱大音,正说明那朱大音是个新秀,最符合他的初衷了。要知道,领导要你宣传某人,你就放开手脚宣传,你就是把那人宣传成张大千齐白石,也不会出问题,大不了行家说你不懂艺术罢了。现在是什么年代啊,谁还讲艺术啊。况且艺术有标准吗?又不是掰手腕摔跤。

　　第二个出大力的人物是傅市长。傅市长已提前从市长的位子退下来,当了政协主席。从市长到政协主席,好比出笼的热馒头滚入雪地里,一下子凉快多了。然而人是不服凉的,凉了便要想办法自我滚动,直到滚出余热来。这叫没事找事。这事说起来真让人震惊!傅市长啊,这在百陵大众眼里,那是何等了得的大人物啊,何等光芒万丈的太阳啊,怎么说黯淡就黯淡了呢?在他主事的几个月里,本城所有的报纸头条,所有的电视新闻,都由傅市长一人"领衔主演"。可是忽然间,他就成了"友情客串"的政协主席了——牛书记病好了,牛书记出院了!牛书记当然,重新"领衔主演"各媒体了……

　　于是便有自作聪明的业余"时事评论员"传言了——

　　牛书记真是一个伟大的政治家,他深知体制改革中最难下刀的是精简机构,因为这是向尸位素餐宣战,向虚位空头宣战,向繁文缛节宣战,所以这无疑是一场没有硝烟的格斗拼杀,不确定的危险局面随时可能出现。因此,这场革命在战略上需要牛书记"生病"住院,他必须处在"地下指挥所"里,以占据回旋纠偏的战略优势。当傅市长快刀斩乱麻地将精简机构名单公之于众时,

"民怨沸腾"了！局面有点难以收拾。在此关键时刻，牛书记在医院里，挂着吊瓶接受电视采访，他首先肯定"大方向是对的"，但是某些具体做法则有点"急切草率"，"伤了一些部门和同志们的感情"。眼下的当务之急是"全力搞好分流安置"，希望所有的无论精简与否的单位和人员，都要抓住"西部大开发"这一千载难逢的机遇，都能够借此发挥自己的优势，能够为社会和个人，创造出"双倍的美好未来"。几个被裁减掉的部门单位，牛书记批示，"这个欠周全，建议保留"。"建议"二字看上去万般谦逊低调，甚至带着几分哀求与可怜巴巴，然而在"政治上成熟的人"的眼里，那是不必也不容思考的，立即执行好了！如此一来，傅市长刚刚铁腕得罪了人，牛书记这厢钢腕一出，又施恩天下、获颂频频了……

于是傅市长从一线退到二线，成了政协主席。退，这是迟早的事，只是他没料到退得太早了，起码早了几个月。他退二线后就反思自己：人这种怪物，怎么一上到人生和权力的顶峰，就生出一种荒谬的"万寿无疆"的幻觉呢？就以为天下真的少不了自己呢？唉，糊涂，可笑！还是吟吟诗，写写字，散散步吧。

所以他不仅亲自过问朱大音的书画展筹备情况，还亲笔题了"朱大音书画展"几个魏体字。朱大音可真有福，因为有了这么一个题字，"百陵流饮园"就觉得朱的来头不小，立马将展览费降了下来。仅此一项，就节约了两千多元。不仅如此，傅市长——不，傅主席的二女婿在军校当教官，开幕式那天，军校派来一个军乐队，热烈地轰动了两小时——自然也没收一分钱的轰动费。

第三个为"朱大音书画展"出大力的人士是王调研。傅市长主了事，王调研通过一张"杰作"照片攀上傅市长，成了机关事务管理二处的"日常工作主持人"，但并没有给他落到实处。他婉转地询问傅市长，傅市长告诉他说："牛书记住院期间，人事问题一概不研究。"这话明显是搪塞，因为他这种小

\ 14 \

官小级别，是不需要上常委会研究的，傅市长只需给下属——譬如吴秘书长什么的——打个招呼，甚至巧妙地以随便的口气问一句"你们觉得王调研这个同志能力如何"，下边的人一定心领神会，就把事给办了。然而傅市长就是不给这么一点点关怀！也许他太日理万机，压根儿就忘了我这芝麻小事，或者他还要考验考验我。不管怎么说，王调研对傅市长心怀一股怨气。可是当他亲眼看到傅市长退到二线，亲眼看到步园的岗哨被撤销，心里也就平衡了。看来这谋官的事，总有一千一万个好，但是总而言之、统而言之、一言以蔽之：没球意思。

所以他很热心"朱大音书画展"。这有两个原因：一是他跟朱大音的交情还行，他要通过热心朱大音的作品展来间接地向唐子羽表示歉意。唐子羽犯了错误，他原本可以找傅市长说情，傅市长也可能"大人不记小人过"，但他王调研偏偏没去替朋友说情，没去的原因又恰恰是为了自己的一得一失。现在如何？秃子烂了毯——要一头没一头。

朱大音布展的时候，王调研老早就去了。他去得早，是担心，也很不好意思碰见唐子羽。幸好没有碰见。只是他一进展室，就看见他与朱大音的合影照放大成了一米见方，装了镜框悬挂在展厅。镜中两人的造型，很像毛泽东和朱德在转战陕北时的那幅著名照片，只是王调研和朱大音在照片里不是看地图，而是读碑帖。王调研看了，心中就生出一股成就感，以及某种"我可能是名流要员"的错觉，当下就有些激动伟大，觉得朱大音讲义气够朋友，"吃水不忘挖井人"（朱的住房是王调研给解决的）。王调研问朱大音展览还有什么困难，朱就说开幕式的午宴还未落实，如果让嘉宾们饿着肚子离开，那么人们将怀疑朱大音是否真的有艺术实力。王调研听了，一笑，说："这附近的几个酒店，只有浪莎酒店够档次。老板我熟，现在发了。不过，他欠我的情呢。他曾涉嫌贩毒，给抓进局子里，多亏我的疏通，才救他出来。"说着掏出手机，边摁键边说："你看得多少席？二十席够不？"朱大音信心不足，所以没法预计客人的数目。"马老板呀，我有个朋友，要办个画展，想剥削你一回，赞助几席酒饭如何？啊，啊，二十……不，就十五桌吧……谢谢了！"

第四个友情效劳的是宣小砚。宣是朱大音收的第一个徒弟，朱对徒儿说："这次书画展，装裱费、镜框费你得给师父想想办法。"宣小砚就接受了任务，策划了一个不用自个儿掏腰包的方案：去给一家有钱的，但目下尚无名气的字画店老板写了一篇报告文学，再配上照片，发表在自办的小报上，题目叫《风雅人物×××》。报纸印出来，一下子送去二百张，喜得字画店老板的嘴巴鼓出"一片蛙声十里"，当下拍了桌子，答应免费给朱大音装裱字画……事成之后，宣小砚向朱大音邀功："师父，你怕得请我洗一回桑拿吧！""你又不是我爹！你要洗，只能进羊圈里洗！"

朱大音真是个有福之人，开幕式热闹得很，居然吸引来了新派来的代理市长！代市长并不是冲着朱大音来的，也不是冲着艺术来的，而是得知前任市长、现在的政协主席要来，所以就跟着来了。这显然是尊老的作秀行为。市长一来，就等于白白地节约了一大笔广告宣传费。笨人办活动，要想上新闻，只能花大钱打广告；聪明人策划活动，关键是策划大人物的光临。大人物一来，记者便苍蝇逐臭肉似的一哄而来，且不用塞红包，新闻就自然而然地出去了。比如在百陵，假如同时发生了两件事，一件是翻车死了几十人，一件是灭鼠。翻车事大灭鼠事小，但是如果市长参加了灭鼠而不是去慰问死难者，那么灭鼠这件事就升值成大新闻了，是大事就自然上头条了。所以只要能让大人物光临活动，办活动的人照例要封一个厚厚的红包相送，心里却仍觉得捡了大便宜。

不难想象，朱大音的书画展获得了空前成功。特别是"八王"们醉醺醺地前来凑趣，他们现场作画赋诗，将展览推向高潮。所谓"八王"者，是八个画家的绰号,即:驴王、猫王、鸡王、鹦鹉王、月季王、水仙王、芍药王、牵牛花王。从其绰号可以看出,他们分别是专工某一动植物的画家。就是说,除了各自的专长,他们什么也画不好。照着鸡蛋,画出个大石头;面对石头,画出一个土豆来。当然,对于朱大音的山水及书法,他们则大加赞美。朱大音虽然轰动了成名了,但是圈内的艺术家却普遍有微词。他们骂媒体是胡吹瞎捧,怎么能用纪念某艺术大师逝世某周年的规格呢!笑话嘛。可是骂你骂去,反正朱大音的俗名广大而传播了,每天都能接到几个画商订画的电话了,甚至包括新扩建的机场,也传话来要购买他的作品装饰候机大楼。

唐子羽那天去得比较迟。他本来不想去的,没心情去。后来他还是硬撑着去了,在签名簿上签了名,也随着人堆移动,忽然看见墙上挂着自个儿与朱大音合影的镜框,觉得不伦不类,又不是作品嘛。他的脸上很是不自在,可能是发烧的缘故——你这个朱大音啊,挂你跟王调研的合影已够可笑,还把我的照片挂上去,算什么呀,分明让我丢丑么。他赶紧溜走了,幸好没让朱大音瞧见——朱大音那厢正接受电视采访呢。

唐子羽的心情实在是不好。起因是今天上午,组织部突然发来文件,免去他的副局长职务。他原以为免职不大可能,不过是开会学习时犯了点错误嘛,市长也换了嘛,组织上怎能如此小题大做呢!后来听到其他单位传来消息,说在这次精简机构中,凡被裁掉的部门单位,"犯错误的人数"一定要高于不精简的部门单位。照此看来,唐子羽的这个局,大概像人脖子上生长的瘿瓜瓜,其实早就必欲切之而后快。单位之不存,职工将焉附!说是要分流,究竟怎么个分法?当官自然不必太愁,可是现在没有了官呀。幸亏还有一张党票。只要党还坐天下,党员就不会饿死。党是母亲嘛。人生如行走河边,河水有涨有消时,所以要多修几道防护堤,免得水一涨就淹死了。入党是一道堤,当官又是一道堤。现在一道外堤被冲了，唐子羽能不紧张吗？

唐子羽匆忙地离开"百陵流饮园"。刚跳上出租车，裤兜里的传呼机震动了。啊，梅雨妃终于来了传呼！掏出一看，见留的号码前还加了区号，显然是远郊的一个县。究竟哪个县？得打了电话才能清楚。可是手机欠费停机，要下车到公用电话亭回话。他打开车门，又"嘭"一声关上，让车直接往单位家属院开去。

这又为何呢？梅雨妃的传呼为何没有产生那种"汽油碰着了火星"的感觉呢？道理正如孔夫子所言：食色，性也。唐子羽眼下面临着饭碗要打的危险，自然把色欲放到后边了。他又一次咒骂自己是这般没出息，这般依赖一个破单位！瞧人家朱大音，整天吃喝嫖赌之余，还举办个人书画展！而自己呢，哪一点不如朱大音，居然活得如此窝囊！

回到家属院，他没有直接去找局长，而是去了办公室主任家。他如今不是副局长了，按照程序，就是说，他如今没有资格直接找局长了。要找，只能找他现在的顶头上司——办公室主任了。

办公室主任不在家，陪局长钓鱼去了。局长还有如此闲情逸致？

主任老婆非常热情，一口一声唐局长，又是沏茶又是削梨，仿佛来客是她的情夫。

"我现在不是局长了，你不知道？"

"唐局长最幽默，谁都知道的！"

主任老婆笑得如两只鸭子争食。那笑声表明她已看出了唐的遭遇，却故作不知道的样子。唐有些愠怒，竭力控制自己不要流露出愠怒，并对这个眼影画得如熊猫的女人深表理解。是呀，如果单位里没有我这个姓唐的，副局长的位子肯定是她丈夫坐。这么一想，又觉得对不起眼前这个女人了。权力是最好的春药，她丈夫没吃到春药，她的福利受了伤害啊。

\ 14 \

"主任什么时候回来?"

"他这个人哪,就没个规矩,猫儿似的,出门进门就没个时间。"

"那我就不等了。"

"看你忙的唐局长!他也许半小时回来,也许一小时回来。这样吧,我给他打手机——"

"实在不好意思,打扰你们了。"

"你咋这样说话呢唐局长!礼拜天嘛——手机没开,你抽烟,男人怎么不抽烟呢?当然,我不喜欢男人身上有烟味……可他呢,不抽烟就写不出文件……"

唐子羽不大乐意也没有心思听这些话,眼光只瞅着墙壁,那上面贴了一张宣纸,纸上写着《办公室主任工作要诀》:

伺候首长
代酒陪唱
迎来送往
起草演讲
布置会场
接通音响
带头鼓掌

"真是好字!"

"你别笑话他呀唐局长,谁不知道你的字好!"

"不能这样说,各有各的风格么。变化这么大,什么时候开始练的?"

"今年春上,闷闷不乐的,早上一起床,就躲到阳台上练法轮功,把我吓得!就买了些笔墨纸砚,要他写大字散心。"

唐子羽明白了。自己正是今年春上当官的，那想当没当的，只好练书法了。

"你是政治家呀。"

"唐局长取笑我呀。"

女人一笑，一对虎牙越发显出某种憨气。从面相上看去，她是"壮夫命"。其实唐子羽不是取笑她，而是夸她真的懂得政治。官场上失意，或者做官的碰到了要表态又无法表态不管怎么表态都要犯错误的关口，通常采用三种韬晦：住院，或者练书法，或者打太极拳。

"麻烦你再打一下手机……其实也没什么大事，真的！"

仍然打不通，唐子羽便起身告辞。

但是，虎牙女人却小小地惊叫一声：

"呀唐局长！扣子要掉，我给你缝一下。"

唐子羽一低头，果见西服上的纽扣只剩一根线了，吊了一寸多长。一抬头，女人早已拿出针线，面对面地缝起来。"唐局长好有风度。"女人一句赞美，把他的憋闷消解得无影无踪。他索性半闭了眼睛，一任女人的头发摇摆着，摩挲着他的下巴，无偿地享受着那微微的暖意，以及那又世俗又可爱的呼吸。

"唐局长，你也别难过，"她用牙齿咬断线，"其实当官又有什么好呢？连个节假日都没有，整天都是鬼吹火似的！"她很抚慰地看了唐子羽一眼，"我看你是个洒脱人，关键是要给你爱人开导开导，"又无奈地摇摇头，"我们这些女人，明知道做官的男人不顾家，又偏偏喜欢男人做官，你理解么唐局长！"

方才的那点暖意瞬间消散了，唐子羽开始还觉得要是嘉贤跟这个女人一样多好，可是听到"偏偏喜欢男人做官"，心里顿时泛出一团孤寒，越发觉得自

\ 14 \

己虽然能讨女人喜欢,那也只是表面现象,往深里一磨合,必定难得融洽。

唐子羽出了院门,走到巷口的电话亭前,掏出磁卡,照着传呼上的号码拨过去。刚一通,就听梅雨妃说:"你死哪里了?"

"我?唉,混背了。"

"你赶快来,我要你!"

要在往常,这一声"我要你",肯定喜得唐子羽的肠子都能扭起秧歌。可是眼下,他的激情一下子还发动不上来。

"你在哪里?"

"我在鹿池河!"

"我很快就来。"

对方没吱声,他便补充道:

"你会觉得时间过得比较慢。"

"别耍贫嘴了,快点!"

挂了电话,他要考虑两件事:一是如何去鹿池河?虽说八十来公里,没有了伏尔加,就只能打出租,而打出租太费钱。此时的他觉得钱还真是个好东西,钱至少有助于爱情。第二个要考虑的是:如何向嘉贤请假?因为晚上回不来了。看来得撒谎。他记不得何时给老婆撒过谎,可是这一回,不撒谎不行了。编个什么谎呢?咋都编不出来。从这一点看,这个叫唐子羽的人,就是个不称职的政治家。大凡政治家,都是快速编谎的高手。

谎话还没有编出来,人就进了家门。唐植在修理台灯,嘉贤守在转动的洗衣机前,一边吃着核桃,又取个核桃咬,但是没咬烂,就拉了门扇,用门缝挤核桃,还是没挤破,便随手拿了茶几上的烟斗,要拿烟斗敲击核桃。

"别敲!"

"你又不吸烟，"嘉贤笑道，"梆"一声，烟斗断了，核桃依然没烂，顽强得很，像个电影里的被敌人逮捕的我方地下工作者。

"你真是！"唐子羽快步过去，心疼地拾起那核桃大的烟斗脑袋，又从嘉贤手里接过烟嘴儿，可是接不上了。

"你发什么神经！门都挤不烂核桃，这小玩意儿能敲烂吗？"

见丈夫很生气的样子，嘉贤便哄孩子似的说道：

"都怪我嘴馋！可是也怪你，平时都把这玩意儿随身带着，这回换衣服怎么就忘了！你学斯大林啊，志向大呀。"

嘉贤哪里晓得，这烟斗是丈夫婚外情的宝物。幸好她没有看出来，唐子羽便不敢再加浓自个儿的生气度。

嘉贤紧了紧腰上的围裙，问道：

"你给报社的同学说了没有，接收我工会主席的儿子？"

"噢哟，"唐子羽一拍脑门，谎话立即诞生，"今天朱大音书画展，姚海贵上午没有去，下午是一定要去的。我们约好了，晚上去草湖游泳，然后打保龄球。"

"好哇，咱应该请这个客。"嘉贤说毕，小跑进卧室，取出一沓钱，装进丈夫的内衣兜，"两千块，这个资值得投。"

唐子羽就觉得今天的谎话说过头了，本来是请一夜假，没想到捎带出两千块钱，心里很有些过意不去。可是他眼下，确实需要钱。

"一切都看你同学了！"嘉贤搂住丈夫的腰，"我要当了工会副主席，多好！咱就是很般配的'领导之家'了——多光荣！"

可怜的她，还不知道她丈夫已是平头百姓了。

"等我当了副处，我一定要参加我们的同学会！"

"你不当官行吗？"唐子羽实在忍不住了，"我宁愿我的妻子得性病，也不希望她当官!"话一出口就后悔了。

令人吃惊的是,这句话并没有逗怒嘉贤,她反倒嬉笑着说:

"你呀真是个书呆子!性病又不是癌,打几针青霉素就好了。要是当不上官,日日夜夜都难受哩。"

唐子羽惊叹到了极点。老婆能容忍丈夫那么难听的话,可见其确有宰相肚里能撑船的胸怀。

"嘉贤,我还是劝你不要谋官。"

"不嘛,"嘉贤的胸脯贴着唐子羽的胸脯做着撒娇运动,"你我夫妻一场,就帮这一回忙好吗?其他事我可从没求过你。"

话说到这份上,唐子羽也就暂且应允下来。

出门时,嘉贤又撵着送来一件毛衣,亲自给唐子羽穿上,再次叮咛道:

"好好给姚总编说说情。"

出了楼门洞,唐植却喊他。他回身仰头,见儿子脑袋探出窗口,说:

"爸,别不回来了!我要想你!"

臭小子何故这么说?真蹊跷。

15

事实上唐子羽一出院门，就狠狠心，决定：立即忘掉嘉贤托付的事。平生不爱求人，何况求官。帮助自己老婆求官，跟自己求官有何两样！这太恶心了，比吃粪蛆还恶心！

世上唯一值得求的是：爱，或被爱。

他再次来到电话亭，他要与朱大音通话。话一接通，朱便嚷嚷道：

"你是咋搞的？今天的热闹都是您老人家给我带来的，可您却不见了，是不是我哪儿得罪了您！"

话筒里传来酒席宴上的俗闹声，隐约听得一个女人唱秦腔，以及有节奏的拍手声。

"我确实有事。"

"我不管，你赶快来！的费我给你报销！不管发生了什么误会，我朱大音都永远是你的追随者！"

这最后一句话声音很高，显然是说给酒宴上的人听的。

"谢谢。你不要胡乱猜想，不是我不捧场，而是我现在确实有事不

15

能来。"

"是吗？我能帮什么忙？如果需要的话，我马上离开这里！"

"还真是需要你帮忙。不过，你倒不必离开热闹场合。"

"请指示。"

"你的任务是，如果你嫂子打电话问我的行踪，你就说我跟姚海贵在一起。"

"好的。你要跟梅二嫂子约会吧？"

"声音小点。该问问，不该问不要问。"

朱大音小声说："明白。崇拜者不要窥探领袖的性生活。"

挂断电话，唐子羽有了一些精神。一逢萎靡，只要与朱大音接触一下，精神就有了振作，仿佛那朱大音是一粒伟哥，但他并不想将此种现象告诉朱。领袖可以不要某个崇拜者，因为崇拜者多了去，但是崇拜者离不开领袖，因为领袖只有一个。再说了，崇拜者要是晓得了领袖也离不开他，他便不再崇拜领袖了。朱大音要是知道他在唐子羽心中占着怎样的地位，那他不知怎样地得意忘形呢。如此，唐就很觉没面子，朱就很要翘尾巴。猪尾巴虽然又短又小，但是竖起来摇着摆着，也着实让人心烦的。

现在，唐子羽又打车去了单位。好在此时正在午饭，办公室空无一人，非常安静，安静得有点恐怖，好像刚刚发生过一场细菌战，所有的尸体刚刚被搬运走。他走进自己的办公室，是一个小小的套间，分了里和外。伏尔加没有了，副局长的职务也被免了，但是这个套间暂时还属于他，眼下还没有被通知让他往出搬，自然是因为没有人忍心让他搬。但他还是要主动搬走的，让人同情无异于受辱。他能保持的，只剩一点点可怜兮兮的自珍自爱了。他很后悔跑到办公室主任家去，没意思啊。

他踏上凳子，掀开放在文件柜上的小木箱。这是他读大学时用的小木箱，如今已很少见到了，像个文物那么陈旧。他从箱里摸出一个大信封，大信封里套着小信封，小信封里是个小纸包。纸是报纸的残片，报名没有了，只能看见是一九六五年十二月某日的报纸。展开报纸，却是一个红方片。拿指头扯开，啊，红纱巾！

这就是那条一直沉睡在箱底，也沉睡在唐子羽记忆深处的红纱巾。这是女老师，音乐老师送他的，是他最早的梦想与爱情。如今，它虽红光依旧，而色却不艳了，怎么看都不如当年那么神奇美丽了。难道让人偷换了？没有这种可能，窃贼就是拿走桌上的墨水瓶，也不会要这条年代久远的，连根油条都换不了的红纱巾。是呀，没有了当年的红艳啊。是呀，所有的东西都要变旧啊，甚至包括太阳和月亮，都变旧了变小了，怎么看都不如少年时那么大那么光耀万里。

太阳和月亮都老了、旧了、小了，况物乎，况人乎！

尽管如此，唐子羽还是将红纱巾装进兜里。他想把这个文物送给梅雨妃。梅送过他很多东西，他却从未送过对方什么，太有违礼仪了。

唐子羽来到街上，不断地有出租车慢下来，司机探出脑袋问他："走不？"他理也不理。直到来了一辆最好的出租，一辆枣红色桑塔纳，他才挥手示意。天气凉了，深颜色的东西比较温暖。刚跨进车里，传呼震动了，掏出一看，显示的是这样的字样：梅小姐说如果您不去，请回话。

这是可以理解的。按照梅雨妃的估计，唐子羽答应去看她，已过去了两个多小时，无论如何也该到了。她当然不知道，唐子羽只有在把"后宫"安顿好，才能出发。

他现在不想回电话，也不方便回电话。他要给她一个惊喜。

桑塔纳朝郊外驰去。出了开发区，在上高速路之前的一段路，两边全是低

15

矮的房舍,倒也一律的马赛克贴墙,干净爽目。矮墙后面,是一棵挨一棵的钻天杨。杨树的叶子开始发黄,黄透了的开始飘落。风托着它们,从高处滑向低处。"灿黄的深秋的叶子,像一枚枚金币",唐子羽忽然想到这句话,不知是从哪本书上看来的。

在两个发廊之间,他看见一个"夫妻用品商店"。他让车停下来,他想去买安全套,可是刚将一条腿丢下车,又缩回这条腿,让车继续走。为什么要买安全套呢?梁山伯访祝英台时带了安全套吗?待月西厢下的张生,兜里装着安全套吗?安全套是洋人发明的高科技,可是罗密欧翻朱丽叶的窗子时腰里并没有别安全套啊。可见安全套是个俗物,安全套是古今中外的爱情都无法容忍的。再说人家,也不知道想通了没有……

出租车通过收费处,速度提起来。路两旁的树木矮草,以层次不同的黄颜色和浅赭色表现着特定的季节。田野里则是一望无际的萌萌绿,那是麦苗,它们像是充满灵性的淡绿色汉字,虽柔弱却又彼此亲密无间,阵容强大气势非常,诗意地排印在辽阔深远的大地上,排印出五千年的农业文明,排印出三千年的诗词歌赋……

在郊外,在透明高远的天空下,在远处村舍的烟霭的挑逗下,在无比清芬的田间大道上奔驰,唐子羽那颗饱受屈辱的、眼看要枯萎凋落的心灵渐渐复活了,像温开水泡蘑菇般,颤悠悠地"大力发展"起来。一股莫名其妙的,甚至不乏伟大的豪情,一种娇嫩难言的幸福情怀,使他感动得泪光闪烁。他生平只在两种境况下落泪,一是面对善良的人与事,一是面对优美的自然。比如眼下,在简单而丰富的永垂不朽的大自然面前,他深深地被感动了。他因此而流泪了。他的心中舞蹈着两个最美好的汉字——

我爱……我……爱……

鹿池河也是太乙山的一条河谷，距他和她上次偷游的那条未开发的河谷不远。鹿池河的出山口，依旧修了牌楼，上面的题字"憩园鹿池河"出自百陵市美协副主席之手。此公的字，被京城来的一个博士评论家形容为"猪肠体"，结果此公雇人专程去京城将那博士揍了一顿。揍也揍了，但"猪肠体"三字由此开始传播。何以名之"猪肠体"？且看此公写字：运笔有力如篆刻，但并不将笔力一贯到底，而是每一笔画的中途，都要顿磨一下，且不断地回笔补而涂之，结果看上去就像是刚从猪肚子里挖出来的大肠，肠子里是一疙瘩一疙瘩的算盘珠子。此公最喜欢在酒店的大堂里写字，围观者愈多愈好。此公必先饮酒，专饮五粮液。半斤酒下肚，这才启笔。刚写到第五幅，酒劲上来，站立不稳——据说到了出神品的境界，但是身子稳不住啊，便让大堂的领班小姐从背后搂住他的腰，扶助他写字。故其"神品"书法越发地呈现出"猪肠体"风格。

　　但是眼前的"憩园鹿池河"这几个字，却并不太猪肠体，可能是求字的人没有探清书法家的脾性，没有让他喝五粮液，更没有让漂亮的小姐搂抱他的腰。唐子羽倒是比较欣赏这几个字，评价是：大小和谐，墨也很黑。要是牌楼的两边再配上一副联就好了。配什么呢？唐子羽环望风景，便腹稿一联：

江山如此多娇赏我一杯酒足矣
世事这般无趣请君鹿池游好了

　　虽然谈不上章法平仄，但是唐子羽还是在心里自夸自娱一番。这一番心理活动，都是在百米之外，远远望见"憩园鹿池河"时，在他心里悄悄发生的。进得大门，却被横杆拦住，要买票，而且不降价，人、车各五十元。这些建在太乙山里的度假村，一年里只有春夏两季发财，其余的季节鬼来呀，为什么不降价呢？梅雨妃也是的，又为何在这个时候躲到这里来呢？唐子羽心里这样想

15

着,手还是推出一百元买票。为省几个钱破费唾珠,反倒吃亏。

到目的地还有十几公里,他让司机开慢些,以便品味窗外的景致。两山郁郁葱葱,其中的一半都是红颜色。仰望山坡,由下朝上,那颜色在不断地变幻。到了坡顶,全是粉白,那也许是霜,也许是雪。没有树木的地方,裸露出浅黑色的花岗石,石上的皱纹绣着绒绒的青苔,一片枫叶落上去,像盖了一枚印章,于是天然成就一幅画作。而在谷底,则是哗哗的水声,哗哗地歌唱着。你听不清歌词,但能肯定那歌词与友爱、缠绵、相思、忧伤、执手相看泪眼等词语有关……

拐过一个大盘弯,终于见到一幢白墙红顶的楼房。楼房的四周,散布着许多尖顶小木屋。但是车开不上去,唐子羽就下来,付了车费,让司机走人。

"先生什么时候回城?约个时间,我来接您。"

"我没法告诉您时间。"

"只要三十块订金就行了。"

"不用了。谢谢!"

"再见!"

眨眼工夫,出租车消失了。唐子羽转过身,抬头一看,见阶梯的上端,站着一个穿中山装的男人,满面带笑地迎接他。此人腿有点罗圈,气质很像某个乡长。

唐子羽加快步伐,爬完十几级台阶。"乡长"早已下跨两步,献过双手相迎,笑着说:

"可把梅小姐急坏了,生怕您赶路赶出了事呢!"

"您看能出事吗?"

"那是那是!我姓姜,生姜的姜,是这里的副总经理。"

"啊姜总,请多关照!"

"您在这个季节来视察，是关照我呀。"

唐子羽的目光越过姜总的头顶，见白墙的大门旁，挂着一个磁卡电话机，猜想梅雨妃就是用这个给他打的传呼。他能想象出她在电话机前乱转的样子。不知她打了几次，反正他只收到两次，因为出城不久，传呼就没有信号了。

"唐局长，梅小姐住那——您跟我来，我好像在哪儿见过您？对，在电视里，您跟着赵副市长去检查古文化街的拆迁……"

唐子羽的脸上有点不自在，姜总慌忙改称"唐先生"，声明他酒喝多了，认错人了。

在姜总侧前的引领下，两人离开场院，踏上一条二尺宽的水泥路。路面用黑石子儿铺了字，一一踏过去，是："今宵酒醒何处？足下西部大开发。"这是谁的创意？牛羊经过，恐怕都要发笑。也许是铺字的时候，刚铺了第一句，来了个大领导，强调要抓主旋律，要抓头等大事，于是就铺了后一句话。

小路虽短，却也曲折起伏。拐过一个大石头，就见有两棵榆树，夹着一个小木屋，小木屋由四根柱子悬撑半空。木梯七八级，踏上去敲门，却再敲而不开。唐子羽就想：她可能等得太急，急出了怨气，临到真的来了，她又不想见了。嗯，撒娇呢。

"姜总，您先去吧。"

"也好。晚餐需要什么？"

"现在就来碗热面条，我这阵子饿得很。"

"马上就来。"

姜总走了几步，又回头说：

"唐先生，这里只有你们两位客人，房价是八折优惠的。我们有四位服务员看守着，我们一定竭诚为您服务。需要什么，请拨内线电话。"

"谢谢。"

\ 15 \

"不客气。"

姜总以后,直到唐子羽离开,都始终没有出现。姜总可能是这么想的:人家是领导,领导搞情妇,咱还是不见为好,见了也装糊涂为好。中国的度假村,主要是供官人商人搞情妇的。这是一个产业。这是谁都知道的事。

"雨妃,我是唐子羽啊!"

里面没有动静。

"外面冷得很,你就忍心吗?"

仍没动静。

唐子羽想看门有没有缝儿。是有一条缝儿,但看不进去,却闻到一股中药味。唐子羽上大学前当过一阵药剂师,自己又不吸烟,嗅觉是很贼的。门缝里渗出来的中药味让他有点心乱。再一细闻,好像有当归甘草的成分,心里似乎明白了什么,其实又什么也没明白。

唐子羽摸着银色的门把手,一旋,门就开了。几乎在此同时,他看见梅雨妃迅速拉上被子,盖住自个儿的脸。

"嗬,不欢迎我!"

他没有急于去拉被子。他乐意配合,任她将撒娇事业进行到底。环顾房间,丝绒墙壁,双层玻璃窗子,跟星级宾馆毫无两样,特别是墙上的一幅"忘却俗事即仙乡",又比星级宾馆高了一个档次。

这是个双人间,他一个大字摆到床上,叹道:

"啊哈,甚合朕意呀!"

这一声感叹,并没有引起梅雨妃的响应。他侧过头看去,见她也侧个身子,给他一个脊背,脸仍捂着。虽然盖着被子,但那身子上的曲线,依然风风流流地凸凹着,尤其是腰凹处,真是块宝地。啊哈,死后若能安葬在这个腰凹里,立马瞑目矣。

这么想着，便下了床，伸出手，要用手去慰问那腰。可是门被敲响了。叫"进来"，就进来一个小鼻子大眼睛的姑娘，提了一个小保温桶，另一只手端着碗筷，碗里一小碟辣子大蒜。姑娘将保温桶里的手工面条倒进碗里，请唐子羽尝尝，看还缺什么调料。唐尝了一口，说完美无缺。姑娘笑道：

"您来了好，今天就不用我来做伴儿了。"

"怎么感谢你呢小姐？"

"感谢啥呀！梅姐好几个晚上都没睡觉。"

说毕笑着退出门去。天都快黑了，唐子羽没吃一点东西，所以面条一落碗，那升腾的热气便勾出他嘴里的无数馋虫儿。

"雨妃，你也起来吃点吧，吱——多香呀！"

梅雨妃还是没动静。

唐子羽也不去多想，便亲自吃起来。也许她不饿，也许她如此故意沉静，目的是让他快快吃了，好跟她亲热。

可是唐子羽吃完了，那梅雨妃还是像个庙里侧卧的菩萨一样，动也不动！

"这就是你的不对了，梅雨妃！我来迟了你生一下气，我能理解，可你总不能没完没了吧！这么多日子跟你联系不上，我不生气吗？好了，爱妃，别玩小孩子游戏了，起来接驾吧！"

一任这个可笑的"朕"絮絮叨叨，那床上的女人就是没反应。莫非她死了？

真可怕！唐子羽便趋前倾腰，手塞进被窝摸她的额，热着呢。揭开被头，将自个儿的脸贴上去一听，天呐，你真无法想象——

她睡着了，她发出微微的鼾声！

两小时后，梅雨妃说：

\ 15 \

"我来这五天了,所睡的觉加起来不超过五小时。睡不着,心里又空又乱。今天等你来,你个该死的就是不快点来!估计你来不了了,说不定有新欢了,我也懒得等了,就插上电褥子,睡觉!可是能睡着吗?谁知非常奇怪的是,刚刚听见你跟姜总在外面说话,我的心一下子垮塌了,跌进一堆软软的棉花里了……不知怎么搞的,看见了我父亲,他说,'妃呀,我可怜的女儿,来,爸搂你睡'……"

听她开始的几句话,唐子羽就一下子将她拥进怀里。可是当听到她梦见的是她父亲而不是他时,他有些生气,有些醋意,但他还是热爱地拥着她不松动。

"你的胡子这么长了?你是专门留给我的吗?啊白胡子,让我数数,这么密……咂,一百一十二根白胡子!上次哪有这么多?告诉我,最近发生了什么?"

"发生了什么?"他差点要告诉她,他没有伏尔加了,他没有官帽了,他即将还要没有什么了,但他说出口的却是:

"能发生什么嘛,还不是想你想白了胡子嘛。"

他不想把自己的悲伤传染给他心爱的人儿。

她的脸紧紧地贴着他的胸口,以至于她太阳穴的搏动他都能感觉出来。他一受到感动骨头就要散架,一感动就要迅速化解。

"哎呀,你贴轻点好不?把我的奶子都贴疼了!"

"你讨厌!"她的脸就离开了他的胸口,嗔怒得很,"你那小玩意儿也配叫奶子!你摸摸这里……"

"你瘦了,瞧你这表链,松了两节儿,脸色很不好,还有药气。"

"今早上才停了药,才把这房子打扫干净。"

"咋啦?"

"人流了……"

"没什么，有几个女人没人流过呢。"

"你真狠心！知道吗，是你的孩子！"

"我的？你真会开玩笑，我哪有这个福呢。"

"好哇，好哇，你——"

唐子羽觉得梅雨妃的脑子出了问题，因为他可以指天发誓，他和她从未有过可以使她怀孕的行为。

"小梅，你应该感觉到的，我是用心灵跟你交往的，但我是个功能健全的男人，你更是个聪颖又性感的女人，我怎能不想跟你……那个呢！但跟你确实没有……日过的……你不该硬往我头上栽啊！"

"这是事实！我并不要你承担责任，我是多么想把这个孩子生下来！世上大多数人本不该生到世上来的，因为他们的父母并不相爱……我打掉这个孩子，打掉你我的骨血，是我残杀了我们生命中最宝贵的东西，没有跟你商量我就那么做了，我简直太专横太自私了……本来，我叫你来就是要请求你的原谅和宽恕，可你，你这王八蛋——"

"——你怎么骂人呀！"

"呜，呜……"

她哭得那么委屈，那么伤心，弄得唐子羽无所适从了。难道真是我的孩子？难道我真跟她做过爱？难道开会学习、接受批判损伤了我的记忆力？得啦，这个疑团暂且不去管它。也许一个女人想一个男人想得过分了就会怀孕……总而言之，活生生的事实是，一个女人，一个把我唐子羽看得很重要的女人，她说她怀了我的孩子，那就姑且算是吧。

"你别哭，都怪我。"

"我可不要听你这么说，这怎么能单单怪你一个人呢！"

15

"什么时候手术的?"

"九天前吧。"

"为何不通知我?"

"你呀,你不了解女人……失血太多太多,脸上一下子挤出了许多皱纹,乳房都蔫了……一照镜子,难看极了!你看了会怎样?你会永远不理我了……你,你是不了解女人的……"

"我就是那号人?"

"我相信你不是那号人,可是我,宁愿死掉,也不要你看见我的丑陋!"

唐子羽已经不知道说什么好了。他替梅雨妃脱掉毛衣,自己也脱了毛衣,钻进她的被窝。

"我真想给你脱得一丝不挂,可有什么用呢……现在,我是个病人,太难看了……"

"你病了不通知我也罢,反正有你先生照看,我终归是个业余的。"

"你是说杨令琦(这是他第一次听到她丈夫的名字)?半个月前,他就带着儿子杨勤,去了澳洲。"

"去澳洲旅游,这个季节最好。"

"不是旅游,是准备让我们全家移民澳洲。"

"背叛祖国啊。"

……杨令琦出国的念头很早就有了,但他一直没说出来,包括他的妻子梅雨妃,他也是在今年春节后,无意间给她流露了一下。导致他出国的原因,是他乡下的穷亲戚们。他出身农村,其家庭的贫困程度在他的家乡是数一数二的。杨家虽穷,却又是大户,族人特别长于繁衍人丁,突然考中一个大学生,整个杨家就沸腾了,好像杨家出了皇帝,以后大家都能过上"天天吃油泼面"

的日子。杨令琦离家上大学那天，族门的人杀了三头猪，宰了五十八只鸡，摆了盛大的欢送酒席。杨令琦深受感动、豪情涌起，暗暗发下誓言：一定要闯出个大世事来，一定要让乡亲们都过上幸福的日子。可是到了城里一看，大学生简直多如牛毛，世上哪有那么多的大世事等着大学生去干呀！更不要说去当皇帝了。时间一久，远大的目标就缩减成一个小小的愿望：大学毕业能留在城里，能娶个好媳妇就可以了。有住房，能把父母隔三岔五接进城里住一住、看一看，就相当满足了。

应该说他运气不错，他的这个愿望还算是顺利实现了。只是穷亲戚们不放过他，几乎每隔一天，就有一个两个亲戚找上门来。亲戚们要么问他借钱，要么求他出面担保贷他们款；要么是某个小子偷窃被公安局抓了，请他出面疏通关系捞出来；要么另一个小子给人家搞拆迁时摔坏了胳膊跌断了腿，躺在医院里医疗费没人管，于是来搬他去跟工头交涉……更让他脸面丢尽的是，一个远房的堂妹患了性病，居然也好意思来找他，要他给她介绍个收费便宜的大夫……还有永无休止的乡间修路、集资建校、批发农药化肥、推销积压的苹果猕猴桃……

如果一开始，杨令琦就撕下脸面，跟家乡的人一刀两断，谁来了也不搭理，倒也爽快，大不了挨乡亲们一通唾骂，以后也就各过各的日子。问题是他面情软，毕竟是农家子弟本色，又受过高等教养，并不能立即纵马横刀、痛快切断。凡家乡来人，他总是笑脸相迎热情接待，尽管每一次接待过后，他都要在心里臭骂几句。后来，他便把希望寄托到新婚的妻子梅雨妃身上。如果梅雨妃能给他的亲戚们一个严肃的脸色，亲戚们就不好再来叨扰了，并且心里能够理解——人家媳妇跟咱有啥关系嘛！这样的话，亲戚们就不会把怨气记到我杨令琦头上了。当然，他没有，也不能将这个隐情流露给妻子。他怕流露出来后，妻子产生不必要的联想，以为自己嫁了个冷血动物。再说这事根本不用暗

15

示或流露，妻子肯定会照他那么想的去行事，因为妻子是城里的女人。

不错，一般城里的妻子，大多数不喜欢丈夫的乡下亲戚，但梅雨妃是个例外。她的天性里有一种人人平等的泛爱思想，也可能与她从未享受过人伦亲情有关。她觉得乡下人淳朴实在，只可惜没什么文化，可是谁让他们没文化呢？他们虽然不讲卫生，偶尔还小偷小摸，但那也是生活所逼，并非他们的本愿，完全是可以谅解的。他们来了，她便表现出比丈夫还要多的热情，用过的旧家电、旧家具，半新不旧的衣服，她都送给他们，同时非常难为情地说："送给你们这些破烂东西，真不好意思，希望你们不要嫌弃。"乡亲们哪会嫌弃呢，心里是一百二十个的感激，回去就四处夸耀，说梅雨妃是如何如何贤惠大方，又给她取了个外号，叫她是"宋庆龄"——这大概与她长得偏胖有关。消息反馈回来，她着实有些感动，有些惭愧，以后越发对他们好了。她觉得，总体上讲，乡下人是有些蠢笨，但是蠢笨与忠厚连在一起，蠢笨与知恩图报连在一起。他们每次来也决不空手，要么几张锅盔馍，要么一串新柿子，最少也要抱个大西瓜，虽然这些东西城里的市场上又多又便宜，但那是个心意啊。他们最大的毛病是非常敏感、非常自尊，不理解城里生活的快节奏，如果不陪他们拉话，他们就认为你瞧不起他们，要你赶他们走人。好在梅雨妃是实打实地给他们解释了，他们又立刻表示了理解……

对此，杨令琦的思想比较复杂。一方面，妻子不嫌弃他的亲戚，连带着小小的儿子都喜欢他的亲戚，这给他赢得了极好的乡誉。他同时又很委屈，因为妻子压根儿就没能洞察出他心底的秘密。委屈一久便生出不满来，这种不满随着他当了官、成了银行家而不断攀升，于是他决定摆脱穷亲戚，至少不要让儿子杨勤生活成长在穷亲戚的包围里。他要让儿子成为贵族。摆脱穷亲戚唯一而最好的路子是——远远地移民到国外。中国穷亲戚太多、穷人太多。作为一个有文化、有教养、先富起来的人，不怀丝毫愧疚地生活在大面积的穷人中间，是一个折磨，是一种羞耻。

杨令琦并不是巧取豪夺的巨富，他只是个有钱人而已，因为他是银行家。前几年，许多不景气的国有的、民营的企业找他贷款。谁都知道款贷出去了等于肉包子打狗，他当然不同意放贷。但是后来，风潮到了这里，其他的银行照旧放贷。反正银行也罢企业也罢，都是国家的事。虽说是国家的事，但是办与不办则由掌权的个人说了算。这是与资本主义相比，社会主义最大的优越性。所以当杨令琦也同意给企业们放贷，企业们就要给他回扣。他并不是那种贪婪之人，也从未主动索过回扣，但是回扣依旧自上门来。事实上他收的回扣根本不比其他的行长们多，但是即便如此，他现在拥有的钱，就是住到澳洲，也能保证他们一家过上中产阶级生活。

促使杨令琦出国定居，当然还有一个次要原因。这个百陵城永远都在挖地皮、拆旧房、盖新楼，各种机器昼夜不息地轰鸣着，让他心烦。说是建设，建设的终点在哪呢？尤其到了春夏之交，可怕的沙尘暴漫卷而来，无数的黄尘颗粒钻入你的口腔鼻孔，差不多要在你的腹腔里堆积一座小小的陵墓。空气的四季污浊，垃圾的遍地堆放，水质的时升时降，总之，"百陵是一座不宜于人类居住的城市"了，所以他要出国。至于选择去澳洲而不是去欧洲美洲，也有个原因：他有四个同班同学先后搬到澳洲去了。他从一个资料上看到，说人的生活水准，是一个综合指数，不能单纯看经济收入，还要看人际关系、教育程度，特别要看空气的清洁度，草地森林海滩的人均占有面积，这些对人的心情影响极大。心情不好你就是满嘴镶金牙、顿顿绿宝石下酒，仍不能算是人的生活。所以经过比较，他选择去澳洲。中澳关系不错，留学生呀华侨呀也多，住到澳洲，仍可为国效劳，说不定比不出国更能为国家做贡献呢，这方面的例子又不是没有。不能说"背叛祖国"，都什么年代了，全球一天天的一体化了，不论谁都应当有一种世界情怀啊。

\ 15 \

杨令琦本意是为了逃避穷亲戚,可是一旦下定决心外移,忽然就爱起国来。一联想,便把自己联想到高尚境界了。对此,梅雨妃不无嘲讽地说:

"你呀,说到底还是为了摆脱穷亲戚!六亲不认么。"

"别再提'亲戚'二字,"杨令琦认真地说,"所谓亲戚,不过是因了生殖器的拐弯抹角而串起来的一大帮闲人,实在莫名其妙!"

在"憩园鹿池河"的小木屋,当梅雨妃复述完她丈夫的这句话后,唐子羽忍住没笑。他评价道:

"看来你先生对'亲戚'确实厌烦透了!厌烦到很无奈,便对'亲戚'一词作了生物学的注释,倒也科学,也很才气。只是让人听了,觉得怪怪的。"

16

　　第二天早上,唐子羽和梅雨妃不知道什么时候醒来的。拉开窗帘,但见皎洁的白光扑泄进来,仿佛一百个月亮同时射进来,刺得人眉眼发酸。定睛一看,噢哟,昨夜下了一场大雪!

　　穿衣开门,但见一片白银世界,闪闪烁烁蓬蓬松松。冬青树变成了白白胖胖的大馒头,槲树的枝丫也胖了许多。只有灌木丛的根部,还依稀显现出淡淡的斑影。门口蹲着两只红色的暖瓶,是服务员悄悄送来的。服务员还悄悄地打扫了梯子间、窗台上、小路面的积雪。从清扫的痕迹上看,这场偷偷摸摸的落雪,足足积了半尺厚。

　　关了门洗脸,两人礼让一番。唐子羽先洗,胡乱一抹,猫洗脸似的,洗罢便要倒掉脏水,却被梅雨妃拦住,添加些热水自个儿洗。这个不分你我的小动作又把唐子羽打动了一回,于是就要回报,在她对镜擦脸的时候,他就站在她的身后,拿了梳子替她梳理,另一只手则探进她的胳肢窝,把玩她的奶子。

　　"脸色红润多了,真是个奇迹,一个晚上就恢复了!"

　　"你真会绕着绕着自我表扬呀。"

\ 16 \

"这都是政府多年熏陶的结果——咦,不要涂口红了!"

"为什么不涂?我平常是从不涂口红的。"

"现在就更不用涂了,因为你嘴唇的天然红比口红更耐看。再说你涂了口红,有人想看你的本色,还是要用他的嘴唇给你擦掉。"

说着,就扳过她的身子,嘴巴贴将上去。少不得又滚到床上,温存揉搓了半晌,直到门被敲响方罢。

进来的还是那个小鼻子大眼睛姑娘。她托了一罐乌鸡炖萝卜,外加两张石子馍,一小碟香菜。她笑着说:

"请二位用午餐。"

"我们还没吃早餐呀!"

"现在都快一点了,早餐我们送了三次,热了三次,你们可能太累,我们就不便打扰。"

说到"你们可能太累"时,小姑娘的脸先就臊红起来。梅雨妃脸一吊,小姑娘自知失言,急忙识趣地退下。唐子羽很明白梅雨妃何以吊脸,因为昨天晚上,并未发生小姑娘说的那种"太累"的事。从这一点看,唐子羽还像个老党员,在水火无情的紧急关头,仍能坚持"毫不利己、专门利人"的准则——梅雨妃身子病着呢。要是"太累",她可能感染呢。可是对于唐子羽的这个苦心,梅雨妃并不领情,反倒要重新估价他对她的情谊,猜测他的心并不太真太纯。他或许只是同情她,或许他有了新欢。她忽然想到丈夫,在类似昨夜的情况下,丈夫会如何呢?这一点她太熟悉不过了,丈夫当然要做大丈夫,大丈夫想干的事那就一定要干成……想得心里回起春来:还是唐子羽懂得疼人,跟唐子羽在一起你可以撒娇,可以撒泼,可以无所顾忌地说笑骂人,这是多么愉快!

"子羽,你也要注意身体,眼角的纹络这么密了!我父亲就是在你这个年龄生出我的——"

"——打住！"唐子羽把塞进嘴里的一只乌鸡腿拔出来，"不要见了我面就联想到你父亲，这让我想到乱伦！"

"你怎么这样联想！"

"这太不由自主了。"

唐子羽确实生气了，因为他忽然联想到自己眼下的处境。自己生命中仅有的这么一点诗意，便是认识了梅雨妃。可是眼下这个女人要背弃他，便拙劣地找出一个"像父亲"的借口，这不是精心策划着故意伤害我吗！至少含有这样的意思：你老了，你是我的长辈，我把你当父亲看，你也要把我当女儿看。我唐子羽要你这样的女儿吗？我要的是女人，真正的女人，能够让我心灵充分感受到"我活着""我像人一样活着"的女人！

其实唐子羽同样误会了梅雨妃。他把她的意思完全彻底地联想到歧路上了。梅雨妃很小就离开了生身父亲，面对一个她喜欢的、年长她十八岁的男人，她联想到父亲，那是再自然不过的事，甚至可以说是本能。对此，唐子羽显然不能准确理解。可见男女之间确实难以达到完美的沟通。

"我错了，我以后再不这么说了，好吗？"

见唐子羽放下筷子，一副罢吃的架势，梅雨妃就站起来，侧了身子，一个美臀偎进他的怀里，双手扣住他的脖颈：

"你呀真是个大男孩！我是你的亲密朋友啊，我是你的爱妃呀皇上！"

说着，她的手从他的背后探了进去。一会儿温柔地抚摸他的背，一会儿又微微地弯了手指，万般奉承地替他挠痒痒。语言其实是限制思想的，语言常常把人与人之间远远地阻隔开来。这时候，形体语言就冲将上来，就对声音语言进行有力地矫正和补充。唐子羽怀抱着梅雨妃，感受着来自她身上的每一个细小的动作，品味着这些动作的各有所指的不同信息，将这些信息综合起来，得出一个定论——

16

她是爱我的。

唐子羽一下子晕眩了，泪水出来了。不管他四十五年的生命是多么苍白平庸，不管他经过了怎样的心灵伤害，也不管他在怎样龌龊的泥坑里自找乐子解闷，但是这一刻，因为有了这一刻，纵然这一刻眨眼就会消失，他都可以自豪地说：我到世上走一遭是值得的，我的生命是有一点价值的……

"小梅，原谅我刚才的粗暴吧！你是不知道的，我一直瞒着你的，知道我眼下的遭遇吗？"

"那还算得上遭遇?!不就是收了车、免了职——"

"——你是怎么知道的？"

"这你就不用管了……所以我才叫你来这里。"

唐子羽有点蹊跷，又有点警觉，便将梅抱起来，郑重地放到床上。

"你雇人盯我的梢！"

"也不全是。现在是信息时代，克林顿放个屁，全地球都能闻见臭味。"

"两码事嘛。"

"不说这个了。昨夜跟你说了一晚上，想通了吧，你还留恋什么呢？"

"正因为如此，我更不能跟你私奔了……我理解你会舍不得这个国家，我对这个国家也有感情，这是与生俱来的，没有办法的事……可是按你的设计，跑到某个深山当教员……倒是浪漫，可这是一个系统工程，先要拆掉旧工程，然后搞新工程，太烦琐了……"

"你害怕了？"

"有一点吧。"唐子羽咽回一句想说而没有说出的话：拆掉旧工程，弄个新工程，谁敢保证不是豆腐渣工程！恋爱而不涉及婚姻，对青年人来讲是相当苦恼的，中年人则恰好相反——不用由一个火坑跳进另一个火坑。

这是个问题。明智的办法是：可以仿效中日两国解决钓鱼岛归属问题的方法，暂且搁置起来，留待后人解决吧。

话题就扯到了读书上。

桌上散乱地摆着一摊书。多数是外文书。中文书有：《阿城小说选》，余华的《活着》，莫言的《红高粱》，丰子恺的《缘缘堂随笔》。翻译小说是屠格涅夫的《贵族之家》、马尔克斯的《百年孤独》。

两人一整天都没有走出小木屋。这就是爱情。如果这对男女是夫妻，一整天不出门，那绝对是煤气中毒了。可见爱情和婚姻的确是两码事。

当天晚上，又下了一场小雪。早上起来，门口照例放了两个红暖瓶，梯子呀窗台呀小路呀也照例打扫了。循着沙沙啦啦的声音望去，两个姑娘正在打扫场院的雪，其中一个就是送饭的那个小鼻子大眼睛姑娘。看来今天还算起早了。场院自然在别墅主体楼下，两个姑娘扫着扫着，就遥望见了这厢的两个客人，便拄了笤帚，交头耳语起来，耳语之后就是大笑，然后打起了雪仗，追撵得滚倒雪地上四仰八叉哈哈大笑。

"她俩在取笑咱俩呢。不知说的什么。"梅雨妃刷毕牙，喝口水，仰起脖子，咕咕嘟嘟地涮口腔。

"我能猜出来，"唐子羽双手叉腰，"她俩说，'瞧那两个狗男女，一个奸夫，一个淫妇！'"

"啊呜！"梅雨妃气得一口脏水吞进肚里，"你太可憎了，就算你是奸夫，我可不想当淫妇！"

"这可不是外国，我是很中国的说法。"

"就你能代表中国？那俩姑娘那么纯洁，绝不会说你那号下流歹毒的话。"

唐子羽微笑地看着她，他显然不想把这个问题争论下去。他非常清楚，眼

\ 16 \

下的他和她跑到这儿来偷情，在人性上是美好的，在道德上是肮脏的。如果翻了船，甚或惹出人命来，闹到法庭上，审判官一拍惊堂木，必定这么说：被告奸夫，被告淫妇，你们还有什么好说的！

"我知道你是故意污蔑咱俩的关系，"见唐子羽仍不吭声，梅雨妃就又说开了，"情太浓了也不好受……你嫌太沉重。"

"你看那儿——"

面前的几棵树上，每停一小会儿，便"啪嗒"一声，一团雪降落下来，便给雪地上拓出一朵花案来，这是天要放晴的征兆。此时的山下平原，大概到处都是泥浆了。

"缩在屋里没意思，还让人家瞎猜。"唐说。

"后悔了是吧？"梅有点幸灾乐祸。

"走，咱踏雪去，看那个什么鹿池。"

"臣妾听从圣上吩咐。"

二人回屋，唐子羽帮梅雨妃穿上蓝色大衣。出来时，世界正在发生变化：白雾从四山顶上，翻卷着合围下滚，如大朵大朵的棉团。云中的雪落完了，云要下凡了，要下到大地上化成水吗？

唐子羽和梅雨妃相互搀扶着，探着脚尖踏雪，挥拨眉前的迷雾前行。准圆形的谷底，像一个大盆灌满了牛奶，两个人则成了两粒小蝌蚪，在牛奶盆里不知道是游泳呢，还是相贴了身子取暖暖。是要取暖暖，因为树上的雪老往脖颈里跌。

汩汩的流水声，从最里边的小木屋后传来，像婴孩的笑声。

"阿梅，我早就想写一个论文，说不定还能获社会科学奖呢。"

"说出来听听。"

"其实也不是我的创意，是贾宝玉发明的。"

"肯定是那句名言,'女儿是水做的骨肉'。"

"但他只说了论点,没有具体论证。这怪当时的教育水平、认识水平还低,咱不能苛求他。咱都晓得,水这种物质,有三种存在形态,液态、固态和气态。宝二爷说女儿是水,就等于说女儿是液态,温柔的,随物赋形的。那么水的固态呢?气态呢?水在空气中漫游,你就是把眼睛睁得鸡蛋大,还是看不见水啊。水幻化成气态的云雾,哈,这是最迷人的,它能升华你。可是水变成固态的冰块,那可是又冷又硬,拳大一疙瘩,准能砸死你!而且这种变化太快,根本不用铺垫,令你防不胜防。如果有谁能摸清女人的规律,他准能了解全世界,进而统治全世界。"

"子羽,"梅雨妃一拍他的屁股,"知道我为何爱跟你在一起不?就是爱听你能把牛嘴说到马头上。两个人一堆儿,要是没话说,或者说出来的话没意思,那不是如同坐牢嘛。"

两人慢慢地挪到水边,就见了一个奇观——

一团白雾排着齐齐的茬口朝后退却,极像是某个展览会的揭幕仪式,只是红布变成了眼下的白雾。随着白雾的后撤,一条乌青的河水伸展开去,伸展到百米左右处,被峡谷的一堆乱石头卡住,但见小银练落地,大珍珠溅起,两边的水晶很像是京剧女演员的头饰。

"造化啊,你说这雾多感人!今天,大自然以迎接帝王与王后的规格来迎接咱俩!人——民——万——岁——!"

"你刚说什么来着?把我由妃子提拔成王后了?!"

这句话的暗示意思唐子羽只能装作听不明白,他依然继续欣赏风景:

"你看,就是那堆大石头,堵塞了一个小湖泊,叫'鹿池'。为什么叫'鹿池'呢?传说是——"

"——我已用英文记在日记上了。"

"这堆大石头是从左边山头上,于很久很久以前的,某年某月某日某时,居然没有给政府打报告,也不到地震局盖章,就擅自崩塌下来!"

梅雨妃一甩大衣,径自前去,脚一打滑,差点栽倒。

唐子羽立刻超上前去:

"雪路很浮夸,小心踏空了!照我的脚印走。"

唐子羽走到前边探路开道,心里有点毛。眼前的那堆石头,在最大的那块石头上,立着一个红柱子八角亭。亭上有对联呢,但看不清内容。正在他猜想那对联应是何等内容才不辱没如此景致时,梅雨妃叫住他:

"唐子羽,你停一下。"

梅雨妃走上前来,指着唐子羽的腰说:

"这是什么玩意儿?"

唐子羽侧勾了脑袋一看,是一条可爱的半寸来长的红尾巴,像红鸟的颤悠悠的尾巴。哦,是红纱巾。他原本是要送给梅雨妃的,可是临到现场,觉得文不对题,送她没有任何意义,就作罢了。

他动手要掏,梅雨妃抢先一把拽将出来。

"啊,"唐子羽有点不相信自己的眼睛,"怎么变得如此鲜艳了?是四周环衬太雪白的原因啊!"

"哪来的?"

"这个我得慢慢给你讲。先说你喜欢吗?喜欢了就送给你。"

"送给我?你舍得!"

"原本就要送你。"

"原本?我要不发现呢?"

"你是咋啦?"

"说,是哪个臭婊子的!"

"你怎么乱骂人？"

"好，我不骂。"

梅雨妃两手一扯，要扯碎红纱巾，但是没能扯碎，就挥手撇了。唐子羽伸手去抓，恰好吹来一股风，刮走了红纱巾。

红纱巾升到几丈高，翻个跟头，然后自由地舒展开，像一朵燃烧的落霞，最后一次放出光辉，便一下子跌进河水，冲进石缝了。

"好你个梅雨妃啊！"

"你前天来得那么晚，我就猜有这号事，果然是！卑鄙，卑鄙！"

这件小小的偶发事件，弄得唐子羽又灰心又沮丧。早知如此，来的时候就应该当即将红纱巾送给梅雨妃，说明红纱巾的来历，哪来如此误会！问题出在他当时觉得送她红纱巾没有任何意义，只能显出滑稽和荒诞。结果没有送给她，反倒酿成一个重大负面事件——他童年的梦想与美好，业已消失殆尽了，仅仅成为一种记忆了。

当然，事情还是说清了，误会还是化解了，两人又和好了。只是，唐子羽再也叫不出"爱妃"这两个字了。虽然几次想叫，都因话到嘴边总觉得不自然而作罢。

唐子羽来的时候，一看人和景，是决心要抛却一切，享受几天世外桃源生活的，眼下却不想住了。梅雨妃原本也要跟唐子羽一块儿下山回城的，如今也不积极了。好在她有一个体面理由：她要把图书馆的中文藏书目录里的当代中文小说，翻译成英文目录，还需要两天时间才能完工。

分别的时候，梅雨妃还是强打精神，说道：

"还是老话，我出不出国，就等你一句话。我给你七天时间。"

"我记住了。用不着七天，五天时间就够了。"

16

其实唐子羽当时就想：这事只需思考一个晚上，就能做出决断。

唐子羽还忍住了一句临别声明：你人工流产的那个孩子，绝对不是我唐子羽的种！没有体外授精的设备嘛。他之所以忍了，之所以心甘情愿地"无功受禄"，原因在于：既然你梅雨妃坚持认为你怀了我唐子羽的孩子，并且认为这种痛楚反倒给你带来某种欣慰，那就由你去吧。你还是对我好啊，你至少巴望给我怀一个孩子、为我忍痛流一回产啊。我若声明孩子不是我的，我对人流毫无责任，你必定委屈气恼，我怎忍心看你委屈气恼呢！如果还有哪个妇女怀了野种无人承认，如果有人承认了便可解除那个妇女的灾难，那我就当那个人，我就勇敢地站出来背这个黑锅吧！我在主观上是多么想为别人奉献点愉快呀，可我没本事、没能耐啊。

他是步行下山的。因为没有车辆，雪地上只有两行山民们留下的脚印。他不想沿袭现成的脚印，他专挑新鲜的雪路走，这样的走路似乎是检阅处女世界，有一种莫名其妙的毁灭快感。可是忽然，他又不忍心践踏雪地了，他重新踩着别人的足迹了。雪地，多么圣洁，填平了坎坷，涂抹了阴影，就像一篇歌功颂德的社论文章，我们读了，无不产生一种仙山琼阁的幻觉。女人有时候也像雪地一样憩静丰美，特别是女人在做母亲的时候——当然不包括流产的女人。

两小时后，唐子羽出了山口。天空一半是阳光，一半是薄云。地上一半是积雪，一半是泥浆。山与平原交会处，雪后的景致是如此不同。路两边的村舍，有几十年的老屋，也有才几年的新楼，像一堆堆不同年代出版的砖头般厚薄不一的书。不论老屋还是新楼，房檐下都垂挂着玉米疙瘩，看上去像是倒悬的金黄色的松塔。还有一串串的，刺激人食欲的红辣椒。拴在柳树上的羊箭步欲脱，冲着麦田咩咩叫着。狗在雪地上跑出一溜儿梅花脚印，勾着脑袋伸缩着鼻子，警察似的要寻找事端，以显示其化干戈为玉帛的非凡才华。圈里的猪呢，则满足地倚栏蹭痒痒，同时哼哼着一首单调而永恒的，关于太平盛世的无字曲……享受如此这般的田园美景，如此这般的大自然，居然不用买门票，不用花一分钱，这不妨理解为是祖上积了什么阴德。

唐子羽在一个小站上等车，等了十来分钟，等来一辆满是泥点的中巴。几个妇女抱着、拉着她们的孩子朝车上挤，他只好最后一个上去。没有座位了，他就站在过道上，弓腰扶住靠背。若在夏天，这样的场合是很难受的，因为混七搅八的人味，就像醉厨子炒臭肉，实在不好闻。可是眼下因为下雪，因为天冷，车厢里反倒像老祖母的热炕，温暖而无忧无虑。

温暖无虑顷刻消失了，因为离城近了，"信息时代"来了。唐子羽身上的传呼机鸣叫起来，而且几分钟就鸣叫一次。单位的，朋友的，同事的，熟人的，老同学的，竟还有毕业二十多年从未往来过的同学……当然打传呼最多的是儿子唐植和老婆嘉贤。他最好的朋友朱大音反倒没打一个传呼，可见只有朱大音一个人晓得唐子羽去了什么地方——其实他也不知道什么地方，他仅知道唐子羽去见什么人。如此而已。

这些传呼的内容，不妨以标语的形式整理如下：

1、单位的领导和同志们都关心您，请您速回电话、速回单位！

2、无官一身轻，生活更自由，归来吧！

3、您的情人们上街游行了，呼吁您平安归来！

4、嘉贤和唐植需要您，永远爱您！

5、再不回话，明天就在报纸电视上打出寻人启事！

6、嘉贤、唐植与单位的同志们一块儿到公安局，辨认一具今天中午从护城河里打捞出的男尸……

\ 16 \

唐子羽消失了三天，他所生活的城市，在他的同事同学中，熟人亲友中，掀起了一场声势浩大的"寻唐运动"。可以想见，所有的人都怀着"清明时节雨纷纷"的心情，满脸的吊丧神态，有的路过纸扎店时，就琢磨着得给唐子羽选几个好看的花圈吧，有的索性购买了几亿冥币，要在唐子羽的追悼会后焚烧。而借唐子羽钱的人，则窃喜，准备带着全家包括丈母娘小姨子去吃肯德基……唐子羽一下子无比重要起来，仿佛他抱着启动核武器的密码箱跳井了！

按一般人的思维，能够活着的时候享受到这么一种待遇，该是何等欣慰啊！可是面对这么一堆寻呼，唐子羽简直气得"肺都要炸了"，这可是他自娘胎里生下来，从未遭受过的奇耻大辱！

他一下子将传呼机扔到车窗外。

他感到奇耻大辱的是：所有人都以为他自杀了，自杀的原因居然是丢官二字！特别是，当他联想到，这件事意味着所有人都认为那个鸡巴副局长职务，对他唐子羽而言，比他的生命更重要时，他实实在在地感受到了——双倍的奇耻大辱！

他平日里自以为交了不少朋友，朋友们对他，正如他对朋友们，都是真心实意、关爱有加、散淡多趣的。可是现在，他刻入骨髓地感到了孤独和悲哀，因为没有哪个朋友了解他，就如兔子不能了解大雁一样。

这倒也罢了，在他奇耻大辱之余，他尤感心寒齿冷的是：他们公然认为一具泡成死猪样的男尸有可能是我唐子羽！而且这里边包括自己的老婆孩子……你说说看，这算什么骨肉亲情！别说眼下，我还没有到要死的地步，就算我要去死，我会跳进臭烘烘的护城河里淹死吗？也未免太肮脏、太掉份儿了吧！我的生命虽无"夏花之绚烂"，但若去死，那也要"死如秋叶之静美"哦。而且我绝不麻烦任何人，我要在我死相当长的时间后，至少过一个月或一个半月，再巧妙地让我的朋友们知道——请你们斟满红酒举起夜光杯，庆祝我跨上了开往天堂的高速列车。亲爱的朋友们，不给你们添麻烦——这便是我对友谊的最后的表达方式！我又不是政客，我的脸皮还不是太厚，我不能用自己死后的余威强迫他人隆重集会作秀，来缅怀自己、悼念自己。

在打给他的所有传呼中，唯一能让他高兴的是：

"您的情人们上街游行了，呼吁您平安归来！"

这当然不是说他真的有很多情人，而是这个打传呼的人，根本不相信我唐子羽会因丢官而去自杀，所以跟我开玩笑。

这个人才算是朋友。可这个人是谁呢？很久以后他才知道，是——他的局长！局长明明知道他没有多少官欲，却偏偏提拔了他。所以现在他丢了官，全世界也只有局长一人知道他不会因此而自杀。唐子羽对那个传呼留言再也感动不起来了，唯有的感慨是——杰出的政治家确实是洞察人性的高手。

那么"唐子羽自杀"这一讹传是如何引发的呢？八成是从家里引发的。他两三天没回家，没有电话，家里必定要找人。先找朱大音，朱大音说人跟姚海贵在一块儿。追问到姚海贵那儿，姚说压根儿没见人。于是找单位——终于知道唐子羽犯错误了，丢官了，因而失踪了。于是爱当官的老婆自然而然地判断丢了官的丈夫肯定"想不开"了……

看来我还得往下活，因为我要雪耻，唐子羽心中兀自发誓道，如果我死了，众口一词地说我是因丢官而死的，岂不遗臭百里！

唐子羽见外面有一个电话亭，就让中巴车暂停，提前下来了。他要给家里打电话。号码拨完，刚"嘟"了一声，就传来嘉贤的声音：

"是子羽吗？"

他没有搭腔。他不想给嘉贤搭腔。再说，话筒里传来满屋子的人声嘈杂。大概都是来找他的亲友，顺带着安慰嘉贤，这激起唐子羽的强烈反感。

\ 16 \

"是子羽吗？你不吭声，你肯定是子羽，我是你的嘉贤呀！"

当嘉贤再问一遍，唐子羽这才稳了稳情绪，说道：

"如果唐植在的话，让唐植接电话。"

唐植接了电话，"爸"字刚出口，便"哇"的一声大哭起来。

"哭什么哭，没出息！爸爸我还健康地活着，亲自活着。"

"是，爸爸亲自活着。"

"爸爸给你布置个任务。"

"爸爸你说。我以后永远听你的话。"

"那也没出息。你现在要做的是，请咱们家里的所有客人都回去。代我谢谢他们。"

"是爸爸。"

"然后和你妈一块儿，分别打电话，打给谁呢？"

"打给谁呢爸爸？"

"你和你妈这几天都给谁打过电话？"

"可多啦！"

"还能全部想出来吗？"

"差不多吧爸爸。"

"那好，你和你妈再给这些人一一打过去。"

"给他们说什么呢？"

"告诉他们，你的爸爸现在食欲旺盛。"

"好的爸爸！"

打毕电话，他决定过个半小时再回去，给家里留点时间准备准备。老婆和孩子，这阵子的心情，大概像机场上引颈翘首的，迎接外国元首的，天性爱瞎凑热闹的人民群众一样，只差挥舞三角旗了。作为被恭迎的人物，他理应神采奕奕、面带微笑，频频挥舞他那不曾影响世界局势的手……只有如此，才不辜负热烈欢迎他的人民群众。

所以他进了一家发廊，先把嘴脸上的毛毛草草刈除干净，因为嘉贤不喜欢他的胡子。然后，将头干洗了一回。出门又进了商店，给唐植买了一个"随身听"。

在进入家属院大门时，唐子羽心里有点缺憾：这么大的事情，怎么没有通知姚海贵派记者来报道呢？革命要靠自觉，于是他自己在脑海里为自己写了一篇"消息"：

【本报讯　记者　大音王调】"没用的好人"唐子羽先生圆满完成了出访任务，于北京时间十一月十五日下午五时十八分回到他在百陵市的寓所。在他寓所的客厅，举行了隆重的欢迎仪式。随后开始阅兵，男兵女兵分成两列，步声如雷，雄姿英发，崇敬庄严地向唐子羽先生行注目礼。男兵人数1人，女兵人数1人。当天晚上，唐子羽先生出席了盛大的庆功宴会，对宴会上的梅菜扣肉赞不绝口，即席演讲道："凡爱国者必吃梅菜扣肉。不吃梅菜扣肉者，将不能入党、提干，至少不能当一把手。"他的演讲激起了雷鸣般的，暴风雨般的，经久不息的掌声……

在虚拟的掌声中，唐子羽上到自家门口。门虚掩着，他刚一推门进去，唐植就扑了过来，紧紧地搂住他的腰，说：

"爸爸我想你！"

"儿子我也想你！"

儿子的脸上挂着泪花，老子正要替儿子揩泪，嘉贤从厨房里出来了。她系着紫花围裙，笑着说道：

16

"就说么,你能舍得你儿子!"

唐子羽没有答话,因为他想到护城河里的无名男尸。他只能拐了弯子训斥唐植:

"你怎能以为那具男尸是爸爸呢!"

"我就不信的,可我妈非要拽着我去认!"

嘉贤尴尬地笑了笑,说:

"好了,一切都好了!我正在做你最喜欢的梅菜扣肉,咱今晚好好喝两盅。"

唐家父子进到客厅,见沙发上、茶几上胡乱摆放着影集。影集们皆打开了,共同展览着唐子羽不同年龄、不同季节、不同地点留下的照片。人死后,在过某周年时,家人通常要翻出老照片,以此缅怀亡者。

唐子羽就有些烦,让唐植赶快把影集收拾了。收拾好后,唐植就给他的老师、同学打电话,对着课本,一一标记这几天没有做的习题。刚标记完,厨房里传来锅铲的最后一声脆响,听那嘉贤喊道:

"二位唐先生,开饭喽!"

17

那一晚上，唐子羽与嘉贤免不了床上相扑一回。唐子羽尚未进入佳境，嘉贤便要死不活地来了两次高潮。如此事半功倍，在二人的房中协作史上，是不多见的。"比新婚还美"，说完这句话，她便手搭丈夫的绿豆奶子，沉沉睡去了。

应该公允地说，嘉贤是热爱丈夫的。当她得知丈夫丢了官，她一下子受惊得半日喘不上气来。她抱怨丈夫太不成熟、太孩子气了，怎么能把开会学习当成儿戏呢？怎么能觉得开会学习没有意思呢？开会学习是做官的专业呀！当官也就这一点没有意思，另一点就是见了大官要献出一点"奴相"，除了这些，应该说当官在总体上看，还算得上是一个"甜蜜的事业"。

可是唐子羽睡在蜜罐中不知甜，硬是放着光荣不光荣，硬是把蜜罐罐鼓捣烂了！嘉贤草拟了一大篇腹稿，准备就此事严肃认真地批评丈夫，教育丈夫。不是说"好女人是一所学校"嘛，既是学校，就要调动一切手段，将学生往"成器"的方向教育。要提醒丈夫，一定要从这次栽跟头中总结经验，汲取教训，努力工作，认真做人。说不定风声一过，时间一久，人们在回望这件事

\ 17 \

时,就觉得很可笑(后人在回望历史时,会发现历史的大半都是可笑的),就觉得对唐子羽的处理太严重了,于是就有可能给他"平反昭雪"。要是"昭雪"得及时,要是他的年龄还不太大,那就存在着官复原位的可能。只要有一点点可能,有一点点希望,人就应充满活力、耐心等待。这一点,小平同志的几起几落就是我们的光辉典范。

可惜这样一篇情文并茂,又含历史经验,又不乏政策水平的"教育诗",却急忙得不到朗诵——因为,她的丈夫,前××局副局长,我们的唐子羽同志失踪了!

这一下急坏了嘉贤。当不当官,教育或不教育,已变得微不足道了。最当紧的是要把人找回来,千万不能让他死了!他一死,我跟唐植怎么办?唐植还不大要紧,混几个春夏秋冬,人也就长大了,挖抓一个媳妇,也便有了自己的日子;而我呢?寂寞漫长的后半生怎么办?像我这个年龄的寡妇,只能被六十岁左右的男人选择。这个年龄段的男人,像点样子的没死老婆,死了老婆的又没档次,仿佛全世界的人都在合谋着跟四十岁左右的女人过不去……思维发展到这个境地,嘉贤就极为害怕起来,就只想一个愿望——

菩萨保佑我的丈夫不要死!

就想起丈夫的很多好处。他最大的好处是:他在家里我就能入眠,他不在家里我必定失眠!要死,也要等我不爱活了他再去死。我活着,你就不具备死的条件,因为你是男人,你是大丈夫我是小妇人,你必须无条件地对你的妻子履行这个义务!你不能这么轻松、这么没良心地一死了之,我为你"三陪"了十六年呐!如果真的是个三陪小姐,你掰指头算算,你得花多少钱!我可没要你一分钱的小费,而且我每月的工资只比你少三十来块钱,你隔三岔五地来一帮朋友海吃海喝,你那多余的三十来块钱够塞牙缝吗?不说这个了,账算得这么细也没啥意思,谁让咱们是夫妻呢。只要你不死,只要你还回这个家,我依然是你的好女人，依然三陪你到底……

感谢苍天，丈夫没有死，丈夫回来了，丈夫干干净净、风风度度、完完整整地回来了！这完全出乎她的意料，因为她是这么想象丈夫回来的样子的：蓬头垢面、满身血迹、缺一只胳膊断半条腿……可是她猜错了，丈夫依然是她的丈夫，他依然风雅温情、谈笑风生，你就是把眼睛掰得鸵鸟蛋大，也从他身上看不出丝毫的他曾因丢官而想去死的迹象。嘉贤彻底放心了：既然连丢官这么大的事都不能刺激他去死的念头，那么批评他、教育他、帮助他也更不会诱发任何危险了。

"子羽，你还是要向组织上深刻地检讨。"

"我都记不清检讨的次数了。"

"再主动多检讨嘛。"

"有这个必要吗？"

"有哇，多交一次检讨，就多接近一次领导。"

"没意思。"

"意思大得很呢！交检讨不是为了交检讨，交检讨只是个手段，目的在于通过交检讨来让领导对你保持连续的记忆和深刻的印象。"

"莫名其妙！"

"个中奥妙深着哩。你想想，等过上一段时间，领导觉得当初撤你职太小题大做了，就可能重新启用你。"

"绕了半天，还是想当官！"

见丈夫吊了脸，嘉贤就闭上嘴，暂且不教育了。

"嘉贤，我今天给你说个掏心底的话。我对你各方面都很满意，唯有对你崇拜官这一点很反感。"

嘉贤的嘴巴很委屈、很不被领情地撅起来。

\ 17 \

"你要说我一点儿不爱当官,也是假的,关键看是什么样的官。如果让我去当'党和国家领导人',不用你劝,我都会主动地、自费地去上任的。当那样的官,才算是光荣高尚的事业。其余的官嘛,一概是'奴',一概是奴才!"

女教育家张口结舌了。

"我亲爱的老婆,你认为我能当上我乐意当的官吗?"

嘉贤气得脸都白了。由于气得过分、气得过了梁,便大笑起来:

"哈哈哈哈,你连小官都不愿当,怎能一步步升到中央?你是魔术师!"

"好,就按你说的去做,我先当个小官。那么当到中央,肯定需要五百年时间。所以你首先要帮我解决的问题,不是先去当小官,而是先找到可以让我活五百岁的长寿药。找到了咱俩都得吃。当然你先吃。"

"废话!如果真有这样的药,那一定在公安部的钢锁铁柜里。"

嘉贤眼看说服不了唐子羽,就决定暂时下课。谁知,她上了一回厕所,酣畅淋漓地出了一堆肥,就又来了灵感,于是她接着上课:

"既然你如此不爱当官,那你就扶助我当官。"

"怎么又转到你身上了?真是愚不可及。"

"你才愚不可及!你整天乱看闲书,都看进狗肚里了!"

"什么意思?"

"你知道中国当年为何要勒紧裤带搞原子弹?因为没有原子弹,中国的腰杆就硬不起来,在国际上就要受欺负。家和国是一个理儿,咱家里要是没有个官儿,就等于咱家里缺个原子弹,你就不怕别人欺负?你反正无所谓,可你忍心看着别人欺负你的老婆孩子吗?呜呜……"

真他妈操蛋,她居然哭了。女人一哭,大丈夫不管是否放弃己见,但起码有一点:他不便再反驳了。

况且，你又能拿出什么得劲的话来反驳她呢？

"你要不扶助我谋官，咱这个家……"

"要拿离婚威胁我？"

"你这只是一种理解，比如，跳——"

她不说了，可能咽回了一个"楼"字。

嘉贤之所以恫吓他，是因为她有一个明确的感觉：你唐子羽既不会去死，也没有跟我离婚的苗头。你不想做复官的努力，又不帮我奔官，那你就别想安宁，我也绝不会像往常那样兢兢业业地三陪你了。我就不信一个受过高等教育的女人教育不好自己的丈夫！

嘉贤只知道丈夫不会死，也不会跟她离婚，却不知道根子在哪。唐子羽不死，是要向世人证明：我不当官我还照样愉快地活着，我要洗掉你们认为我一丢官就要去死的耻辱。至于为何不离婚，那是因为我还没有撞上一个可以让我不顾一切地要离婚、要跟那个她过日子的女人。

就这么回事。

大概第三天早上，天还没亮好，唐植就一轱辘跳下床，换了干净衣服，声称中午不回来吃饭了，因为学校接到有关方面的通知，让学生们集体乘大轿车去机场，欢迎非洲来访的一个黑总统。"我今天可是代表中国！"出门时，唐植自豪地丢下一句话。不说这话倒也罢，一说反倒让唐子羽来气：代表中国？挥舞着小三角旗，傻啦吧唧地高喊"欢迎欢迎，热烈欢迎！"，就这么代表中国？中国五千年文明，单是汉字就有八万多，可你们只用"热烈欢迎"四个俗不可耐的字来代表礼仪之邦的风度！怎么回事嘛，外交部礼宾司的人员怎么那么笨？"请你们另选几个好一点儿的词汇，好不？"他下意识里抓起脑海中想象出来的朱笔，如此批示道。过去都是让小学生去欢迎外宾，怎么今天让中学

17

生去?哦,天太冷,小学生撑不住。既然是中学生,就更不应该只会喊叫热烈欢迎了。不是老讲素质教育吗?这是个什么素质!教育部应当抓一抓了。

他和嘉贤一块儿吃了早点,分头上班去了。

唐子羽赶到单位稍稍迟了点,看到院里停了许多搬家公司的蓝色卡车。搬运工满身灰尘地扛着抬着家什出出进进,几个督战的工作人员,脸上一概露出喜气洋洋的,要到解放区的神情。一问才知道,这是另一个局机关的搬迁。明天,再搬迁一个局机关。

这幢俄式四层楼,由三个局机关共用。在今年度的机构改革中,本楼有两个局保留不变,搬入新建的市政大厦。被精减掉的,唯独唐子羽的所在局。

上到自个儿局的楼层,穿过走廊,经过办公室主任的房门,见王调研在里面与主任说话,他只好进去,笑着与他俩打招呼。他俩急忙站起身。唐子羽于是知道了,王调研是代表机关事务管理处来受理财产的。办公室主任桌上放着一份《本局现有财产登记册》。

王调研的脸上颇不自在,似有愧色,但还是勉强笑着握了握唐子羽的手:

"老弟,想开点。其实咱们,都是些麻将骰子之类的小玩意儿。骰子放进社会这个大转盘里,转盘说转就转说停就停,骰子也跟着翻滚,跟着激动。旋转结束了呢?一切恢复成老样子了,那骰子还依然是个骰子,连傅市长也不例外——"

"王老兄,瞧你,"唐子羽笑着说,"你今天的早点吃的是韭菜盒子吧?门牙上还有韭菜呢。"

"今天真冷!"办公室主任慌忙插话,搓着双手,"他娘的暖气也不放了!"

唐子羽与他俩挥手作别,到了局长办公室。

局长兀自一人坐在自个儿的大套间办公室里。虽然红地毯依旧,但屋子里的气氛,却有些"末代皇帝"的味道。见唐子羽进来,局长的目光僵硬而迟疑,似乎认不清来客。当然还是认出来了,就站起来,伸出双手:

"原来是子羽哇……你恨我吗?"

"你说哪儿话啊局长!"

"我相信你不会恨我,但是我要恨我自己!如果当初不提拔你,你也不会有眼下的闪失。提拔之后,如果能经常敲打敲打你的脑瓜,也不至于如此。来,坐。喝茶……哦,整幢楼里都没有开水了……"

坐在沙发上的首长与部下,像两个误车的旅客。

"咱局的情况你都知道了吧?我虽然白努力了一回,但毕竟努力了。"

"知道了局长,三分之一的人分流其他部局机关,三分之一的人下企事业,三分之一的人到人事局接受'再择岗培训',培训之后酌情安置。我还是不错的,'再择岗培训'嘛,知识老化了。"

"子羽呀,如果这次政治学习不出岔子,你的职务就在,可以分流到其他机关,有没有实职难说,但至少级别还保留的,待遇也照旧不变的。"

"无所谓呀局长,反正级别也是您给的,权当您给了我一只烤全羊,烤全羊终有吃完的一天。只是我不会过日子,牙口又好,吃得太快,三两下就吃完了。"

"难得你这么达观,好,好。我的情况你可能也知道了,到××部,当巡视员,跟调研员差不多。转一转,看一看,几圈子转的,也就退休了,拉倒!"

"祝贺您局长,实际上您已经开始了第二个童年生活。"

"哟,我怎么没有这么想过呢?你这个唐子羽,干脆开一个心理诊所好了。"

两人大笑起来,笑声使得清冷的房间稍稍有点暖意。

\ 17 \

"子羽,我有几句实话送给你,因为你还要工作十好几年。你有个弱点:不懂得社会秩序。咱俩都是大学出来的,为何我当了官——不好意思,这也实在算不得什么官——你当不成官呢?因为咱俩学的不一样。我是工科,专业是'精密机械制造'。你学的文科,文史类的。按常规判断,文科生更了解人与社会,什么问题、什么现象,都能分析个七碟子搭八碗,看上去最能做官了。恰恰错了!社会是什么?社会是一个巨大的'机械装置',人呢?是这个巨大装置上的极其微小的零件。工科出身,也包括部分理科的人,都能准确定位自己:我是一个零件,我只做我这个零件要做的事情,我只思考我这个零件该思考的问题。总之,概括为四个字——秩序,本分。你们文科生呢,老幻想'天将降大任于斯人',目光老瞅着万里之外的庙堂。好谈庙堂之事,是文科生一大恶习。一个文科生当了处长,就把主要心思用到考虑局长、市长的问题上,结果反把他本处的工作搞得一团糟。因此你看现在的中国,凡当上官、当稳官、当大官的人,多半是理工科出身……"

"局长,听说您去年的那段风流韵事感人得很呐,能不能公开一点,让您的老部下饱饱耳福?"

"啊哈,哈哈哈哈……我也是人嘛,就连伟大领袖……小唐呀,你我这样的人,老实讲,虽然当初一个学工一个学文,现在却是一模一样的人了。我连一天的'精密机械制造'都未实践过,如今家里的电器,大小有个毛病,我都干瞪眼。你呢?恐怕谋生的本领连个钉鞋匠都比不上吧。为何要这么讲?我的意思是:咱们一定、一定要热爱社会主义制度,没有了这个制度,无数个你我这样的人,凭什么吃?凭什么喝?"

唐子羽感到一股强烈的震撼。

"小唐,天下没有不散的筵席,刚才的话,"局长掏出手绢揩拭眼泪,"权当分别时我送你的礼物吧,供你参考吧。"

18

告别局长，唐子羽又到各办公室转转，给大家讲了几个他最新收集的黄段子。可是大家都不笑，都说不幽默。这可能与大家的心境有关，因为这幢楼，这幢磨损了大家的青春年华的老楼，将在本月底，于一声定向爆破之后，永远从百陵市的地图上消失掉。

唐子羽将自个儿办公室的一些零碎东西，捆进纸箱里，就下楼回家了。嘉贤尚未下班。他打算做午饭，因为他会偶尔来一点操厨的兴致，以博妻小欢心。可是进了厨房，见昨天的碗筷未洗，残羹剩汤摆了一案，当下没有了"脍炙人口"的心情。

他便呆坐到沙发上。有点冷，一摸暖气片，是屁温子。正计划着中午索性下馆子吃火锅时，嘉贤回来了，进门就是一声喊叫：

"唐子羽，我恨死你个狗日的！"

"咋啦咋啦？骂人哩！"

"工会来了个副主席你知道不？如果你帮工会主席安排了他儿子的工作，这副主席能不是我的吗！"

\ 18 \

"我还以为谁强奸了你呢。"这是对"狗日的"还击。

嘉贤扑上来就是一个耳光。唐子羽飞扬手掌,但是手掌落下来,却拍在自个儿脑顶上。

"我妈都没有打过我。"

"你妈当然不打你!这么多年来,你妈管过你吃?管过你穿?你洗过几次衣服?你买过几回菜?检查过几回儿子的作业?"

"都没有。"

"那好,把你身上的毛衣脱下来!"

"这大衣可是单位发我的。"唐子羽先脱大衣然后脱毛衣。嘉贤更火了:"你还真的脱?行,有能耐再把毛裤脱了,也是我织的!"唐子羽就真的脱了毛裤,还捎带着脱了毛袜,"这玩意儿也是你织的。"

嘉贤气得嗝儿嗝儿地喘气。

"好像我跟你结婚前,一直光着身子!我可以走了吗?"

嘉贤呜呜地哭起来。此时哭很有必要,关键在于哭的同时,还要抱住男人,男人就不会走。可惜嘉贤只是哭,没有配套的动作。

唐子羽出门,下楼。刚下一层,身后砸来几句话:

"你个骗子!你还骗我两千块钱!钱是让你帮我忙的,你干吗啦?送给你的婊子妈啦!"

嘉贤本来不是要说这话的,或者说不是想把这话说出口的,但是谁也弄不清她怎么就说了出来。

幸好两千块钱还在。唐子羽二反身上楼,将钱掏出来,递过去要嘉贤清点。嘉贤没有伸手,依旧流泪。如果她在流泪的同时,说一句:我不要钱,我只要你——那么现场效果将是另一回事。她的泪水表明她心里就是这么想的,但她还是没有说出口。

唐子羽下楼时，脑后又挨了几砖头话：

"骗子，还我青春！还我青春，骗子！"

真是混账话，你把青春给我了，我的青春给谁了？你跟哪个男人结婚，可以永远有青春？最好别结婚。不结婚连性生活都享受不了，青春完蛋得更快。

不过今天，他多了个小常识，知道了"婊子"一词的通常用法：已婚女人称自己丈夫所交往的女人为婊子；恋爱中的女人，称情人所交往的女人为婊子。此时的婊子，未必婊子，类似过去"阶级敌人"的用法。

街上很冷。虽有大衣，但是单衣单裤，又精脚丫子穿皮鞋，不冷就不正常了。唐子羽依旧朝巷口走去，一路走一路想着红军长征，想着爬雪山过草地。其实人生的每一个日子，不都是在爬雪山过草地吗！

他给朱大音打去电话，朱说他现在在浪娜酒店某楼某房间，请唐去。唐说兜里的钱不够打车。

"碰上小偷啦？偷的好，否则，我怎么向你表忠心？你等着别动，车来接你。"

十五分钟后，朱大音乘着一辆白色本田来了，见面就说：

"跟嫂子闹矛盾啦？我想跟谁闹还没法闹哩。"

上车后，朱又说：

"嫂子刚刚给我打来电话，说你今晚上要是不回去，她就跟唐植一块儿煤气中毒。"

唐子羽不相信嘉贤会那么做。他绝对了解老婆，而老婆绝对不了解他。她这人，非常非常喜欢活着。他痛恨她威胁他的方式太残暴，也太小儿科：唐植也不是我单方面的，也是你亲自生的呀。

"有车了，牛逼。"

18

"哪里，我要是有车，你肯定第一个知道。这是酒店老板的，他给我开了间套房，住三个月，给他十五幅作品抵账，不付现钱的。我原本不答应的，可是步园里的那个破屋，冬天实在难熬啊！"

"你生来是消费社会的。"

"总统是不是人？咱是不是人？总统能住的房，咱也能住，都是人嘛。"

车到酒店时，唐问朱借点钱，朱便抽出一叠，"啪"地分了一半，也不点数，潇洒地塞进唐的大衣兜里。唐还是掏出来，一点，一千七百元，这才装回去。朋友再好，账要算清楚。

两人上到酒店五楼的一个大套房，就是个分里间和外间的套房，压根儿不是什么总统套房。一看，外间用几张桌子拼了一个书画案，画面上的一只老虎，尾巴毛即将画完。

朱扒着唐的耳边：

"我没告诉她你要来。"

"谁？"

朱大音"嘘"住。唐子羽第一反应是梅雨妃来了，但是可能吗？

"有你在，当然该你……"

说毕，朱大音连抱带推的将唐子羽拥进里间，退步带上门。

就看见，里间的双人床上，睡着一个女人。那女人的头发，噗啦在枕畔；被面凹出迷人的腰部曲线，跟他在小木屋里见到的梅雨妃的曲线一样的迷人。

唐子羽首先的反应不是激动，而是悲愤。梅雨妃是这种人？真的是嘉贤说的（猜的）婊子？这朱大音实在该……车裂！

他尽量克制住自己的悲愤，挪步到床边。细细一瞧，这睡着了的女人不是梅雨妃，而是长得很像梅雨妃的潘小姐。

他的悲愤，他的悲哀消失了，但依然不舒服，很不舒服。于是他退出门外，也对朱大音耳语道："我要去买毛衣毛裤。"说着又把脚抬了抬，让朱看他的光脚丫子。

"这是该我服侍你的事啊，"朱大音照旧对唐子羽耳语着，"楼下就是商场，我去给你买，你就放心地去，那个……快活吧。"说着又是连抱带推唐子羽。

"不单单买毛衣，我还有其他紧火事。"

"是不是嫌潘小姐跟我在一起了？有必要在乎这个么！"

"开啥玩笑，我能在乎这个！"

"那你快去快回。"

唐子羽一进电梯，就兀自骂道：简直人伦丧尽！他心里特别生朱大音的气，虽然是个妓女，你口口声声说我是你的领袖，领袖睡过的女人你怎么也敢睡！你有没有王法？懂不懂纪律？他理智上当然清楚，妓女是谁都可以睡的，就算朱大音不睡，牛大音马大音熊大音也会睡的。问题是我跟你朱大音的关系不一般啊，咱不说领袖不领袖的，你起码是我唯一喜欢的朋友吧，你怎能这般毫无顾忌！你骗我、你偷着睡她我管不着，可为何要让我看见呢？你为何不在接我来之前，让她避一避呢……

朱大音与潘小姐不知何时勾搭上的。总之，这件事对唐子羽是个伤害。伤害的程度，并不亚于他跟梅雨妃的芥蒂、他跟嘉贤的吵架。他很清楚他如此激烈反应，实在没有多少合理性，因为世界已经成这样子了，但他无法镇压自己内心翻滚上来的悲伤与屈辱，因为他性格如此，他没法改变。他非常珍爱友情，而友情就是纯洁、洁白的同义词。他真想现在就把臭钱还给朱大音！

世上到底有没有纯洁，有没有洁白？

他到商场里买了一身中档的保暖内衣和一双棉袜子，进更衣室穿好，出来

\ 18 \

进了一家西餐馆,点了一张意大利馅饼和一碗加州牛肉面。吃罢,在餐馆里独坐了一会儿。出来后,不知去哪儿了。还有哪个朋友呢?他脑仁想得发麻,还是想不出个合适去处。现在回家?太早了,也太丢面子了。还是等一等,挨一挨,挨到嘉贤再去捞一回尸吧。

他晃荡到19路车站牌下,无聊地抬头,阅读站牌上的站名。看见"长天墓园"四个字,这才猛然想起,自己曾在一个莫名其妙的场合,莫名其妙地买了一块墓地。

去看看墓地吧!

来了一辆中巴。他跳将上去。虽然天冷了人不多,他还是径直走到最后排坐下,闭了眼睛,竭力不让大脑去想世上的任何事,权当大脑被福尔马林药水浸泡着。

中途上人了。从说话声音听,是一对姐妹,分别带着各自的孩子。两姊妹拉着闲话,数落着各自婆婆的不是。他不想听。他现在很害怕女人说话,何况是数落婆婆的话。偷汉子的话他都不想听。

但是两个男孩子的对话,引起了他耳朵的兴趣:

"烈士鲜血染红的?是打仗时,提一个桶,等烈士死了,赶快把血接住染的吗?"

"不是,是象征的意思。"

"什么是象征?"

"……"

唐子羽睁开眼睛,见小男孩拽着大男孩胸前的红领巾,眼睛里充满了对大男孩的羡慕与敬仰。小男孩五岁左右,大男孩十岁左右。成年人相差五岁不显眼,孩子相差五岁,那几乎等于相差两个世界了。

"哥哥,把红领巾送给我!"

"你太小了！等你上学了就有。"

"我不！我要！"

一个要一个不给，争闹声打断了他们母亲的说话。还是母亲出面，将事情协调了：

"让弟弟暂时戴上，下车时还你。"

小男孩戴上红领巾，脸上的幸福无以言表。这是一种真正的幸福。真正的幸福与金钱、地位、名声无关，与季节、运气无关，甚至与爱情，与社会制度无关。幸福只与年龄有关。幸福永远藏在少儿的眼睛里……

唐子羽再次闭上眼睛。这一闭，就闭回了自己的少儿时代，闭出了美丽的风景和动人的声音。冰块破碎春动大地，麦苗与油菜花，像两簇不同颜色的火焰，呼呼作响，照亮了天与地。千万童声齐歌，随风铺排而来——

> 让我们荡起双桨，
> 小船儿推开波浪，
> 海边倒映着美丽的白塔，
> 四周环绕着绿树红墙，
> …………
> 红领巾迎着太阳，
> 阳光洒在海面上，
> 水中鱼儿望着我们，
> 悄悄地听我们愉快歌唱……

歌声在花海里翻飞，以致唐子羽听不清外界丝毫的声响了。当中巴车颠簸了一下，他睁开眼睛时，那两对母子早已不知何时下车了。

\ 18 \

到了去长天墓园的岔路口，车停他下，但觉一股凉风迎着嘴脸泼来，身上的肉猛地往骨头一阵紧缩，生怕骨与肉分离了。几分钟后，当他走了几步路，那种骨肉分开的感觉开始淡化。举目南望，太乙山峦上，起伏奔走着一条雪龙。在山的脚下，在树林的根部，在房顶的北檐，在所有的阴影里，还寄存着一些零散的雪，点缀着泥点和鸟粪的雪。太阳依旧美观刺目，也很鲜亮，只是不大温暖，好像它从来都没有温暖过、热烈过。

上完台阶、进入墓园。唐子羽远远地望见了自己的领地。他兴奋起来，所谓"如归"，大概就是指他此时的兴奋状态。可是奇怪，整个墓园虽然增加了一些新住户，但是分布并不均匀，主要集中在唐子羽的领地周围。他担心自己的领地是否还存在。

"连这个地方都有人挤对我、不容忍我，我非把他挖出来不可。我要敲碎他的骨头！"

走到实地，他放心地笑了。没有谁侵占他，只是那些人比他性急，提前跑到这里睡懒觉了。

这些性急的人把唐子羽的领地合围在中间，空出属于他的位置，恭候他随时"如归"。

"我要检阅一下我未来的邻居都是些什么人。这些人将对我未来的生活质量产生重大影响。这确实重要，不亚于择偶。"

他开始读碑，读了正面读背面。

西边的墓碑，也就是说，如果唐子羽睡到这里，他的脚将要抵蹬的那个人的墓碑。此碑标明，躺在这里的主人，曾经是某个税务局的一名副科长。如此小的官阶，也要刻上墓碑。

——唐子羽评曰：这个副科长也许不曾贪污过、敲诈过，但其职业总让人起疑心。有必要请阴间的纪检部门，派人出来，与阳间的纪检部门联合组成调查组。公布调查结果，以释众惑。

南边的死者，是个医生，贪婪人生九十二个春秋。

——子羽评曰：医生活得越久，杀的人就越多。法律不去追究，反倒让他享受巨大尊敬。这个死者，医术高明，只是不肯将长寿秘诀奉献出来与众生共享。请此医生活转人世，接受千百万患者的批评教育。

东边的长眠人，是邮政局的一个投递员。

——羽曰：此职业人称信使，大家都喜欢。但要除过送唁电的时候。

北侧的睡者，是个酒店的女老板。

——曰：这是商人里的一种，有时，可能也兼职老鸨营生。

检阅完毕，唐子羽心里很不高兴：前后左右四个邻居，就有三个让我心烦。所以我不能死，我要是长眠这里肯定不舒服，像生了一身疥疮似的。

看来他得继续活下去，至少有了一个新的人生目的：重新寻找一个比较安生比较干净的地方吧。死也好活也罢，权利并不能掌握在我自个儿手里嘛。你瞧全世界，几十亿人呐，有几个心不烦的？还不都是撑着活嘛。你们凭什么撑着活？还不是凭了脸皮厚嘛。为什么非得要我一个人脸皮儿薄呢？太不公平了！

一想到还可以活，唐子羽似乎吸了一口大烟，身子就来了些精神。活着，总得有点意思才行。什么有意思呢？当总统不错，可是总统的指标太少，比买彩票中大奖还难。亿万富豪也挺好的，也时不时地耍点小国总统才能耍的威风。可是亿万富豪也不是谁都可以鼓捣成的。看来，也只有每隔几年谈一次恋爱，也只有这类"非常男女"事业操作性大。

于是，唐子羽又走到那个女老板的墓碑前，细读碑文了：

  吴修莲（1948.2～2000.5），云梦人。幼时与母相依为命，盖因父去台湾矣。小学毕业，因出身被迫辍学，随母盲流秦岭山地。遍尝人间疾苦，不坠青云志向。自修取得硕士文凭。创办乾元餐饮有限公司,任董事长兼总经理。愈富愈俭,口碑满城,出资在秦巴山地建希望中学五所。因病早逝,呜呼苍天!为百陵市第五届人大代表、第六届政协委员、第七届政协常委。

不孝男孙望安 泣立

人生这一辈子,辉煌也好,平淡也罢,总有点什么可资记载、可圈可点的吧。就比方这个名叫吴修莲的女人,不知密封了多少悲欢离合爱恨交加荣辱沉浮,怎么就被"不孝男"如此一段干巴巴的文字打发掉了呢!

唐子羽甚为感慨,下意识地用袖子掸了掸镶在墓碑上的小玻璃框上的风尘,于是就见了一副光明俊秀的容貌:双眼皮,剪发头,显然是三十岁左右的照片。而且很奇怪,她的嘴角分明抿得紧紧的,却是一个微笑的神韵。哦,原来她的左腮上有个酒窝儿,才使得她的表情无论怎样严肃,也照样给人以她实际上是个爱笑,也愿意给所有人笑的印象。如今,已很难看到这样的真笑了。明白了,这是1978年左右才会出现的笑,现在不多见了。尽管现在,只要你肯出钱,就有医生给你手术两个酒窝。

这么好的女人,我方才,怎么怀疑她可能兼职老鸨营生呢。

唐子羽忏悔着,同时深鞠一躬。

他又读了一遍碑文,觉得"不孝男"不大谙熟碑文体例(可能请人撰写的),行文也有待商榷修订之处。另外有两个疑问:一是得什么病死的?也许是什么妇科病,刻碑上不雅;二是这个名叫吴修莲的女子,嫁了一个姓孙的男人,这姓孙的男人现在是活着还是死了?抑或是离婚了还是没离婚?墓碑竖插在中间的位置上,证明她将永远孤零零地躺在这里。

真是可怜……

咓,怎么看不清了?唐子羽抬手一摸眼睛,双眼潮湿了。

——你生前，我连你的面都没见过，我凭什么要为你流泪呢？

　　唐子羽觉得滑稽可笑。可是两行热泪，还是淌到腮上。

　　——难道我到你的乾元酒店里吃的那顿饭没有付你钱？这是绝不可能的！我唐子羽虽说无德无能，但平生从未白吃过谁，除了公宴。你酒店的饭菜不错，只是价钱高了点。就说唯一的那次光临吧，我见菜单上有个"月光堆雪"，很好奇地点了一份。结果端上来一尝，竟是一盘凉调白萝卜丝！十八块钱呐。十八块就十八块吧，反正我一分不少地给你清账了，我确实没理由为你流泪嘛。

　　可是两股热泪依然如管道渗水般流个不住，其中一股还拐进嘴角，咸咸的。

　　——你要是真喜欢有人来哭你，给你的"不孝男"托个梦好了，何必无缘无故地让一个陌生人为你洒泪呢。

　　泪水还是不止。这便由不得唐子羽相信宿命了。难道上辈子真的欠了这个长眠人的什么情分？

　　他索性转过身，自己给自己挠了一通痒痒，才勉强把自己搞笑，眼眶也才慢慢地干涩起来。

　　他掏出纸笔，写道：

　　　　此块墓地转让，价格面议，垂询电话：××××××××。

　　他捡起一块石头，将字纸压在自己的墓地上。这肯定保存不久。但是——生活经常因"但是"二字发生巨变——你能断言不被人发现吗？你能断言那发现的人就不渴望得到这块墓地吗？你能断言就不会引来许多人争购吗？这许多人又会派生出怎样的好运啊！

　　总之啊，这难道不是一个巨大的"商机"吗？这难道不是一个柳暗花明的前兆吗!

　　只是眼下……

　　他靠着"信使"的墓碑,满目的混沌苍茫,忽然想到梅雨妃。呃,大体上还算个可爱女人。她陪我来过这里,不容易啊。唐子羽记得,她当时还放了个屁,余音犹在呢。

　　于是唐子羽也想来一个,想以此来回忆梅雨妃、怀念梅雨妃。

　　可是很遗憾,他屁股磨了磨,努了几努,终究没能努出半丝声响。

　　"唉,朕呀,混背啦。"

2000年5月4日～11月18日完稿

2001年1月26日～5月1日改毕

于长安城南,老楼一号

后 记

写作了十几年，却没有一部长篇小说，这对读者和自己，都是说不过去的，尽管早几年就有了写长篇的"腹谋"。直到去年，据一种说法，说去年才是真正的"世纪末的最后一年"。便隐隐觉得：某种东西，将在哀歌中消失；某种事物，又会随着摇篮曲而新生。也许是宿命，我去年的日子，很异于往常，颇有点"桃花源中人"的味道。简言之，总算能挤出些时间了。

于是就写了这部小说。

在业余写作本书的过程中，我的妻子彭书霞付出了全部的生活操劳。她隐瞒病痛，天天愉快，竭力创造出一个有利于我写作的家庭氛围。我以为这就是患难夫妻，因为写一部长篇小说，无异于经历一场心灵磨难。

作者

2001年11月25日

\ 后记 \

再版后记

  《落红》出版十四年了，一直有读者寻找而不得，只好交流盗印本，便想着再版的可能。于是翻出手稿，一字一点敲入电脑。录的过程一如写时：情绪起伏、不能自已，明白了没有读过它的何以想读，也清晰了对于文学二字的理解。文学，就是打开人性，分享我们自身。而人性，又大抵是永恒不变的，仅仅因时因地而忽优忽劣罢了。

  陕西师范大学出版总社社长刘东风先生，每次见面都要抬爱约稿。苦于一时不能有新产品。某日短信说事，顺嘴一问："《落红》再版可有兴趣？"当下见到答复："今天是个喜日子！"我立即投入工作。用了三周时间，两订书稿——

  如果读者看后，觉得没怎么浪费银子和时间，确实有点意会与共鸣，那就感谢刘东风先生和责任编辑郭永新、巩亚男吧。

作者
2015年7月11日·采南台